德古拉 VAMPIRE 事典

[日] 种村季弘 著

熊韵 译

九州出版社
JIUZHOUPRESS

致涩泽龙彦[1]

---

1. 涩泽龙彦（1928—1987），本名龙雄，日本小说家，法国文学研究者，评论家。

目　录

吸血鬼幻想

说到吸血鬼，任谁都会想起电影、小说里经常出现的德古拉[1]伯爵和卡蜜拉[2]吧。无须赘言，前者是布莱姆·斯托克原作小说中的人物，后者是乔瑟夫·雪利登·拉·芬努小说中的人物。一到夜晚，沉重的石棺盖便会发出瘆人的声响被开启，沉睡其中的亡者就这样苏醒过来。纯黑色的斗篷如不祥之鸟的羽翼般翻飞，裂到耳边的血盆大口中长着狼一般的獠牙，以万钧之力将受害者[3]的双臂反剪，在其颈项处咬出青色斑点吸食鲜血，好让他们那本该燃尽的生命之火尽可能再延续一些时间。而且，吸血鬼的受害者就像被狂犬咬过一样在伤口处被注入"传染性的狂热信仰"（唐·卡尔梅），不久后就会自发地为了寻找新的受害

1. 德古拉（Dracula），爱尔兰作家布莱姆·斯托克（Bram Stoker）于1897年所写的哥特式恐怖小说《吸血鬼德古拉》中的吸血鬼主人公。（说明：本书脚注皆为译注。）
2. 卡蜜拉（Carmilla），又译作卡米拉。爱尔兰作家乔瑟夫·雪利登·拉·芬努（Joseph Sheridan Le Fanu）于1872年所写怪奇小说中的女吸血鬼。
3. 本书中的"受害者"一词含有"吸血鬼（及其特质）的牺牲品"之意，根据语境不同，有时也翻译为"牺牲者"。

者的血液而徘徊于暗夜之中。

　　吸血鬼在十八世纪的巴尔干诸国尤为猖獗。从那以后，巴尔干半岛成了吸血鬼传说的特产地，特兰西瓦尼亚山脉一带至今仍有能证明吸血鬼存在的怪事发生。特别是在社会激烈动荡的年代，吸血鬼总是被提及。据说第一次世界大战后，波希米亚境内很快兴起了一股"吸血鬼热"。

　　然而，死者每晚复活、猎食人血的传说不仅有各式各样的名称，其流传范围除了巴尔干地区，还包括俄罗斯、西里西亚、波兰、希腊、土耳其、爱尔兰、苏格兰、斯堪的纳维亚三国、葡萄牙，乃至阿拉伯和印度，地理性和历史性分布都极为广阔。位于斯拉夫、土耳其和地中海各国中心的巴尔干成为周边形形色色魔术信仰的混合熔炉，无疑也将那奇怪的吸血鬼传说进行了本土化。甚至有一种说法认为，吸血鬼（Vampir）这个名词本身是来源于土耳其语的"妖术师"（uber）与立陶宛语的"饮用"（wempti）的合成词。此外，吸血鬼在波兰被称为"wampir"，在希腊是"βρυκόλακας"，在德国是"drude"，在阿拉伯是"غول"，在葡萄牙则是被叫作"bruxa"（ブルーカ）[1]。除此之外，古希腊那可怖的女怪拉弥亚[2]、被称为吸血鬼原型的

---

1. 原文中的日文假名注音为ブルーカ，但没有找到与之相对的词汇，疑为ブルーシャ（bruxa）的误用。
2. 拉弥亚（Lamiā），希腊神话中人首蛇身的吸血女怪。

暗黑女神赫卡忒[1]和塞萨利亚巫女那样的魔物、印度血腥的阴母神迦梨等，在与情欲相结合的血之献祭中的恐怖形象都令人难以忘怀。

除了吸血，吸血鬼时常还会亲吻受害者，甚至与其发生性行为。血只是作为灵魂永生的象征，并非真正有必要吸食。在被魔术师们称为"磁气·吸血鬼信仰"（Od·Vampyrismus）的现象中，吸血鬼主要是吸取受害者的磁气（Od，从人类肉体内散发出的一种动物磁气）。另外，委内瑞拉的吸血鬼是同性恋，只吸取美少年猎物的精液。诸如此类，吸血鬼作为虐待狂、受虐狂、奸尸、食人癖、同性恋等色情欲望的象征，被视为梦幻般的怪物。精神分析学家们事实上将德古拉视为一种可怕的父爱的化身，甚至认为卡蜜拉是女同性恋者的性的象征。"女人们格外憧憬德古拉伯爵那疯狂的拥抱，以及能满足数个欲求不满的情妇的非凡阳具。"（罗兰·维尔纳夫〈Roland Villeneuve〉）

将定义扩展至此便能得知，吸血鬼信仰几乎拥有与人类同样古老的历史。事实上，在古代宗教的血祭之中，能称之为吸血鬼前身的恐怖现象也有好几种。其中最让血的情欲色彩彻底深入人心的早期范例，便是侍奉古希

---

1. 赫卡忒（Hekátē），希腊神话中的女神。早期被视为天空、大地、海洋的女神，后来逐渐与夜晚、地狱、巫术、咒术等联系在一起，成为冥界的女神。据说她能施行各种魔法妖术，统治着妖魔鬼怪与魔女巫婆，能支配地狱之犬，是世界阴暗面的象征。

腊那嗜血夜之女神赫卡忒的塞萨利亚恐怖巫女们的秘密
仪式。

　　塞萨利亚巫女们的秘密仪式在今天看来是一种降灵
术[1]，也可称其为"招魂"。在满月如血挂于空中的夜里，
裹着漆黑亚麻布斗篷、额头与掌中烙有恶魔之血印记的巫
女们像鬣狗般潜入墓地，到一早便留意到的死后不久的美
少年墓前挖出他的尸体啜饮鲜血。若找不到合适的新死
者，她们便给恋慕已久的年轻人喂下毒酒，待其死后挖出
尸体，如此诉诸邪恶的手段也一再重演。深知自己年老貌
丑、姿容残败的巫女们无法享有那些活着的年轻人，于是
便至少要将那尸骸据为己有。

　　仪式在一连串奇怪的场景中展开。首先，巫女们用铅
刀撬开沉重的棺盖，两手从中抱出赤身裸体的美丽少年尸
身。她们不只是狂喜地爱抚他的头发与躯体，甚至还要用
枯黄残缺的牙齿撬开死者的嘴巴亲吻他。接着，她们在地
面画一个大圈，将煤油灯置于圆圈中央照亮死者，再用事
先准备好的特制液体涂抹尸身。秘密液体的成分有狼血、
从母羊胎内取出的羊胎血，加上毒草天仙子和狼奶的混合
物。一旁的笼子里还装着一件重要的小道具——蛇。蛇
因过度饥饿而陷入僵直状态。此时，巫女将蛇取出，一边
反复呼喊年轻人的名字，一边用蛇随意鞭打死者苍白的肌

1.降灵术，即灵媒通过祈祷和咒术找来神或死灵附身其上，通过灵媒之口
说话。

肤。随着鞭打声越来越响亮，死者的皮肤开始散发出混合着毒草与兽血、强烈到令人全身麻痹的异臭。就在这个瞬间，在巫女们灼热的脑内幻觉中，死者眨了眨眼睛，身体也开始有了细微的动作。于是，她们丢开蛇，用刀子唰地切开死者的胸口，抓出他的心脏，吸干他的血液。对她们而言，哪怕死者只是暂时复苏，其血液也是新鲜的。就这样，她们深信自己已将年轻人的鲜血——不，是被唤回的灵魂——完全占为己有了。

由于塞萨利亚的巫女们是作为活着的人饮用死者的血，故而和一般的吸血鬼信仰中死者复苏后袭击活人的情况不同。另一方面，死者或是妖怪与活人发生关联的例子同样于古有征。古希腊的哲学家阿波罗尼奥斯[1]在科林斯[2]遇到的女吸血鬼拉弥亚便属于这种情况。

哲学家阿波罗尼奥斯的弟子中有一位名叫梅尼波斯的美青年。梅尼波斯是个贫苦的学生，却被某个腓尼基[3]的美女大富豪相中并订了婚。订婚宴也邀请了作为老师的阿波罗尼奥斯。订婚宴的场面极尽奢华，金银器具里

---

1. 阿波罗尼奥斯（Apollōnios），1 世纪新毕达哥拉斯学派的哲学家。生卒年不详，出身于小亚细亚的特由阿那（Tyana）。根据费劳斯特拉图斯（Philostratos）的传记记载，阿波罗尼奥斯终身作为苦行者游历各地，引发了种种奇迹。传说他曾遭多米提安努斯皇帝的迫害，却以千里眼目睹了皇帝之死。因其法力而被视为"万能的救世主"，受到百姓的拥戴。常常被用来和基督进行比较。
2. 科林斯，位于希腊南部伯罗奔尼撒半岛的商业城市，古希腊城邦之一。
3. 腓尼基，是成立于古地中海东岸地区的西顿、提尔等城市国家的总称，亦指居住在此地的闪米特族的居民。

盛满小山似的山珍海味。然而，当阿波罗尼奥斯见到装扮美艳的新娘时，却立即认出她是吸血鬼。阿波罗尼奥斯试着一边念诵咒文，一边端起一只带碟子的银杯，转眼间，杯子变得和羽毛一样轻飘飘，没多久就消失了。厨师和仆人们也以同样的方式化作尘埃，宅邸崩坏，成为一片废墟。铁一般的证据摆在眼前，吸血鬼新娘不得不坦白，她是打算把梅尼波斯喂饱喂胖以后再品尝他那年轻的肉体。

关于阿拉伯的吸血鬼"غول"，《一千零一夜》里记录了一个有趣的例子。

某位领主发现自己的妻子和黑人奴隶通奸，便将黑奴殴打至残废再驱逐出门。此后很长一段时间里，妻子都心系黑奴、叹息不已，终于在某一天找到复仇的机会。她学会了魔法，将丈夫变成半人半石的状态，让他受困于半身不遂的诅咒。此后，会魔法的妻子搬到奄奄一息的黑人藏身的墓穴居住。她每天都会回到丈夫的宅邸，用鞭子将他打得满身是血。无法忍受的丈夫终于惶恐地来到国王跟前告状："她每天把我虐待成这样之后，又为了将早晚的酒与汤汁端给那个奴隶而离开。她还喝我的血，这种事可不止一两次。"

希罗多德的《历史》中有一节记录了古埃及的木乃伊葬，其中通常被理解为奸尸的部分，性心理学家查尔斯·瓦尔德马（Charles Waldemar）认为暗示了与底比斯[1]、孟菲斯[2]流传的吸血鬼信仰的联系。引起争论的这部分内容如下：

　　社会名流的夫人大都是非常美丽的女子或受人景仰的妇人，她们死后往往不会立刻被制作为木乃伊，而是要经过三四天才会被木乃伊师接走。大概是名流们想要防止木乃伊师侵犯他们的妻子吧。实际上，真的曾经有个木乃伊师凌辱刚死没多久的妇人而被同行发现并揭露。

　　葡萄牙的吸血鬼"bruxa"也是一种食人鲜血与灵魂的可怕妖怪。"bruxa"是女性吸血鬼，一到夜里就溜出被窝（如果是已婚妇女，则是从熟睡的丈夫身边起身），变身为形似枭或蝙蝠的巨大野鸟，越过原野和山谷，一直飞到很远的地方。据说当其掠过沼泽、湖水或池塘表面时，那张让人不敢看第二眼的丑脸映在水面，十分恐怖。就这样，她们偕同自己的恶魔情夫去袭击并折磨那些独自赶夜路的旅人。"bruxa"不在乎对方是否是自己的血亲，她们还常常吸食自己孩子的鲜血。虽然袭击邻人也很常见，但她们最爱的还是幼儿的血。

---

1. 底比斯，亦称"忒拜"，古希腊维奥蒂亚地区的城邦。
2. 孟菲斯，位于尼罗河西岸开罗南方的古埃及城市，大约于公元前3000年建成，曾作为首都繁荣一时。

　　据传出没于德国南部和奥地利南部一带的吸血鬼
"drude"，语源来自古代凯尔特民族的祭司德鲁伊[1]僧人
"Druid"，因"drude重压"现象而广为人知。被drude袭
击过的人所描述的体验几乎一致。他们在深夜十一点左右
到凌晨三点之间忽然醒觉，感到胸口上有难以承受的重
物压在上面，痛苦得几乎无法呼吸。当想着"千万不能窒
息"的时候，却发现手脚诡异地发麻，想出声也无法正常
发声。差不多过去十五到三十分钟，胸口的重压就消失
了。袭击发生期间，受害者大都意识清醒，还有人巨细无
遗地目睹了一个仿佛暗影的东西穿过房间来到床边，牢牢
压在自己身上，其后又离开的过程。

　　然而拥有标准吸血鬼特征的吸血鬼，正如刚才所述，
曾带着无比显著的特征在巴尔干半岛各国出现过。据魔术
研究者塞格曼（Kurt Seligmann）所言，"吸血鬼的数量在
十八世纪达到峰值"，"人们在各种各样的地方都看到过吸
血鬼"（引用自伏尔泰）。

　　有名的吸血鬼例子如1732年的 *GALLANT MERCURY*
报纸上所登载：在匈牙利靠近格拉底西（Gradište）的基
索罗巴（Kisilova）村，住着一位佩特鲁·普洛格尤碧琪
（Petar Blagojević，查尔斯·瓦尔德马则认为这是一位名叫

---

1. 德鲁伊（Druid），古代高卢及大不列颠岛的凯尔特人信仰的古代宗教中
的祭司阶层。他们口传诗歌，并教育贵族子弟，曾拥有绝对权威，据说提
倡灵魂不灭、肉体轮回转生，在传说与神话中被描绘得神通广大。

"安娜·普洛格尤碧琪"的女吸血鬼）。

普洛格尤碧琪每天夜里都会爬出坟墓袭击村民。等村民们撬开棺木一看，这个明明死后已被埋葬了六星期的女人皮肤依旧水灵，面颊隐隐泛红，指甲和头发也依然在生长。然而她的嘴唇周围沾满鲜血，那是最近一周内被她毒牙所害的人们的血。村民们立即将这个不死之人进行火葬以消除威胁。

吸血鬼并非一定要吸食人血，也有以某种形式给受害者带来厄运便满足的事例。普洛格尤碧琪死后不久，该村一位六十二岁的男性也死了。下葬后第三天，他出现在自己儿子面前，乞求对方给些吃的，饱餐一顿之后便消失了。第二天，男人又出现了，再次向儿子乞求食物。然而不知是因为仅有食物不够，还是因为他本意便是要向家人复仇，其后没多久，儿子便死了，还有五个同村人也一个接一个患病，五日内亡故。村民们挖开这对父子以及五位村民的坟墓，将他们进行了火葬。看来被吸血鬼毒牙所咬的人也有变成吸血鬼的可能。

出现在土耳其和塞尔维亚境内的梅德里卡（Meduegna）的大吸血鬼阿诺德·鲍尔（Arnold Paole）的故事也很有名。阿诺德·鲍尔生前一直被土耳其的吸血鬼纠缠，十分痛苦。他有一次本打算食用吸血鬼坟墓上的泥土，却在吃之前被草料车轧死了。吃泥土是因为当时的人认为，想让死去的人无法再出来作祟，最好的方法就是食用死者墓地的土。阿诺德·鲍尔死后成了吸血鬼。

　　四十天之后，他被人从墓穴里挖了出来。据报告称，他的血液在血管里冒泡，全身上下和衣服上都沾满血。执行官命人刺穿他的心脏，已成吸血鬼的他发出惨烈的叫声，这是他最后的抗议。此后他的全身立刻被火焰包围。此事发生于1730年。

　　　　　　　　　　　　　　　　　　——塞格曼《魔法》

　　塞格曼列举的另一个18世纪的案例，发生在贝尔格莱德[1]附近的村落。

　　加布雷拉斯伯爵一行人在某天进入了这个奇怪的村子。因为伯爵此前从某个士兵那儿听闻了一件不得了的事，此时正在焦急地考虑善后策略。士兵讲述的事情是这样的：那天，他被熟识的农人邀请到家，正在吃晚饭的时候，一个不认识的男人突然闯进小屋，未被邀请便大剌剌地上桌吃了起来。同桌的其他人都一脸怖色，却一言不发。第二天，这家的主人就暴毙了。士兵后来才听人说，那个突然闯入的陌生男人是这家主人十五年前便去世的祖父，如今已经成了吸血鬼。加布雷拉斯伯爵一行人来到村子里，立刻从坟墓中挖出那个男人。吸血鬼的尸体保存得十分完

1. 贝尔格莱德，塞尔维亚共和国的首都，地处巴尔干半岛核心位置，坐落在多瑙河与萨瓦河的交汇处。原为塞尔维亚王国的首都。

好，医生切开他的血管时还有鲜血喷涌而出。加布雷拉斯伯爵斩下吸血鬼的首级，仅将其躯体葬回墓穴。很快，这个村子又接二连三发现了吸血鬼之墓，其中有死于三十年前、化作吸血鬼的男人及其被害者的墓，两具尸体都完好无损。十六年前死去，并将自己两个儿子的血吸干致死的吸血鬼之墓也在其中。伯爵将这些尸体悉数烧成了灰烬。

要击退吸血鬼，或是需要将木桩钉入其胸膛，或是需要使用大蒜避免其接近，或是需要举起十字架，方法多种多样，但最保险的方法如前文所述，是从墓中掘出尸体烧成灰。本来，在以火葬为习俗的地域并不具备吸血鬼传说生长的土壤。只有在尸体被土葬的地方，人们才会相信，土壤中的某种成分具有让尸体暂时复活的效用。

另外，人们普遍认为，要消灭吸血鬼，必须具有相应的特殊能力，例如丹皮尔这类人。丹皮尔是吸血鬼和村里的女人生下的孩子。在这里，希望大家回忆起前文提到的，德古拉是"可怕的父亲"原型一事。在这层意义上，德古拉的故事其实是另一种俄狄浦斯传说。在 J·J·珀奥贝鲁社出版的《性学词典》中，对"德古拉"一词的说明如下："德古拉是可怕的父亲、恶魔、反基督。其神秘领地（特兰西瓦尼亚的城堡）的外观让人难以接近，模仿海军将领客舱的布置，则是不由得让人联想起在听到从父母寝室传来无法遏制的喘息声的夜晚所受的性冲击。年轻的男子——他让人想起年轻的俄狄浦斯——即将在'可怕的伯爵'（父亲德古拉）胸口插入木桩，将其头颅斩离躯体（去势），并赢得胜利。被怪物所害的女人即将挣脱束缚，与拯救自己的年轻男子结婚。"

即便如此，被吸血鬼缠身，在其蛇一般的目光下如小动物般手脚麻痹的受害者，必定能感受到一种难以言喻的受虐快感。"假死与死的心醉神迷才是吸血鬼信仰真正的原因。"（瓦尔德马）第一次世界大战后，蔓延在巴尔干半岛的吸血鬼信仰之中也有显著的性方面的缘由。袭击女性的吸血鬼一定是男性。吸血鬼信仰在塞尔维亚的梅德韦贾大肆蔓延之时，某个匈牙利佣兵的儿子米洛耶（Miloe）在死后四星期变成吸血鬼，出现在另一个佣兵约维拉（Joviza）的妻子斯塔诺伊卡（Stanojka）面前。斯塔诺伊卡是个无可非议的健康女子，却在半夜尖叫着跳起身来，一边颤抖一边诉说自己被米洛耶掐住了脖子，且胸痛无比。不久后她得了重病，数日后便身亡。同村的一个寡妇在斯塔诺伊卡死后一年左右怀孕了。据说是因为她那死去的丈夫变作吸血鬼，每晚钻进她的被窝强迫与之性交。

如上述所言，大部分吸血鬼并不是以吸血为目的而袭击受害者。即便如此，从各种报道中也可发现，受害者们自被袭击那夜以来仍以肉眼可见的速度一点点变得衰弱，这说明受害者们被掠夺的哪怕不是血液，也是某种别的能量。一言以蔽之，那就是前文曾提及的磁气（Od）。在此，必须先简单介绍一下"磁气"的法则。

　　将吸血鬼视为隔代遗传的迷信热潮结束于 18 世纪。本笃会[1]的会士唐·奥古斯特·卡尔梅（Dom Augustin Calmet，1672—1757）收集了大量吸血鬼的实际案例，并尝试对其做了一定程度的科学性分析。例如，"土壤中的化学物质或许能让尸体无限期地保鲜。因为暖和的缘故，土壤中的硝石和硫黄或许能让凝固的血液液化。所谓吸血鬼的悲鸣，或许是通过尸体喉咙的空气因木桩打入体内时产生的压迫而发出的响声。"（出自塞格曼《魔法》）等等。此外，巴尔蒙修道院院长皮埃尔·德·罗雷因（Pierre De Lorrain，1649—1721）认为，吸血鬼的秘密在于盐分与热量的运动，就像动植物能再生一样，死者或许也具有至少复活片刻的可能性。皮埃尔·德·罗雷因还详细叙述了如何让"蔷薇[2]的幽灵"显现——将蔷薇种子烧成灰后，经由一系列复杂程序再将其密封进玻璃瓶中。18 世纪已有了血与蔷薇的类比对应，如罗杰·瓦蒂姆[3]的名作《血与蔷薇》[4]中讥诮的卡蜜拉与抒情的蜜拉卡，这对人物便以

---

1. 本笃会（Ordo Sancti Benedicti），至今依然在活动的天主教会最古老的修道会。529 年由意大利的本尼迪克创立。其戒律是"服从""清贫""纯洁"。由于本笃会成员都穿黑色修道服，因而被称为"黑色修道士"。
2. 日语中的"蔷薇"也有"玫瑰"的意思，本书中统一译作"蔷薇"。
3. 罗杰·瓦蒂姆（Roger Vladimir Plemiannikov，1928—2000），出身于法国巴黎的电影导演、电影制作人、编剧、作家、演员、记者与有名的花花公子。《血与蔷薇》是其主要作品之一，上映于 1960 年。
4.《血与蔷薇》（Et mourir de plaisir），又译作《血与玫瑰》，1960 年由法国和意大利合作制作的电影，改编自乔瑟夫·雪利登·拉·芬努（转下页）

"96"式的状态彼此交错。

除去这类如同化学与神秘主义交合后产下的畸形儿般的吸血鬼研究，超心理学领域也有卡尔·冯·赖辛巴赫（Carl von Reichenbach，1788—1869）在稍晚些时候探寻了吸血鬼的秘密。磁气的法则便是基于这位赖辛巴赫的发现。赖辛巴赫原本作为发现石蜡与木榴油的科学家而闻名。他在黑林山建造了第一座木炭制造所，并作为矿山所有者出版了一系列科学研究书籍。其中与吸血鬼研究有关的两本是《Od= 磁气的信》（1852）和《过敏的感受性人群及其对磁气的反应》。他的磁气说究竟是什么样的呢？对此，与他同时代的法国大魔术师埃利法斯·利维[1]在其著作《伟大神秘的钥匙》中有如下叙述：

（接上页）的小说《卡蜜拉》。故事以意大利的名门——伯爵康斯坦因家族为中心展开。该家族世代流传着吸血鬼的传说，墓地也被视作吸血鬼的栖息地。1765 年，农民起义的群众来到这里，挖出墓地中的尸体钉入木桩。当时的家主路德维希为了保护结婚当日便亡故的未婚妻蜜拉卡而将她的墓藏起来，蜜拉卡因此未被消灭。此后，路德维希背叛了对蜜拉卡许下的誓言，先后与其他两位女性订婚，婚约者却都在结婚前夕暴毙。许多年后，康斯坦因家族由利奥波德继承，在他为未婚妻乔尔吉亚、表妹卡蜜拉举办的化装舞会上，卡蜜拉穿上蜜拉卡曾经的婚礼裙来到大堂，站在与自己一模一样的蜜拉卡肖像画旁，为舞会蒙上一层诡异的氛围，还说利奥波德与路德维希长得很像。此时，夜空被精心制作的烟火照亮，远处塔楼崩塌，埋葬蜜拉卡的墓穴重见天日。卡蜜拉被一种神秘的力量指引着来到蜜拉卡的大理石棺旁，棺盖缓缓移动，里面的人向她逼近。第二天，回到家中的卡蜜拉开始变得异常……

1. 埃利法斯·利维（Eliphas Levi），法国巴黎出身的浪漫派诗人、神秘学思想家。

　　希伯来人和赖辛巴赫男爵称之为磁力、我等和马蒂内·帕斯夸利斯（Martinez Pasqualis）一派同样将其命名为星光、米尔维莱公（Mr. de Mirville）所说的恶魔、炼金术师们所谓的水银（azoth）——这类无与伦比的动因作为根基实现了这一切的惊奇。在热、光、电气、磁气的各种现象中显现的，是这种能将所有天体与生物磁化的生命要素。该动因自身内部，若有一方牵引，另一方则会齐齐反抗；一方召唤热量，另一方则会唤出冷气；一方有限地发出青色和绿色的光，另一方则会发出黄色和红色的光……关于这种因两极性而产生的均衡与运动，正如哥白尼学说[1]的证明所示。

　　磁气的法则，换句话说，就是共鸣与反抗的法则，也可将其视为一种阴阳说。用雅各布·波赫梅[2]的话来说，就是氛围（Aura）；用炼金术师的话说，就是液态金，即可饮用的金子（Aurum Potabile）。顺带一提，金子的希伯来语语源是光（Aurum）。

　　人类被包裹在这种宇宙性的光芒与磁气的被膜中。天才般的人能轻松驾驭磁气，获得瞬间迸发的灵感与启示。另一方面，磁气不仅会带来生命力的充溢，在消极面也会

---

1. 哥白尼学说，即日心说。
2. 雅各布·波赫梅（Jakob Böhme），1575—1624，德国神秘主义学家。其学说对德国观念论等近代德国思想和近代神秘学都产生了相当的影响。

像地狱之蛇、埃及人的提丰[1]以及腓尼基人的莫洛克[2]那样，展现恐怖之神的破坏力与杀戮心。因此，凡俗之人会被磁气的暗黑力量所驱使，虽然活着，却已成为磁气的俎上之肉。

　　磁气还具有远距离传送的能力。在中世纪，人们认为女人的每根头发都能像天线一样传送磁气。因此，中世纪所有未婚女性都让长发垂在肩头，结婚后便把头发盘起来藏在头巾之下，如果进入修道院修行，则要剃掉头发。

　　那么，后浪漫派的狂热天主教徒约瑟夫·冯·格列斯（Joseph von Görres）就吸血鬼所述的下列内容，大概也能视为对磁气的远距离传送能力的另一种表达吧。

　　由于活着的人的自我的流出[3]，无论有益或有害，都能隔着远距离传送给他人，那么我们甚至可以推测，尸体也可能同样具有赋予他者某种影响的能力。如果就连藏在地里的气球藻也能从很远的地方对人类产生某种作用的话，尸体也该拥有同样的力量，这就能说明吸血鬼信仰的由来了。

---

1. 提丰（Typhon），希腊神话中的巨大怪物。
2. 莫洛克，即古代腓尼基人信奉的火神。人们将儿童作为祭品，将其活活烧死来进行祭祀。
3. 流出（拉丁语 emanatio），源于"流溢说"。公元 3 世纪，古罗马的新柏拉图派奠基人普罗提诺提出了该神秘主义学说，认为万物本源是"太一"（即神），它先后流溢出"理性""灵魂"和物质世界。

　　就像即使肉体死亡后血液依然能保持新鲜一样，磁气的力量也可能在死后一段时间仍未消失。遑论消失，它甚至企图吞噬他人的磁气，实现自己永生的邪恶妄念。鲜血在这种情况下无异于"可饮用的金子"，亦即磁气的别名。

　　磁气在活人之间也决定了捕食者与被捕食者的强弱关系。我们可以推测，赖辛巴赫生活的时代与奥地利的神秘医生麦斯麦提出"动物磁气说[1]"、歌德撰写《亲和力》的时间相隔不远。始于拉克洛[2]的《危险的关系》，历经与赖辛巴赫同时代作家莱蒙托夫[3]的《当代英雄》，到达朱利安·格拉克[4]所著《阴郁的美少年》——磁气的法则又或许是对这一系列暗黑美少年故事魅惑人心之处进行巧妙说明的假说。《当代英雄》的主角毕巧林说：

　　将年轻且终于初次绽放的心灵据为己有一事，有种魔术般难以言喻的魅惑力，如同一朵碰到太阳光便会发出香

1. 动物磁气说（Animal Magnetism），又译作"动物磁流说"，认为人体内充满了一种类似瓦斯的磁气（磁流），如果磁气流通不畅，便会导致疾病。
2. 拉克洛（Pierre Choderlos de Laclos，1741—1803），法国作家、军人。其描写法国大革命前上流社会的书信体小说《危险的关系》被视为心理小说的代表。
3. 莱蒙托夫（Mikhail Lermontov，1814—1841），俄罗斯诗人、小说家，被视为普希金的后继者，死于决斗。著有诗歌《诗人之死》《商人卡拉希尼柯夫之歌》《恶魔》和小说《当代英雄》等。
4. 朱利安·格拉克（Julien Gracq，1910—2007），法国作家，长期担任高中教师，并持续创作小说、批评与诗歌，于1951年获得龚古尔文学奖但拒绝领奖。

甜气息的小花，忍不住立刻就摘下它——我在自己体内感受到这样一种无法抑制的渴望，一种想把生命中邂逅的所有都吮干吸净的欲求。对待他人的痛苦也好，喜悦也好，我都只是站在旁观者的角度观赏而已——它们简直就像是喂饱我精神力量的食物一般。

　　这种带有尼采主义[1]风格的阴郁美少年＝磁气吸血鬼的退化形式，在如今的大众娱乐之中也清晰可见。作为吸血鬼德古拉制服的黑色斗篷和尖头靴，不仅仅是阴郁美少年的流行穿着样式，也是尼摩船长[2]、怪盗佐罗[3]、蝙蝠侠[4]等角色的标志。查尔斯·瓦尔德马这样的人甚至在现代大都市的风俗——花花公子（playboy）之中，发现了磁气吸血鬼的隔代遗传现象。

　　花花公子们诱惑年轻女子，抓住一切适当或不适当的机会，把她们聚集到自己身边，一起开车兜风、举办聚会，贪婪地吸食她们主动流溢出的精神力量，将其化作自

---

1. 尼采（1844—1900），德国哲学家，存在主义的先驱，"生命哲学"的典型倡导者之一。他宣告神的灭亡，强调强力意志的作用，认为人生的目的在于发挥强力、扩张自我，鼓吹理想的"超人"。早年受瓦格纳和叔本华的影响，宣扬以希腊文化为典范的艺术哲学，后来进一步深入批判欧洲文明和基督教，主张在永恒轮回和强力意志的世界里克服虚无主义。
2. 尼摩船长（Captain Nemo），法国作家儒勒·凡尔纳创作的长篇小说《海底两万里》中的主人公之一。
3. 怪盗佐罗（Zorro），美国作家 Johnston McCulley 创作的英雄主人公。
4. 蝙蝠侠，美国 DC 漫画旗下的超级英雄。

己的灵与肉。

　　根据瓦尔德马所言，资深花花公子并不在乎性方面的冒险，他们是以掠夺对方精神力量为目的而进行活动的猎人。与之相反，也有中年女性诱惑年轻男人的情况。以下例子仅供参考，能简单辨别女吸血鬼的骨相学[1]特征是：手指长、指甲锋利，颧骨粗壮而宽大，两眼间距非常大。

　　谈论吸血鬼的时候，还有一种不能忽视的现象就是兽人现象（Zoanthropy）。尤其是人变身为狼袭击路人的例子，自古以来便有记录。1598 年，法国某农夫的女儿佩鲁内特·冈迪隆（Perrenette Gandillon）、安托瓦妮特·冈迪隆（Antoinette Gandillon）、缇薇恩·帕婕（ティヴィエンヌ·パジェ[2]）突然变身为狼女袭击幼童，撕裂他们的皮肉大快朵颐。

　　1603 年，同样是平民之女的普瓦里耶（Poirier）与嘉柏兰（Gaboriant）因被一个名为格勒尼耶（Grenier）的放

---

1. 骨相学（Phrenology），又称颅相学，由人的颅骨形状推测大脑的发达状况，以判断其性格和精神特性的学说。19 世纪初兴起于德国，一度流行，后来因群众兴趣下降而渐渐衰亡。如今，骨相学已不被认为是一种科学。
2. 注：由于本书引用资料范围甚广，其中一些人名、书籍名称因年代较远或领域冷门而难以查证，故这部分直接在译名后标注其日语片假名或所能查到的英文名；能查实的项目则将原文附在脚注中。正文括号里的汉字为原书中的说明文字。

羊男子追求却未理睬他，而被化身为狼的格勒尼耶袭击，好不容易才逃走。狼人（狼男）尤以放羊人居多。因为在荒无人烟的草原上，他们与羊为伴且终日戒备狼的袭击，最终，对狼的畏惧反过来让他们习得了狼的行为。接着，在末梢神经倒错的亢奋中，他们感到自身体毛像狼一样变长，最后便会被吃人肉和兽交（sodomism）的冲动所驱使。

德国称狼人为"Werwolf"，但 werwolf 这个词原本是用来称呼那些崇拜日耳曼信仰的暴力之神沃登[1] 的军人结社成员的。他们会在战斗之前披上熊皮、嗅闻魔香以鼓舞士气，因而得名。由此可见，德国的狼人观念从成立之初就带有强烈的同性爱色彩。

例如德古拉伯爵作为吸血鬼幻想的产物，是狼人的一个变种，这不必多说，而狼人的隔代遗传现象也接二连三地在一些带有性倾向的杀人犯身上显现出来——他们袭击男女受害者不为掠夺财物，而是为了撕裂他们的肉体。试着翻开科林·威尔森[2] 的《杀人百科》吧。"杜塞尔多

---

1. 沃登（Wotan），日耳曼民族神话里的最高神，地位相当于北欧神话中的奥丁。

2. 科林·威尔森（Colin Wilson，1931—2013），英国小说家、评论家，代表作有《局外人》等。《杀人百科》一书从存在主义哲学的立场研究杀人者的心理，并由此深入剖析人类存在自身，找到现代人的病灶。

夫的吸血鬼"彼得·库尔腾[1]、开膛手杰克[2]等人简直就等同于现代的狼狂[3]。与法国中世纪犯下大量幼童虐杀案的罪犯吉尔斯·德·莱斯、17世纪匈牙利的"浴血伯爵夫人"巴托丽·伊丽莎白那如同哥白林织锦[4]般的豪华血宴相比，他们的残虐罪行仿佛带有一种末世的颓废感。距离更近的现代，还有在纽约犯下一系列性侵事件的16岁波多黎各少年萨尔瓦多·阿拉贡（Salvador Aragon），在被警察逮捕时，声称自己是德古拉伯爵本人。

关于恐怖电影的主人公们，想必不用我再赘言。德古拉业已成为第七艺术[5]的主角之一。瓦蒂姆的《血与蔷薇》对已然凋零的青春期王国的乡愁，至今仍然氤氲着袅袅余韵。

实际上，吸血鬼所徘徊的地带与其说是皮肤已然角质化的成年人世界，不如说是与肌肤柔软、伤口不断的少年世界更加亲密。歃血为盟的少年们熟知鲜血的浮华气质（dandyism），在这个意义上，充满浓厚少年爱氛围的上田秋

1. 彼得·库尔腾（Peter Kürten，1883—1931），德国的连续杀人犯，曾犯下强奸、施暴、杀人等罪行，被视为近代连续杀人犯的原点之一。
2. 开膛手杰克（Jack the Ripper），1888年在英国发生的连续杀人事件及其罪犯的通称。该案是世界范围内最有名的未解决事件，至今仍未确认犯罪者的真实身份。
3. 狼狂（Lycanthropy），人突然变成狼的现象。
4. 哥白林织锦，是法国的哥白林（Jean Gobelin）纺织厂创制的一种手工织品。用多种颜色的丝线表现人物、风景等，可做挂毯。
5. 法国电影理论家乔托·卡努杜所倡导的《第七艺术宣言》中认为，电影是建筑、绘画、雕刻、音乐、舞蹈、文学之外的第七种新艺术。作为第七艺术的电影，是把动的艺术与静的艺术、时间艺术与空间艺术、造型艺术与节奏艺术全部包含在内的一种综合艺术。

成[1]作品《青头巾》与《菊花之约》，归根结底可以被视为是吸血鬼幻想文学的嚆矢。如果要从现代文学中举出一例，首屈一指的要数罗伯特·穆齐尔[2]的《学生托乐思的迷惘》。

若是与再也无法回归的少年王国进行类比，对早已没落的史前世界所怀憧憬的变体，即是吸血鬼幻想那甘美的恐怖感得以形成的必要前提。"所谓的集体无意识之中，至今依然存在着阴森史前世界中野兽与恶魔的栖息之地。"（C.G. 荣格[3]）

正如分离覆盖了少年们炽热的冲动、皮肤覆盖着血液那样，现在也覆盖了原型的深渊。然而，在幻想的领域中，这个定义是颠倒过来才能成立的。在那里，于远古世界便已存在的深渊出其不意地掀起叛乱，原型像大洪水般覆盖了现在，血液也将皮肤覆盖。血液与皮肤关系的逆转即浑身浴血的姿态，亦即幻想中性爱倒错的反乌托邦。这才是吸血鬼幻想中倒错的真正含义。

---

1. 上田秋成（1734—1809），江户时代后期的日本国学学者、歌人、通俗小说作家。精通《万叶集》和音韵学，时常与本居宣长进行研究上的争论。代表作有《雨月物语》《春雨物语》《胆大小心录》等。《青头巾》与《菊花之约》都是收录在《雨月物语》中的短篇小说。

2. 罗伯特·穆齐尔（Robert Musil，1880—1942），奥地利作家。他未完成的小说《没有个性的人》与《追忆似水年华》《尤利西斯》齐名，常被视为最重要的现代主义小说之一。

3. C.G. 荣格（Carl Gustav Jung，1875—1961），瑞士心理学家。1907 年开始与弗洛伊德合作，发展与推广精神分析学说，六年后因与其理念不合而分道扬镳，自创了荣格人格分析心理学理论。提出"情结"的概念，把人格分为内倾和外倾两种；主张把人格分为意识、个人无意识与集体无意识三层。

吸血鬼的系谱学

前史

近代欧洲将吸血鬼的称呼统一固定为"Vampir"（德：Vampir，英：Vampire），几乎是 18 世纪初以后的事了。因此，"Vampir"这个名称算不上历史久远，但无须多说，吸血鬼现象本身在这之前就已出现，在欧洲以外的地域也大量存在着。

其中，在西欧文化圈里最有名的吸血鬼前身，大概首先要数希腊神话中登场的女怪拉弥亚。依照传说所言，拉弥亚是宙斯的情人，却因受到宙斯善妒的妻子赫拉的诅咒而陷入癫狂，杀死自己的孩子们，又因过度悲痛而变得丑陋不堪，整夜整夜都在抢夺各地母亲们的孩子，饮其血啖其肉。从语源上看，不如说拉弥亚与夜怪勒穆利亚（Lemuria，死者的灵魂）更加接近，但《古典古代学百科词典》的作者斯塔林（Stählin）等人都把拉弥亚视为吸血鬼形象的古希腊典型案例。

通过灵魂观念和对噩梦的解释，对能吸人血和吃人心脏并由此获得生命力、通过画符就能招来慢性病和死亡的亡灵信仰在世界各地生根发芽。

恐怕是在古典古代时期完全终结之后，这种拉弥亚的血腥形象与斯拉夫系的吸血鬼形象开始混合，成为促使近代吸血鬼诞生的一种契机。

与拉弥亚并列为古希腊吸血鬼妖怪而为人所知的形象中，有一种叫做恩普莎（Empusa，雌性螳螂）。这也是一种袭击幼童，杀死他们并饮血吃肉的妖怪。恩普莎在阿里斯托芬[1]的喜剧作品《蛙》中也曾出现，被描述成一个可以不断变换外貌身形的神秘怪物。她可以刚变成驴子就又变成公牛，一会儿变成美女，一会儿又变成狗。她的脸像火焰一样闪着红光，一只脚是矿石，另一只脚却是驴粪做的。根据费劳斯特拉图斯的记录，著名哲学家阿波罗尼奥斯的弟子梅尼波斯的新娘，便是化身为美女，企图享用年轻人血液的恩普莎。在被邀请光临的婚宴上，看破真相的阿波罗尼奥斯揭露了新娘吸血鬼的魔法，梅尼波斯不得不改变心意。

---

1. 阿里斯托芬（Aristophane，约前446—前385），古希腊早期喜剧代表作家，雅典公民，相传著有44部喜剧，现存《鸟》《蛙》《和平》《骑士》等11部。同哲学家苏格拉底、柏拉图有交往。

阿波罗尼奥斯一步也不后退，对妇人紧紧相逼。于是她只好坦白自己的身份是恩普莎，为了将梅尼波斯从头吃到脚才利用美人计来接近他。由此可见，她也是因为年轻人的血液新鲜而纯粹，才养成了经常品尝那美丽青春肉体的习惯。

——费劳斯特拉图斯

此外，主要以新生儿为目标进行掠夺的怪物杰罗（ゲロ）、从摇篮里偷走婴儿的恐怖夜之魔鸟斯瑞克斯（strix）等，也是威胁着古希腊人的吸血鬼般的怪物。

然而很显然，以上这些半神和怪物原本就是非人类的存在，与吸血鬼原有的定义——从墓地苏醒，渴望吸血的死人——还有一定的距离。伏尔泰曾经呵斥："吸血鬼的流行并非源于亚历山大大帝、亚里士多德、柏拉图、伊壁鸠鲁[1]、狄摩西尼[2]等人的希腊，而是来源于不幸变节、被基督教化之后的希腊。"这的确是至理名言。

正如伏尔泰在此指出的,（至少在 18 世纪流行的）吸血鬼信仰是基督教特有的倒错，这种观念与古希腊人并无

---

1. 伊壁鸠鲁（Epikourous，前 341—前 271），古希腊哲学家，继承德谟克利特的原子论，并在其基础上发展了实践性的哲学论，提倡快乐说。
2. 狄摩西尼（Demosthenes，前 384—前 322），古代雅典的政治家，作为反马其顿派的核心人物，提倡希腊城邦的防卫和团结。在同马其顿的战争失利后服毒自杀。

关联。事实上，古希腊并没有关于死后尸体不腐之人的记录，直到 8 世纪才终于有了与尸体复活相关的文献。不必说，那是在中世纪基督教传入希腊之后，其教义中晦暗的部分即恶魔信仰蔓延的时代。现代的吸血鬼研究者迪特尔·施图尔姆（Dieter Sturm）总结如下：

　　这个时代，魔女信仰肆意蔓延，教会将尸体不腐现象解释为被逐出教会之人所遭受的神罚，那么，吸血的魔物则被认为是成为恶魔贡品的人类死者。

　　马丁·路德以及伏尔泰都发表过与之相似的见解。尤其伏尔泰的理论，是从希腊正教会[1]信仰和罗马教会派之间关于不腐之尸的对立解释开始说起。根据希腊正教会的见解，埋在希腊土地中的罗马教徒的尸体不会腐烂。因为他们是被（正教会）逐出门外的人。而罗马教派的看法与之相反，认为不腐之尸才是永恒之美的封印象征，这才是圣人的标志。总之是在这样的前提下，伏尔泰展开了他的吸血鬼希腊发源论。

　　希腊的人们将这类死者视为魔女，称呼其为 βρυκόλακας，或是 Vrykolakas，因为字母表里的第二个字母要按此惯

---

1. 正教会，英文名为 Orthodox Church，又称东正教。是基于正统派神学与东方礼拜仪式制度的基督教三大流派之一。

例发音。这些死去的希腊人闯进别人家里，吸干小孩子的血，大口享用父母们的晚餐和美酒，并把家具破坏殆尽。即使把他们抓起来，只要不用火烧，他们便不会真正停止呼吸。然而在这种情况下必须注意，如果只是挖出他们的心脏而不烧死他们，不久后，连火也无法伤害他们了。

如果伏尔泰的想法是正确的话，8世纪以后的正教派希腊人便是将普通死者与死后不腐烂的可怕死者区分成了 α、β 两种类型。不过，βρυκόλακας 在希腊语中同时也意味着"狼皮"，有人由此提出另一种说法，认为该词指"狼人"。巴尔干地区时常把吸血鬼和狼人作为同类混用，与 βρυκόλακας 发音相似的塞尔维亚语 Vukodlak 也是"狼皮"的意思。另外，不必引出阿·托尔斯泰[1]的吸血鬼小说《波尔多拉克家的人们》作为例证，斯拉夫语中的这个词也是指吸血鬼。狼人和吸血鬼的深刻近缘关系，由此也可说是十分明了了。但想来，将伏尔泰的"另一种类别的死者"论，即被逐出教派的异端教徒末路的 β 型死者，放在比将狼人 = 吸血鬼读作 βρυκόλακας 的语源更接近近代的位置，也未必矛盾吧。可以推测，无论是异端 β 型死者还

1. 阿·托尔斯泰（Алексей Толстой，1817—1875），俄罗斯诗人，小说家，剧作家，代表作有长篇小说《白银侯爵》系列，短篇小说《吸血鬼》《三百年后的相遇》等。

是狼狂，对希腊人而言都没有分别。

狼人

显然，狼人和吸血鬼之间决定性的区别在于，在吸血时是活人还是死人。不过，一些地方也流传着狼人死后会变成吸血鬼的传说，由此可见，二者之间有着难以割裂的关联。

狼人（Werwolf，Bärwolf），通常是指猎取活人肉的狼人。在白俄罗斯传说中，它们虽然会袭击人类、撕裂人体、贪婪啃食人肉，但吸血并非其主要目的。它们可以凭借自己的喜好随时变成狼，或恢复原本的人类姿态，是能自由变身的活人，因此，这类人大都经历着双重生活，一面是连虫子都不忍杀死的放羊人，一面是凶恶的狼。

然而，在各地传说中，狼人也并非都是活着的人类，尤其在以巴尔干为中心的欧洲中东部，狼人和吸血鬼的身份时常被混同。例如在格但斯克[1]地区（现属波兰）的传说中，人们相信生前是狼人的人死后可能会复活，并从墓地里爬出来。因此，狼人的尸体也必须谨慎地烧成灰烬。

另一方面，在诺曼底地区的传说中，毋宁说狼人才是每到夜晚就爬出墓地或撬开棺木的死者化身。深夜站在这

---

1. 格但斯克（Gdańsk），波兰北部沿海地区最大的城市和最重要的海港。

类死者的墓前，能隐隐听到地底传来某种凄切的呜咽声，墓碑后燃起熊熊的青色鬼火。为了消除后患，此时需要像被除吸血鬼那样，挖开坟墓，让司祭[1]砍下尸体的脑袋。

饿死鬼

读吸血鬼的文献，时常会碰上"Nachzehrer"这种怪物的名字。这是在"贪食者"（Zehrer）前加上"nach-"（表达"之后"意思的前缀）的生造词，大意是死后仍会在墓中咀嚼食物或发出咀嚼声的死者。由于找不到适当的译词，以下都将其记作"饿死鬼"来继续话题。

饿死鬼并不一定要吸血，也不会直接对活人造成危害。纯粹形态的饿死鬼只会在墓穴中咬烂自己的尸衣或肉体的一部分以缓解饥饿，毋宁说它们甚至是一种无害的存在。1679年，在莱比锡[2]出版的菲利普·罗尔（Philip Rohr）的《关于死后咀嚼的自然哲学论证》一文，记录了一些典型的报告。

因为原文是掺杂拉丁语的难解文章，此处只取其概要。1345年，在哈尔斯多夫（ハルスドルフ）发掘出的女性尸体被检查出有异样特征，"挖开坟墓一看，她几乎

1. 司祭（Priest），基督教圣职之一，在罗马天主教会中仅次于司教，在东正教会、圣公会中仅次于主教。负责主持圣礼。
2. 莱比锡（Leipzig），位于德国东部的莱比锡盆地中央，在魏塞埃尔斯特河与普莱赛河的交汇处。

把头上的面纱吃了一半，上面沾满血迹，并从脖子上被拽了下来"。罗尔还列举了几个别的记录。根据他的引用，维滕贝格[1]地区的司祭在报告中说，该教区也有死去的女性在死后啃食自己身体的传闻。罗尔说："因此可以认为，挖开墓穴，不时发现女人吃掉自己嘴唇、面纱或围巾的这类事情确实存在。"

　　饿死鬼的别名还有"复仇鬼"（Gierrach）、"割头鬼"（Gierhals）、"死之接吻鬼"（Totenküsser）、"舔舐死人"（Dodelecker）等等。无论如何，纯正的饿死鬼不会对他人的血肉施加直接危害，只会吃掉自己的尸衣或肉体的一部分。但难以应付的是，它们在墓穴中啃食自己的手脚或咀嚼尸衣的行为，会对远方某个特定的人物（通常是该名死者的血亲或关系密切的人）施加类感作用，让对方患上重病，最终因衰弱而死亡。因此，乍看不过是自给自足的无害饿死鬼，也必须在发现时就钉入木桩或是处以火刑以根绝后患。

　　奥托·兹姆·施泰因（Otto zum Stein）男爵在《灵界谈议》（1730 年，莱比锡）中，也借普诺伊玛托菲利乌斯与安德烈尼奥两人之口，围绕饿死鬼进行了一段长谈。安德烈尼奥举出猎食鬣狗、田鼠尸体的例子试图解释这种异象，作为教师的普诺伊玛托菲利乌斯对此逐一进行反驳，

1.维滕贝格（Wittenberg），位于德国东北部易北河上游北岸的旅游城市，作为路德的宗教改革发祥地而闻名。

最后得出结论——那不过是听错了。与饿死鬼有关的著名见解，除此之外还有马丁·贝姆（Martin Böhm）的训诫录中的段落（1601年）以及1756年出版的《新奇谭集》中的逸话。奇特的是，这两者仿佛事先商量好了似的，都提出了与黑死病的关联。

黑死病流行的时期，听说罹患黑死病而死去的人们，尤其是妇女，会在坟墓中发出像猪拱食一样嘎吱嘎吱的磨牙声。不仅如此，每当出现这种声音，黑死病就会猛烈爆发，同时代的人都一个接一个地很快死去。1553年，黑死病再次大规模爆发时，果然还是出现了坟墓中女人磨牙的现象。

——马丁·贝姆神父

从米卡埃利斯（ミカエリス）到安德烈耶（アンドレーエ），几乎有两千人死去了。相继而亡的人之中，一个名叫格罗斯·莫诃巴鲁（ゴロス·モッホバール）的可疑放羊人在被埋葬时穿着衣服，可他却在墓中吃了起来，发出猪一样的磨牙声。接着人们挖开这个男人的墓，发现他的衣服已经鲜血淋漓地塞在他口中。于是人们用墓后的塔形木牌尖端刺向他，把（砍断的）脑袋放在教会的门前。此后，村子里再也没有出现新的死者。

——《新奇谭集》

　　后面（参考《吸血鬼百科》）会讲到，吸血鬼的横行与黑死病之间虽有斩不断的关系，但吸血鬼的前身——饿死鬼的命运已经将这段恶劣关系如实反映出来。一旦黑死病流行，被怀疑为饿死鬼的嫌疑男人（或女人）的坟墓就会被挖开，尸体也会被投入火中。人们似乎相信，第一个因黑死病而亡的人就是被诅咒的饿死鬼。

　　因瘟疫而死的第一个牺牲者，在墓中僵直挺立并啃食自己的尸衣。如果不早些挖出尸体并用铁锹削掉他的脑袋，直到他把自己的尸衣全部吃光之前，瘟疫都会一直持续。

——《东普鲁士民间故事》

　　不知为何，总的看来，饿死鬼中的女性比男性多。黑森州地区也有搜集到坟墓里发出咀嚼食物和磨牙声的例子，这种来路不明的声音果然还是女性饿死鬼所为。从林克（Lyncker）的《德国民间故事及民俗》中可以一窥当时的情景。

　　在名为黑尔萨的村子里，1558年，一个生前贪吃的女佣在墓中（如同贪食者或猪吃东西那样）发出咔呲咔呲的声音。挖开墓一看，她把自己的衣服吃了一大半。当下砍掉她的脑袋后，吃东西的声音和（类感）死亡都立刻停止了。

游荡死者

饿死鬼虽然不会离开坟墓，但同样的恶性死者（マ
ル・モール）之中，也有离开坟墓到处徘徊的邪恶死人。
这种被称为"游荡死者"（Wiedergänger）的类型是一种
行动的、处于能动态的饿死鬼，可以说是更接近吸血鬼生
态的变种。

游荡死者也并非都会吸血，或者说虽然也会吸血，但
这并非其恶性夜游的目的。14世纪初的德国曾经发生过
数起如下文所述的怪事。1337年的事件中，据说仅仅是
被游荡死者叫了名字，被叫的男子在那之后第八天就突然
死去了。仍然是在这个时期，生前臭名昭著的放羊人米斯
拉塔（ミスラータ）变成了游荡死者，以波希米亚卡丹恩
（Kaaden）的布劳村为中心四处作乱。恐慌的村民们挖开
米斯拉塔的墓穴，在其身上插以木桩时，突然响起一阵恐
怖的笑声："喂，你们是在逗我发笑吗！不过呢，这种短
棍儿也正合我意。下次我要用它驱赶你们这些狗辈，让你
们更不得安宁。"如此胆大包天地发表了再袭击预告之后，
第二天夜里，他真的又到村中徘徊，闹得村民们比之前更
加恐惧。因此，村民们重新挖出米斯拉塔的尸体并处之以
火刑。在火刑台上燃烧的时候，米斯拉塔的尸体发出令人

惊异的"公牛般的咆哮声",此后,祸事便完全休止了。

1345 年,列温(Lewin)村一个名叫多哈慈(Duchacz)的陶工的老婆死后变成野兽,吓唬放羊人和家畜。她生前就会使用妖术,化身野兽想必非常容易。总之她变成游荡死者开始夜游之后,村子里就接二连三地死人。人们照常在这位死去的魔女胸口插入木桩,但敌人也不是好对付的,不管怎么努力,插中心脏的木桩都会脱落。于是他们只能火烧尸体,据说这时的火葬场刮起了一股漆黑的旋风。

有趣的是,这些怪事记载中也有无害的游荡死者,也就是不直接伤害人畜,只一个劲儿发出嘈杂声音的亡灵。此外也有一些不对人类下手,只是袭击家畜圈舍或抢夺食物的游荡死者。最凶恶的要数作为吸血鬼同族或是前身的死后复苏者,但比起吸血,它们通常只是突然跳到路人背上、掐人脖子或愚弄对方。

根据一位名叫塔尔桑达(Tharsander)的编年史作者的报告,西里西亚的霍策普洛兹(Hozeploz)村就有这种要人背的怪物时常横行。这个村子的很多男人死后都会回到自己的家,不仅和家人一起吃喝,甚至还和自己留下的孀妇交媾。"如果偶有旅人看到他们从墓地爬出来,他们就会跟在对方身后,紧紧贴在旅人的背上。"(《世界上的奇妙想法与故事的舞台》,1736 年)

　　16 世纪弗罗茨瓦夫 [1] 的学者中，一个名叫魏因里希（Weinrich）的人将佛罗伦萨的魔术哲学家皮克·德拉·米兰多拉 [2] 的著作加工后出版。在该书序言中，他将自己在周边所见所闻中值得深思的恶性死者报告记录了下来，此处顺便介绍一下。魏因里希记述了两个死后复苏的实例。

　　其中之一是发生在 1591 年的事件，某个自杀的鞋匠死后爬出坟墓，夜夜徘徊，掐人脖子。受害者的脖子上有清晰的咬伤和青痕。鞋匠是同年 9 月 22 日下葬的，第二年 4 月 18 日挖开他的坟墓，里面的尸身完全没有腐坏的迹象。尸体被转移到教会外（没有被净化的地方）之后，游荡死者的恶行仍未停止。直到 5 月 7 日，鞋匠再次被挖出来烧掉了。

　　第二个事件发生在西里西亚和奥地利国境附近的波希米亚，一个名叫雅格恩多夫（Jägerndorf）的村子里。一天，农夫约翰·孔策（Johannes Kunze）被马踢了。当晚，孔策的儿子看到一只猫从父亲约翰的脸上跳了过去。儿子没把这件不吉利的事告诉别人，但没多久老约翰就死了。死后第三天夜里，约翰变成亡灵回到家中抢夺物品，还掐死了自己的儿子们。人们在他的墓中发现了田鼠洞，并且其尸衣沾满血迹。尸体从 2 月 8 日到 8 月 20 日一直被埋

---

1. 弗罗茨瓦夫（Breslau），波兰西南部濒临奥德河的工业城市。
2. 皮克·德拉·米兰多拉（Giovanni Pico della Mirandola，1463—1494），意大利文艺复兴时期的哲学家、人文学者。

在地里，却没有丝毫腐败的迹象，于是当场被施以火葬。

　　这两个例子中，游荡死者都有掐脖子的特征。马丁·路德的桌上谈话第 6823 条中有题为《关于骗人与掐脖子恶魔的世界奇妙故事》的传说。这个故事（至少在迪特尔·施图尔姆选录的吸血鬼资料集中）不知为何，并没有题目中所说的掐脖子恶魔出现。不过路德此处想说的一定也是类似混合了饿死鬼和游荡死者的恶性死者。文章很短，此处翻译全文如下：

　　根据维滕贝格的牧师 M·格奥尔格·罗勒（Georg Rörer）的记录，某个村子的某位妇人，由于从死后下葬便在墓中啃食自己的身体，同村人几乎全死光了。于是这位牧师向马丁神父询问此事何解，神父如此回答："那是恶魔的蛊惑，是恶意的勾当。别把它当真，只要将其视为恶魔的幻影，就不会受到伤害了。话说回来，因为村民们都很迷信，就只能这样死去，别无他法。如果知道了真相，比起像那样轻率地死去，不如这样告诉恶魔：啊，来吃吧，该死的恶魔！这里有你的盐！就算伪装也没用！"

　　这是阐述路德的吸血鬼观的珍贵文章，将之与前文中马丁·贝姆的文章对比来看，不失为一个广泛展现新教徒以合理主义方式解释迷信的好例子。

类吸血鬼

　　在迄今为止的记述中，虽然有从古希腊一蹴而至中世纪的印象，但显然，整个中世纪并非没有与吸血鬼类似的危险诱惑。噩梦像[1]（Alp）、梦魔（Mähr）、淫梦魔（Inkubus）之类魔女信仰的产物，毋宁说活跃于比任何时代都更加暗黑的周末夜会[2]（Sabbat）。在魔女信仰最鼎盛的时期，魔女们不时被怀疑是吸血魔或食人魔的化身。试着回想一下《麦克白》中不断搅拌大锅里诡异杂煮的魔女和《浮士德》中布罗肯山[3]的光景。魔女们在春夜的高山或幽暗的森林里举办魔宴，尤爱撕碎幼儿的肉体尽情享用。据说她们的主要目的是那具有神奇药效的心脏。15世纪初期的诗人汉斯·温特勒（Hans Vintler）的诗歌中有如下内容：

　　　　众多愚者们谈论说，

---

1. 噩梦像，德国传说中的一种梦魔。拥有吸血鬼的性格，常以猫或鸟等动物姿态出现，戴着能让自己变得透明（隐形）的帽子。由于它们大都是进入女性的梦中吸食精气，所以其性别被认为是男性。噩梦像原本是日耳曼神话中的精灵，与"Elfen""Elben"、北欧神话中住在妖精国"Alfheim"的光之妖精"Alv"同源。随着基督教的传入与流行，其形象渐渐堕落，成为栖息在黑暗里的恶魔，在后来的民间传里又成了妨碍睡眠的恶魔。
2. 周末夜会，欧洲的民间迷信，指周六晚上召开的女巫及恶魔迷信者的集会，也称魔宴、魔女的宴会等。
3. 布罗肯山（Brocken），德国中部哈尔茨山脉的最高峰，海拔1142米，因产生人称"布罗肯幽灵"或"布罗肯光环"的特殊气象现象而闻名。

> 妖魔（Drude）是年老的女性，
> 能吸人类的血。

这里的"妖魔"，就是以德国为中心的传说中的一种吸血鬼（参考《吸血鬼幻想》）。根据迪特尔·施图尔姆的引用，《德国神话学要义》的作者卡尔·西姆洛克[1]不仅指出了此处"妖魔"与吸血鬼的关联，还向前追溯到古代神话学与之的关联。"吸血鬼想要重新复活，必须吸食活人的鲜血，这种看法与古代人的信仰紧密相关，正因如此，奥德修斯才会喂冥府的影子们喝血，以此恢复他们的灵魂和意识。"

此处需要注意的当然是荷马所著《奥德赛》第 11 卷《招魂》的章节里，奥德修斯给深渊中拥挤的影子亡灵们供奉羊血一事。通过血的授受，生者之力转移到死灵的身上，又或者相反，像吸血鬼信仰那样，凶恶的死者恶灵通过吸血行为依附在活人身上。无论哪种都是发端于古代祖灵崇拜中认为鲜血具有魔术般生命力的观点。

对血的崇拜竟然到了如此地步。在其固定为吸血鬼这个形象之前，这种对血的崇拜是人类与生俱来的情感，极其古老且分布极广。因此，与吸血鬼相似的具有嗜血症状的神灵、半神或怪物在世界各地同时大量涌现也并不奇

---

1. 卡尔·西姆洛克（Karl Joseph Simrock，1802—1876），德国诗人、语言学家、古代德国文学研究者。

怪。即使无法证明它们之间特殊的血缘关系，在欧洲文化圈以外也有其他的吸血鬼层出不穷，想必也是因为以上原因吧。塞萨利亚的巫女、葡萄牙的 bruxa、阿拉伯的غول，埃及的木乃伊信仰、德国的 drude 等在前章《吸血鬼幻想》里已经提过，除此之外的类吸血鬼，以下参照迪特尔·施图尔姆搜集的资料进行列举。

Gandharva（梵：गन्धर्व）　古代印度婆罗门教诸基本教典中出现的下级神，嗜血好色的淫魔。会在夜里袭击睡梦中的女性。

Pisaca　A·W·施莱格尔[1]也曾介绍过的印度的凶恶怪物。渴望生物的血肉，会袭击睡眠、酩酊、狂乱状态的女性以满足情欲。

Dashnavar[2]　芬兰的山灵。会袭击旅人并从脚底吸血致其死亡。

Ovenga　下几内亚地区的 Camma 族和 Commi 族信

---

1. A·W·施莱格尔（August Wilhelm von Schlegel，1767—1845），德国的文学家、哲学家、文献学家。
2. 据查，名为 Dashnavar 或 Dakhanavar 的吸血鬼出自亚美尼亚的民间传说，据说它们保护村庄不受侵入者的骚扰。此处不知是作者的资料来源有误，抑或二者确是不同地域的传说形象。

仰中的吸血魔。似乎是一种具有破坏性的狰狞恶魔，会毫无理由地杀伤人畜，为寻找牺牲者而长期徘徊于森林之中。

Buau　婆罗洲达雅族（Dayak）信仰中的吸血魔。人们认为这种怪物体内寄宿着战场上被杀的敌兵灵魂。

顺便也要说一下作为吸血魔在日本也广为人知的印度神——荼枳尼天（吒祇尼天）。荼枳尼天的本体，根据南方熊楠[1]的解释是啃食尸肉的豺狼。与之相对，幸田露伴[2]在《魔法修行者》中将荼枳尼天的原义解释为"饮血者"。此外，令人联想起希腊女怪拉弥亚的鬼子母神[3]、从臀部吸血的河童等已扎根于日本土俗信仰的吸血鬼信仰，如果挨个数来数量也绝不会少。不过，此处还是让我们把话题重新拉回到欧洲大陆吸血鬼发源地的巴尔干半岛。

名称

让我们回到篇首，继续考察吸血鬼的名称吧。关于

---

1. 南方熊楠（1867—1941），日本的生物学者、民俗学者，因博闻强记与奇特行为而闻名。著有《十二支考》《南方随笔》等许多作品。
2. 幸田露伴（1867—1947），日本的小说家、随笔家、考证学家，著有小说《风流佛》《五重塔》《连环急》，史传《命运》等。
3. 鬼子母神（Hārītī），守护佛教的夜叉女神之一，在日本被视为安产、育儿之神，多为天女之姿，也有的取鬼神形象。

近代欧洲语言将吸血鬼称为"Vampir"的语源学由来虽有诸多不同的观点，但尚未得出定论。根据《斯拉夫语词典》的说法，这个称呼最早发源于土耳其语，北方土耳其语中表示吸血鬼的"Uber"一词相当于塞尔维亚语中的"Vampir"。"pir"这个词原本有"飞翔"的意思，加上否定前缀"vam-"，"Vampir"自然就是指"无法飞翔的人"。另一方面，民俗学家约瑟夫·克拉帕（Joseph Klapper）认为该词拥有波兰语系的语源，其意义与前述完全相反。

他认为波兰语中意味着"拥有翅膀"的"upierzyc"或表示"有翅膀的亡灵"的"upior"才是 Vampir 的语源。1721 年刊行的路查钱斯基（Rzaczynski）所著《波兰帝国自然史》中的记载也为以上说法提供了证据。

我再三从可信的目击者们口中得知这样的报告：一些死者经过很长时间仍能活动四肢、面色红润且尸身不腐，甚至口、眼、舌都能活动，会啃食自己的尸衣乃至自己身体的一部分。有时候这些尸体会从墓地中站起来，在街道的十字路口或家家户户的门边徘徊，用手指向这个人或那个人，抑或突然袭击路人、掐人脖子。如果尸体是男性，则称为"Upir"，若是女性，则称为"Upierzyca"，换言之，它们是一种拥有翅膀和羽毛，能轻松地四处往来的人体。

　　与之相对，18世纪初期的书志学[1]家约翰·克里斯多夫·哈伦贝克（Johann Christoph Harenberg）则是更直接地提出希腊语源说，认为"vam"是希腊语中表示"血"的"Aíμα"，"piren"则是"饥饿"的意思。不过与这位哈伦贝克的观点相对，《关于坟墓中死者的咀嚼或啃食》（1734年，莱比锡）一文的作者米夏埃尔·朗福特（Michael Ranft）则认为这种解说像是把"欧洲"（Europe）一词的语源归结为"破碎的鸡蛋"（Eυρώπα），是如同儿戏的牵强附会，可一笑付之。这种观点也必须记录于此。

　　伏尔泰也曾在希腊语中寻求吸血鬼信仰的渊源。如前所述，由于希腊语字母表中的第二个字母发音为"broucolacas"或"vroucolacas"，信仰希腊正教的基督教徒就以此来称呼埋在希腊土地里的罗马信仰系基督教徒的死者。将那些（从东方看来是）死后无法获得安宁的异端信仰者归类于β型，就是起源。但很显然，伏尔泰的观点只和作为迷信的吸血鬼传说的起源相关，与"Vampir"的语源本身并没有关联。

　　无论如何，欧洲语言史上将吸血鬼固定统称为"Vampir"的历史并不长。在德国，这个词最早作为学术用语出现在医学论文中是1732年。这之前的记录都是更

---

1. 书志学（Bibliography），以书籍为研究对象的学科，对书籍的形态、材料、用途、内容、成立的变迁等进行科学实证的研究，与中国的目录学、版本学、校雠学、考证学、辑佚学等相似或互为补充。

加间接的内容。1694 年的 *GALLANT MERCURY* 报纸中载有与俄罗斯和波兰的吸血鬼信仰有关的报告，其中，"当地将这种怪物称为 Vampir"一句表明，那时候对吸血鬼的称呼还没有德语化。

约瑟夫·克拉帕等人认为这种称呼作为学术用语的意义十分混乱，断言其不能随意使用。然而大势所趋，18 世纪初期，"Vampir"这个名称已经开始作为国际用语固定下来。1732 年，匈牙利政府曾派遣数名高级将领与军官司令组成调查队。在纽伦堡刊行的《见闻录》中，他们所写报告的副标题为《土耳其属塞尔维亚梅德里卡村中，1732 年 1 月 7 日发生的所谓吸血鬼（Vampir）或吸血魔事件相关》。虽然有"所谓"二字，但也应该可以说明，从这时期开始，吸血鬼的名称已经正式融入西欧语言的词汇之中。

"Vampir"这个词，在后来的 19 世纪被博物学者们转用为指代"吸血蝙蝠"的用语，进入 20 世纪之后，该词再度被转化为银幕上"命中注定的女人[1]"，即"荡妇"的意思。翻开 J·J·珀奥贝鲁社出版的《性学词典》，找到"荡妇"一项，可知银幕上第一个被称为荡妇的女演员是蒂达·巴拉（Theda Bara）。正是她，凭借爱的拥抱将男人的鲜血与精气吸食殆尽，将贫血症似的衰弱、彻头彻尾

---

1. 命中注定的女人（宿命の女性），对应法语的 femme fatale。

的被动与恍惚初次展现给银幕上的情人与观众，也是第七艺术最初的"命中注定的女人"。顺带一提，"Theda Bara"这个艺名是特意为其角色[1]量身定做，将"阿拉伯死神"（Arab Death）进行拆字重组后得到的名字，这件事也相当有意思。

---

1. 指影片 *A Fool There Was*（1915）中蒂达·巴拉饰演的角色。

吸血鬼论战

从 18 世纪初期开始的数十年间，以教皇统治的罗马、巴黎和玛丽娅·特蕾莎[1]统治的维也纳为中心，一场堪称吸血鬼论战的讨论在当时的西欧全境持续发酵。为什么会出现吸血鬼？尤其是它为什么还呈现出流行性传染病的趣旨？什么样的人会变成吸血鬼？圣职者、科学家、书志学家、新闻工作者，乃至启蒙主义者、教权主义者们，时而从宗教的角度，时而从社会或病理学的角度，与试图阐明这种惊人现象的观点进行争论，加入论战。

　　说起总括性的吸血鬼理论，首先必须列举本笃会修道士唐·奥古斯特·卡尔梅的《精灵显灵，以及匈牙利、摩拉瓦[2]等地吸血鬼或复苏死者相关的考证》（1746 年初

---

1. 玛丽娅·特蕾莎（Maria Theresia，1717—1780），匈牙利、波西米亚女王，奥地利女王，在奥地利王位继承战争中失去了西里西亚，但确保了丈夫弗兰西斯一世的神圣罗马帝国王位，后发动七年战争企图收复失地，以失败告终。她致力于加强奥地利的国家权力和确立绝对主义，被视为典型的启蒙专制君主。
2. 摩拉瓦（Morava），捷克东部多瑙河支流的摩拉瓦河流域地区。

版）。接着是教皇本笃十四世（别名：Prospero Lorenzo Lambertini）公开发表的《科学之光照耀下的吸血鬼》（1749 年，罗马）和《过错在于司祭者一方》（1756 年），以及玛丽娅·特蕾莎女王的御医杰拉尔德·范·斯威登（Gerard van Swieten）所写的《与吸血鬼相关的医学报告》（1781 年，那不勒斯）等文章出现。伏尔泰的哲学词典也在 1764 年加入了"吸血鬼"这个项目。如果只列出名字，还有 J·Ch·哈伦贝克、福克特（Gottlob Heinrich Vogt）、米夏埃尔·朗福特、斯托克（John Christian Stock）、左普福（Johann Heinrich Zopf）、阿尔让斯侯爵（Marquis d'Argens）等人，各自以吸血鬼为主题相继发表了重要研究。

　　确实只有 18 世纪是吸血鬼最被频繁提起且最受到严肃讨论的时代。到了 19 世纪，合理主义的世界观占据支配地位，环境进入相对稳定期，吸血鬼也逐渐丧失现实性的魔力，被放逐到小说稗史的世界中去。换言之，它们堕落为女人和小孩的玩物，最终和弗兰肯斯坦[1]这样的怪物以及狼人一起，成为通俗恐怖电影中的丑角。然而在 18 世纪行进的过程中，教皇、女王、当代最杰出的高僧和知识分子等精神世界的领袖们尚且把吸血鬼作为当下吃紧的

---

1. 弗兰肯斯坦，又译作"科学怪人"，玛丽·雪莱于 1818 年出版的科幻小说，描写青年科学家弗兰肯斯坦用尸体制造出机器人怪物，最终也因此丧命的故事。

重要事件，进行了相当认真的研讨。

一言以蔽之，吸血鬼论战是近代合理主义与野蛮狂暴的中世纪神秘主义之间的论战，也是科学和迷信之间的最后决战。在动辄死亡又复活的魔术般的中世纪的胸口上，启蒙思想给与了最后一击，论战就此终结，吸血鬼被彻底埋葬。就这样，隐藏在中世纪教权统治背后踏天蹭地的本土魔术迷信这块灰色地带，它与教权交媾的关系也被完全切断。从此以后，杀死吸血鬼的新兴资产阶级牵起那双沾满鲜血却奇妙地丝毫不带血与泥土气味的手[1]，无惧爱与死彼此相连催生的危险化学反应，迈向另一个由合理主义专制统治的、整然有序却危机四伏的新时代。

如果启蒙思想正如其名那样意味着光明（Lumière），那么吸血鬼就是蜷缩在黑暗里的未知怪物。因此，伏尔泰那句"18世纪居然会存在吸血鬼！"的感慨，毋宁说应该反过来理解，启蒙思想发展得越是兴盛，迷信的性质就更加容易暴露，这才是实情。几件案例的出现，只会让勃兴的资产阶级更加夸张地凑近探究作为假想敌的吸血鬼信仰，不是吗？

"吸血鬼为人所知，不过是近60年来的事情"，唐·卡尔梅说这句话时是在1751年。事实上，直到17世纪末期，除了两三个例外，西欧几乎还没有任何值得瞩目

---

1. 指前文提到的启蒙思想。

的吸血鬼文献。既然如此，真的是在进入 18 世纪后，各
地才突然涌现出大量吸血鬼吗？那也未必。类似的事件其
实以前也有很多，只是因为并未受到关注，文书记录中也
没有收录，又或者作为怪异事件耳口相传，仅仅限于地方
范围内。18 世纪吸血鬼文献的一个特点就是，构成其主
要内容的是匈牙利、摩拉瓦、塞尔维亚、西里西亚、波
兰、阿尔巴尼亚、希腊等西欧落后国家腹地区域的本地新
闻公开报道。处于开化尖端、自身拥有的吸血鬼体验已贫
瘠得仿佛罹患贫血症般的西欧各都市，率先注意到欧洲中
东部的吸血鬼资料，就像是一种封印吸血鬼的残忍工序，
要在给予其最后一击之前撬开已经盖上的棺盖，将那可怖
之物的真实身份暴露在青天白日之下。

　　在被除吸血鬼中打头阵的其中一人是启蒙主义思想家
伏尔泰。伏尔泰揭发这可笑而蒙昧的迷信时所用的辛辣语
调中，仿佛已经能够听到新兴第三阶级那意气高昂、得意
扬扬的号角齐鸣。揭发内容的锋尖首先指向了驯养怪物的
教会。

　　多么令人吃惊！我们 18 世纪居然会存在吸血鬼！说
起来，在洛克[1]、舍夫茨别利[2]、托兰夏尔（Tranchard）、科

---

1. 洛克（John Locke，1632—1704），英国哲学家、政治思想家，英国经
验主义的代表人物之一，也在社会契约理论上做出重要贡献。
2. 舍夫茨别利（Third Earl of Shaftesbury，1671—1713），英国思想家，受
教于洛克。

林斯（Colins）的时代之后，达兰贝尔[1]、狄德罗[2]、圣兰伯尔（St Lambert）、杜克洛[3]的同时代人也相信吸血鬼的存在。何况那些令人敬畏的神父与司祭、圣瓦恩（St Vannes）以及圣伊杜尔夫（St Hidulphe）修道会的本尼迪克修道士、年薪高达十万法郎的塞农大修道院院长，以及享受两份同等级年薪的圣职者唐·奥古斯坦·卡尔梅[4]等人与索邦神学院[5]合谋，一次次地更新着吸血鬼物语的版本。

说实话，伏尔泰的论文中并没有任何可引为资料的新观点或新发现，仅仅是借用唐·卡尔梅、阿尔让斯侯爵当时的报告，对其进行嘲讽或将其推翻而已。他认为吸血鬼信仰已经是落后于时代的"迷信"。也就是说，在伏尔泰将其视为没有实体的魔术性虚构的批判之中，一方面也孕育了此后二十多年即将簇生的吸血鬼诗文的、亦即作为虚

---

1. 达兰贝尔（Jean Le Rond d'Alembert，1717—1783），法国数学家、物理学家、哲学家，对微积分学和流体力学有贡献，与狄德罗一起编纂《百科全书》，并亲自执笔数学条目，在哲学上主张不可知论。
2. 狄德罗（Denis Diderot，1713—1784），法国思想家，与达兰贝尔等人担负编纂《百科全书》的任务。
3. 杜克洛（Duclos，1704—1772），法国小说家，其作品以敏锐的洞察力观察 18 世纪的社会风俗。
4. 应与前文中提到的唐·奥古斯特·卡尔梅是同一个人。
5. 索邦神学院（Sorbonne），是神学家罗伯特·德·索邦于 1257 年（一说 1253 年）创办的巴黎大学神学宿舍，后成为巴黎大学神学院乃至巴黎大学的通称。

构（fiction）的吸血鬼故事的划时代萌芽；而眼下应该注意的，是他那彻底的教权憎恶所显示出的，甚至称得上盛气凌人的攻击姿态。有时候，这种对教权和特权阶级的弹劾充满大胆的机智，读来令人十分痛快。

这些死人在波兰、匈牙利、西里西亚、摩拉瓦、奥地利和洛兰[1]等地吃饱喝足。吸血鬼的传闻在伦敦、巴黎都未曾听说。坦白说，这两个都市里居住着贪婪吮吸民脂民膏的投机商、中介业者和商人们，这伙人虽然已经腐坏得没救了，却还不是死人。这些真正的吸血者并不住在墓地，而是堂而皇之地居住在无比舒适的寝殿中。

最初让人提供死后膳食的，据说是波斯的国王们。如今的国王们虽然也效仿波斯的国王，但享用那些食物与酒水的其实是修道士们。因此国王们不该被称作吸血鬼。真正的吸血鬼是将国王和人民都作为食物的修道士们。

伏尔泰的以上言论，几乎一字不差地被卡尔·冯·科诺普劳赫·佐·哈茨巴哈（Karl von Knoblauch zu Hatzbach）在《为启蒙家与非启蒙家而作的记录》（1791 年）一文中重申，然而令人悲哀的是，这位二流作者将伏尔泰作为修辞写下的内容信以为真，由此产生了重大的事实误解。想

---

1. 洛兰（Lorraine），法国东北部地区。

必科诺普劳赫只是将伏尔泰的文章囫囵吞枣，并未查证唐·卡尔梅所写的原文吧。

　　唐·卡尔梅承认吸血鬼之中存在死者复活的证据，且毫不羞耻地将旨在帮助强化基督教教义——却因持有合法证明书而被承认的——民间传说作为例证举出。

　　这不仅是夸大其词，而且是错误的。唐·卡尔梅从未断言过吸血鬼能作为死者复活的证据。相反，某种程度上，他比启蒙思想家更加科学地试图否认死者复活的可能性。为此，他竭力探讨死者复活的各种可能，甚至试图从危险的角度反向证明，即使出现死者重生的情况，也不过是被视为死者的活人重新活过来而已。换句话说，唐·卡尔梅将如今我们所说的强直性昏厥（Catalepsy）、由误诊造成的"认为已死的尸体"和溺水者脉搏重新跳动等事实也以实证方法进行了说明。要言之，他急切地想要证明，即使可能有自然情况下（被认为死亡）的"死者"复活，魔术般的复活也是不可能的。这位护教心切的修道士害怕的是吸血鬼信仰中潜藏的魔术性，而非科学性；因此，只要他认为科学性的真实有利于护教性的辩论，也就开明地接受了。毋宁说，将科学视为绝对真理的启蒙主义者们在这个问题上倒显得主观，将一切死者复活的可能性从头到

脚进行了否定。"自希波吕托斯[1]以来，时常有死而复活的
人出现，而现在已不可能。"（伏尔泰）

　　唐·卡尔梅不过是援引科学的事实，证明了吸血鬼是
恐怖和想象的产物，而非相反。死者因恶魔和妖术师的力
量复活一事，就算是与无神论（科学）握手言和，也必须
予以否定。然而，区分启蒙家们和这位正统天主教代言者
的特点只有一个。死者复活的可能性虽然遭到科学之名的
全面否定，但由此也可以反过来得出一个结论："能复活死
者的只有神明。"以科学之名全面否定恶魔的所为，因而
对神的存在给予全面肯定。唐·卡尔梅的吸血鬼论，不过
是完美活用这种理论诡计而实施的一种否定式的神正论[2]。

　　虽然绝对拥护者们像科学与宗教的关系那样彼此对
立，可一旦魔术站在其对立面，这两者便会立刻暗通款
曲，拉开共同战线。这也不难理解，因为民俗迷信和魔术
信仰无论对正统教会而言，还是对合理主义者而言，都
是同样不共戴天的敌人。如果要让他们承认魔术的可怕
力量，还不如与眼前的论敌暂时和解、一致对外。因此，
唐·卡尔梅在某种程度上可谓十分科学也是理所当然。例
如，他将吸血鬼信仰的真正原因归结于巴尔干各国的粮食

---

1. 希波吕托斯（Hippolytos），希腊神话中雅典王之子。他拒绝了继母的求
爱，继母留下一封陷害他的遗书后自杀。其父听信遗书谗言，控告了自己
的儿子，于是波塞冬把希波吕托斯死了。
2. 神正论，哲学上指一种为上帝辩解的理论，试图说明世界上存在邪恶无
损于创世主的"全能"与"至善"。

危机，指出极度的饥饿与贫困可能催生吃人肉的空想，认为吸食鸦片为这种空想插上了翅膀。这样的观点现在看来也颇具说服力。

正统教会与科学和启蒙思想携手共进，试图否认吸血鬼的实际存在，这种趋势越来越明显。唐·卡尔梅提出吸血鬼论后不到几年，这次变成教皇本笃十四世直接出面处理消灭吸血鬼的问题。本笃十四世是历史上唯一一个就吸血鬼问题做出过发言的教皇，也是有名的伏尔泰崇拜者与自然科学爱好者。

在奥尔内拉·沃尔塔（Ornella Volta）与瓦莱里娅·里瓦（Valeria Riva）共同编著的《罗杰·瓦蒂姆所赠的吸血鬼故事集》一书中，共同收录了这位教皇以俗名兰贝蒂尼（Lambertini）所写的《科学之光照耀下的吸血鬼》一文和一封写给雷奥博尔德（レオポルド）大主教的信，旁边还以短注形式附录了这位教皇的生平与业绩。据此记录，这位爱好学问、奋发上进的教皇作为罗马教会史上最特异的人物，不仅是医学、外科手术、植物学、心理疗法的业余爱好者，还受到其出生地博洛尼亚[1]医学环境的影响，以科学的方法探究奇迹、幻视、神秘体验等，并将其成果归纳为《无上幸福的神之观照与受到祝圣[2]的无上幸福》一

1. 博洛尼亚（Bologna），位于意大利北部，是亚平宁山脉北麓的城市，中世纪以来便是欧洲学术、文艺的中心。
2. 祝圣，基督教中将人或物"圣化"的一种形式。

书。或许也是由于他进步主义般的行事作风，这位教皇死后，比起天主教教徒，反而是新教徒的教众们更感到深切的悲痛。

总之，在他担任教皇期间，不知幸或不幸，正是教会直面各种吸血鬼现象的时期。事情变得有些微妙。按照O·沃尔塔与V·里瓦[1]的注释——

曾是伏尔泰拥戴者的兰贝蒂尼虽然颇为怯懦，却轻蔑地驳回了这个问题。然而，圣职阶级中的一部分——对奥地利国王（及其他斯拉夫诸公们）所辖地域内，统治者和人民之间的各种关系变得微妙的这一时期中的人心与事件感到害怕——似乎也很困惑。这种困惑的若干症状，在唐·卡尔梅那极其慎重的态度之中，抑或从玛丽娅·特蕾莎政体对恶劣条件下的圣职者们会被压垮的担忧之中也能看出。要言之，这是在警告他们不要借吸血鬼信仰之名做过头了。

开明的兰贝蒂尼认为，对这种蒙昧无知的迷信付之一笑、袖手旁观就行了。事实上，在他以兰贝蒂尼之名发表的小论文《科学之光照耀下的吸血鬼》中，一面介绍《致力于医学与自然科学发展的评论杂志》（1732，纽伦堡）

1.即前文提到的奥尔内拉·沃尔塔与瓦莱里娅·里瓦。

中所刊载的科学家们的报告和见解，一面得出了"显然，吸血鬼复活或与之相关的事件都是想象力、不安与恐惧的产物"这样的明快结论。然而，他不仅要统帅麾下的圣职者们，还需注意不引起玛丽娅·特蕾莎统治下的人民与下级教士之间的摩擦。饱含政治顾虑且期望万全的教皇文书，可不能采用上述写法。

　　作为穷极之策，兰贝蒂尼想到将一部分不道德的教士作为攻击对象。他提出，利用吸血鬼信仰煽动民众的恐怖情绪，令他们自然而然跑去寻求教会庇护，自己再趁此机会席卷信众钱财的恶劣教士存在于部分地区；为了让这种恐怖情绪愈加泛滥，他们故意到处宣扬吸血鬼的可怕。兰贝蒂尼的这番心理洞察贯彻了他作为怀疑者的论调——这正是以吸血鬼为饵，与伏尔泰所说的"将国王和人民都作为食物的修道士们"的指控完全相符的见解。

　　那封引人注目的由本笃十四世写给雷奥博尔德大主教的书信，大部分是引用例证的渊博医学知识的产物。首先引用的是玛丽娅·特蕾莎女王的御医杰拉尔德·范·斯威登所写的《与吸血鬼相关的医学报告》，提出死后的尸体仍面色红润是受埋葬地点的土壤成分所影响的论证。接着，他以自己的著作为参考，论述死后不腐败的完整尸体并非都是源于奇迹，之后再陈述科学上不证自明的"吸血鬼幻觉说"，得出如下结论。

　　无论如何，根绝这种迷信是身为大主教的猊下[1]们的义务。猊下们只要正本清源，便可发现那些诱惑心智薄弱的民众、以被除恶魔或弥撒之名欺骗钱财的司祭们的存在吧。

　　事实上，将吸血鬼信仰归结于是教会内部有不道德司祭造谣，本笃十四世并非第一人。比这更早的 1738 年，在《犹太人的信》这本书中，阿尔让斯侯爵便已公开猛烈抨击过"姑息任何形式迷信"的"拿撒勒人[2]式的"司祭和教皇，认为吸血鬼信仰也是其中一种。阿尔让斯认为，罗马存在大量幽灵传说，就是为了尽可能向信者们灌输不安。炼狱之火的恐怖最终促使大量钱财流入圣职者们的口袋，也是自古以来的传统。然而，作为先于时代的启蒙者，阿尔让斯反倒因此激怒了制造恐慌的耶稣基督会士们，他被视为无神论者而被告上了法庭。（有趣的是，大约三十年后，在启蒙思想的鼎盛时期获得撰写吸血鬼论机会的伏尔泰却丝毫不懂得感恩，竟将这位阿尔让斯侯爵斥为"过分逢迎耶稣基督会士"。）

　　不过，认为圣职者才是令吸血鬼信仰猖獗于世的启蒙主义者兼开明教皇的见解，乍看之下虽然反常，实际却

---

1. 猊，指狮子。猊下是对高僧或宗教高位者的敬称，大致相当于对非宗教人士的尊称"阁下"。
2. 拿撒勒人，新约圣经中对耶稣基督的称呼，也指第一代基督教徒。

可谓饱含对当时正统教会内部构造的深刻洞察。就像异端审判与魔女审判以血的记录如实展示的那般，约在 14 世纪以后，遭遇没落期的中世纪基督教彰显出一种主动的基盘倒错：比起神之恩宠带来的福音，反而更倾向扎根于恶魔之恐怖的末世论与赎罪观。在下级司祭与农民接触的末端教化组织中，这种以恐怖为媒介的末世憧憬大都带有肉欲的实质，与混合乡土味、血腥味的原有土俗民间信仰以倒错的形式相联结，并以人为夸张的恐怖来支撑对福音的确信。在鼎盛时期与异端魔术之间的调和关系虽已荡然无存，基督教却以倒错的方式将魔术视为必要，并在现实中与之相关。如果魔术的不正与邪恶无法以肉眼可见的形式存在，那人们凭什么去相信正统基督教的善是真实存在的呢？

除西班牙这样的落后国家以外，魔女迫害的热潮已现颓势。但在落后的巴尔干地区，最后的魔法之火以吸血鬼信仰的形式显现。中世纪初期以及希腊吸血魔 βρυκόλακας 以降的本地吸血鬼传说刺激着濒临没落的教会出现"基督教式的倒错"。下级司祭或许意识到，这是将民众吸引至教会的最后一根恐怖纽带了吧。将恐怖投掷给民众，与之相对，只要卷走他们献上的钱财就好。就这样，以正统信仰为命题，以魔术为反命题的类似 SM 式倒错性爱的关系，在基层教会与农民之间形成了。虽然是一种倒错，但由于教会和信徒在这难以回避的颓废期中紧密团结，维护着这唯一必然的可疑关系，教会内部当然不可能出现反省的声音——至少在作为第三者的科学闯入之前是不可能的。

我在前面曾写到，启蒙思想照亮了魔术的暗夜，更准确地说，应该是照亮了魔术与基督教之间倒错关系的蜜月期，形成魔术、正统信仰与科学的三角关系。这组如同三叶草图像的关系在此后的消长如下。最初，沉溺于与魔术之间可疑蜜月期的正统信仰意识到，为了加大刺激，自己过分强调了对手的魅惑能力，而将恶魔的领域扩展过大；于是企图联合即将登上舞台的科学，将魔物封印回原来的刀鞘内。这个目的达成了。同时，正统教会也不得不以失去与基层农民之间尚未成熟的联系告终。于是，以恐怖为媒介联合土俗信仰这块腹地的基督教自己切断了这条根系，游离于现实之外。比起这种整体性观念的形式化，下级教士们榨取钱财的邪恶反而只是种不值一提的小恶，毋宁说正是因为这种不正当的金钱授受关系，他们与基层信徒之间尚未成熟的联系反过来才得以勉强维持。

坐收渔翁之利的，是三者之中的科学。魔术被斩草除根，同时基督教也失去根源，变得形式化，基于现实原则，最值得信任的只能是科学信仰。因为科学切实保证了自身能取代神之福音且实现绝对理性的新的超越性，以及取代魔术之现世利益、带来文明和便利进步的实利性。从唐·卡尔梅的吸血鬼论到伏尔泰为止的 18 世纪吸血鬼论战，这数十年便是宗教败北，科学因而获得显赫胜利的过程。

　　五年乃至六年间，欧洲大部分地区遭到吸血鬼袭击，现在它们已不存在。近二十年来，我在法国见到的那些苦于全身痉挛的人，如今也无影无踪。十七年间，我见过的那些被恶魔附体的人，他们也都消失了。

　　1770 年左右，自伏尔泰高唱以上凯歌以来，吸血鬼信仰确实迅速衰退了。怪物被攻击得体无完肤，不可能再复活。理性信仰的确立意味着吸血鬼的死亡。然而，在半个世纪后，19 世纪初期突然有一篇奇妙的文章出现在报纸一角。

　　时代变了。忠实于他们的革命的美神，从奥林匹斯与西奈山[1]降临到地下墓穴的阴森恐怖中来了。

　　这篇《吸血鬼信仰与浪漫派气质》由查尔斯·诺迪埃[2]所写，如标题所示，是在阐述吸血鬼信仰与浪漫派气质之间紧密关系的同时，试图辨别和定义古典主义与浪漫

1. 西奈山（Sinai），《圣经》中记载的圣山，上帝授予摩西十诫之处。
2. 查尔斯·诺迪埃（Charles Nodier，也译作夏尔·诺迪埃，1780—1844），法国小说家，被称为法国幻想文学的始祖。

主义的划时代论文。这篇文章表面上是为拜伦（实际上是威廉·波里多利[1]所作）的《吸血鬼》一书所撰的书评，但诺迪埃的本意，恐怕是想鼓吹和宣传拜伦主义及浪漫派气质，并对古典主义文学与时代思潮进行直言不讳的攻击。

并非真理之子的人类的确信中没有丝毫谬误。正因如此，他的魔法才得以形成。因为实证性的真理不像幻想，丝毫不能带给人满足。相反，幻想沉迷于虚构之中，比起深化畅快自然的情感，会选择那些勾起恐怖感的幻觉。这种能让人类情绪脱离日常情感的极致手法，我们称之为浪漫派气质。

上述文章的开头，诺迪埃在巴尔干地区古来便有的一种业病[2]"Smara"中寻求吸血鬼的缘由，认为这与法语中的"梦魔"一词相对应。换言之，无论是被"Smara"还是"梦魔"附身的人类，即刻便会成为梦游病患者。"在患上这种病（梦魔）的不幸之人中，至少就我所知，其症状与吸血病酷似的情况占了大多数。"而且成为幻觉的俘虏，在月夜徘徊于墓地的梦游病患者本身，就是浪漫派气质的原型。"从文学的角度上看，我们是站在梦魔与吸血

---

1. 威廉·波里多利（John William Polidori，1795—1821），意大利医生、小说家。
2. 业病，指民间迷信中认为因恶业报应而患的难治之病。

鬼一边的。"

因此，枯燥无味、饱受束缚的"真理之子"便完全不在诺迪埃的讨论范围内。理性信仰无情地折断幻想的翅膀，将迷信悉数剿灭。而在诺迪埃看来，"迷信通常是对文学有益的"。迷信、宗教、幻觉、苦恼才是文学之友。

诺迪埃思及夏多布里昂[1]的《殉教者》，亲密回忆起过往"反对革命犬儒主义发作的政体"，并在宗教曾是诗性的塔索[2]、弥尔顿[3]的时代中见证无上荣耀。从以上带有煽动性的言论看来，诺迪埃是个复古主义反动者、诗性蒙昧主义者，也是中世纪主义迷信家。虽说如此，他也并未将开明主义者们挖掘的各种价值彻底毁坏。诺迪埃本人也曾公开言明，吸血鬼信仰与实证性真理相距甚远，不过是一种"迷信""幻想""幻觉"。也就是说，诺迪埃是在清楚认识到吸血鬼信仰是迷信、幻想、幻觉的基础上，略带嘲讽地歌颂其诗性价值的高昂。现实中的吸血鬼早已灭绝，已不存在，也无法复活了吧。而事到如今，将问题抛给与抹杀吸血鬼的现实极其相似的实证性真理，究竟又是什么意思呢？吸血鬼在幻觉的王国里至今仍是君临一切的撒旦，

---

1. 夏多布里昂（François René de Chateaubriand，1768—1848），法国小说家、政治家。
2. 塔索（Torquato Tasso，1544—1595），意大利诗人，从文艺复兴向巴洛克转变时期的代表人物。
3. 弥尔顿（John Milton，1608—1674），英国诗人、政论家，代表作有《失乐园》《复乐园》等。

利用梦境操控着黑暗的梦游病患者。诺迪埃此人的主旨，
毋宁说是彻头彻尾基于诗性文脉，而非政治性文脉。其反
革命性的言论或许是为了勾起恐怖之魅惑的佐料吧。

　　距离诺迪埃的文章发表后又过了二十年，1840 年，
由后浪漫派的狂热天主教徒约瑟夫·冯·格列斯所写的
《吸血鬼及其受害者》，恐怕算得上是近代以来拥护吸血
鬼信仰最炽热的文章。简单说来，格列斯与诺迪埃一样，
将"学者们倾向否定的理性"与"民众蒙昧的本能"进
行对比，试图在后者中再次挖掘诗性的价值。但若仅此而
已，很容易就变成浪漫主义者常见的反启蒙主义宣传单。
然而格列斯凭借乍看荒唐无稽的直喻和类推，构建出以诗
性观念联结的精致且带有偏执狂性质的迷宫，时刻明示着
不存在的地下王国那幽微的结构。这种手艺让人联想起后
来新艺术派[1]的绘画作品，无数线与面彼此交错，人与花、
动物与植物的界限在不知不觉间混淆消失，仿佛编织着阿
拉伯式的藤蔓几何花纹，最终收敛为沉沉的死之寂静，令
人陶醉其中，感到不可思议。可以说，它不仅带有狂热的
偏执特质，又有某种明显的非现实性或战斗性质，令人体
会到一种不安和自闭式的无力感。

　　格列斯首先试图推翻 18 世纪的启蒙家们作为不证自

---

1. 新艺术派（Art Nouveau），19 世纪末到 20 世纪初在欧洲各国的建筑、
工艺、绘画等领域流行的样式，其特征是主要借助植物的形态，运用曲
线、曲面表现装饰性、图案性的主题。

明之理所论述的"科学性真理"。例如吸血鬼的尸体不腐烂，并非周围土壤成分所致。因为同一片墓地里还有很多吸血鬼以外的尸体已经腐烂了。虽说如此，不腐烂的尸体倒也没有像木乃伊那样会在尸体内填充某种物质令其干燥。与之不同，那显然是有着生物性活动并且即使在墓中也不屈服于死亡的"积极活动"，是从"已有的病情结果"发展而来的。正因如此，吸血鬼的尸体内才有鲜血在流动，皮肤富有光泽，头发与指甲也在不断生长。但其死后被观察到的"生长的头发与指甲""不衰老的皮肤"与生前并不一样。就像蛇或螃蟹的季节性脱皮那样，是死后从新生的肌体里长出的头发和指甲。

同样，这具尸体死后的生物性活动也与生前活动完全不同。因为他在现实中已经死了，高级的灵魂离开肉体，与之一同支配神经和肌肉的四大精灵也远离肉体而去。就这样，他虽然保持着某种生物性活动，身体却纹丝不动。但神经和肌肉依然同其他各器官一样残存着，其自身内在低级且形而下的具体生命力部分仍在维持。正是这种低级生命力，孕育了此后令人惊异的现象。

简单说来，格列斯的观点就是，吸血鬼的尸体在失去精神生活和动物性生活之后，并未完全迁移至死亡，而是退回到植物阶段，也就是成为一种类生物体，像"植物性动物"那样过着死气沉沉的生活。因此吸血鬼的血不是"温热的生命之血"，而是"冰冷的植物汁液"。其中很有意思的是，从动物和植物不同的体液循环方式可知，吸血鬼的血液循环会反向逆转。吸血鬼不像活着的人那样以心脏作为血液循环的中心，而是和植物一样，用相当于根系的毛细血管吸收大气中的湿气，让血液通过静脉缓缓上行至心脏，接着通过肺部，经过动脉（但此时的动脉几乎和静脉相同，采取缓慢的流动方式），再于体内回流。也就是说，他体内的一切活动都和植物完全相同了（或许这个部分，隐藏着为何搬运德古拉伯爵棺材时无论如何也需要其故乡特兰西瓦尼亚的泥土这个秘密的关键）。

　　格列斯在这里表演了绚烂的类推魔术。这种动物的，亦即拥有人类形态的植物，就算开花也不足为奇。惊人的是，格列斯断言，吸血鬼脸颊上的红晕正是这种不祥植物绽放的花朵。

　　不仅维持着其体内最低级的活动，也在泥土覆盖的地底维持不灭的生命，吸血鬼脸颊上的红晕正是这死亡之花。其丰满程度完全不同于偶然绽放在矿坑底部，或是沐浴阳光的同类伙伴，而与眼下虽显苍白，却深深扎根于幅员辽阔的肥厚土壤的那种植物所展现的丰满相当。

　　这种植物性的血液循环作用，虽然方向相反，却也可以类比活人的造血活动，因此听到吸血鬼的尸体内传来呼吸或心脏的跳动声、发现其口部四周发生扭曲也丝毫不奇怪。要将血液规则地送至心脏，或是引发生物活动的类似情况，必须要有外部的空气进入。但这空气似乎并不是为了注入氧气，而更像是为了注入促进血液循环运动的外压，提供类似风箱的作用。

如同绽放于地下的死之花，吸血鬼的尸体自身无法活动，因此格列斯所说的吸血鬼不会像通俗小说中的怪物那样整夜徘徊于地上。它们大都是潜伏于地下世界，对外界施加远隔作用。

吸血鬼虽然在墓中，却对活着的人施加了某种影响，最终，被吸血鬼袭击的人自身也会吸血鬼化。也就是说，被吸血鬼袭击之人虽然只是患病，但这病是一种衰弱。得病之人会食欲减退、生命力衰退，出现消耗。接着在还未发高烧的短时间内便丧命，进入坟墓后又化身为吸血鬼。

据格列斯所言，这种衰弱或许是脱胎于即将在坟墓中开始进行的一种类生 [1] 式的吸血鬼生活。死后的类生会让毛细血管的功能活化，而正如与之相呼应般，被吸血鬼附身的受害者生前的生命体活动已缓慢地被衰弱所侵蚀、破坏和麻痹。生命体活动机能减弱，"新陈代谢变慢或停止，与此同时灵活柔软的塑形力的所有活动失去作用"。其结

1.类生，即一种类似生物体的模拟状态。

果，想必就是受害者的血液转眼间大量减少吧。受害者一
方的这种血液减少，会唤起"被吸食"的消极感受。

地下的吸血鬼一方的毛细血管作用开始活性化，地上
的受害者一方则是通常的生物性活动开始退化。于是受害
者在生物性活动衰弱的尽头跨越死亡之线，自身也成了吸
血鬼。同时，他体内的动物性血液完全干涸，成为因植物
性的毛细管作用而增殖的死后血液的养分。"直到死亡显
现，随着地上的退潮之反作用，地下出现了涨潮。"

简单说来，吸血鬼与受害者之间的关系等同于磁石
的阳极与阴极。当吸血鬼与受害者产生关系时，如同磁力
将阴极的铁砂放空那样，受害者一方会出现与之相反的状
态，吸血鬼一方的多血质（即便这种血并非动物性的血）
对应着受害者一方的贫血，直到二者完全一体化为止，阴
阳的对应会不断推向极限。就这样，当阳极的力量完全胜
利，受害者一方的血液清空时，受害者便完全获得了成为
吸血鬼同族的资格。这就是吸血鬼虽在墓中，却能切实攫
取地上受害者性命并致其死亡的谜底。

吸血鬼在至今尚未归于腐败之手的地方，在残存的尸
体状的、被毒性提升的生命力之中，酝酿着某种传染性物
质——这才是那冥府的不谢之花所散发的香气。它很快会
贯穿土壤，尤其渴望与自身相调和的亲近之人即血缘关系
者，触及其神经的气息，将他们带往正驱使自己的同种状

态。因为，就像深埋于地底的金属渴望迎来光明、水为了沐浴阳光而蠢蠢欲动那样……将曾经一度鲜活，却又消失的生命力余烬储存于体内的存在，也怀抱着重回远离的生之王国的非凡愿望。于是他们用尽一切办法与生之王国缔结新的关联，企图借此重回地面。为此，他们与活人之间的关系，就会变得如同受磁力影响之物和施加磁力之物间的关系。他们从自己所支配的人类身上夺取真实的生命，将之变形为虚假的生命，取而代之，授予其死亡。就这样，他们窃取着对自己无益的生命。

格列斯的这种模拟自然科学的新神秘主义性质的吸血鬼论，不必说，被视为试图重新复活吸血鬼信仰的邪恶咒文，受到了猛烈的批判。这不能不说是一种对消逝的中世纪封建主义的古怪回忆。不过，虽然发表了"将曾经一度鲜活，却又消失的生命力余烬储存于体内的存在，也怀抱着重回远离的生之王国的非凡愿望"这种言论，格列斯也知道，这位死之王国的居民已然丧失了复活的现实基础。因此，格列斯口中的吸血鬼不会复活并在地上徘徊，而只是在墓中以被钉住的状态将活人所拥有的真实生命转化为"虚假的生命"，让死之王国里的同族不断增殖。吸血鬼"窃取着对自己无益的生命"一句，是由于他们反过来利用活人的可动性（因为吸血鬼自身无法活动）而蚕食其生命，虽然期待回到生之王国并为此不断努力，结果却只是扩充了死之王国；吸血鬼的这种诱惑行为，非常奇妙地从头到尾都是被动的。对格列斯而言，吸血鬼无法通过复活来君临生之王国，却因对生之王国的占有欲而心焦，只能利用艳丽的毒花将生者拽入死之王国，增加死之同族，并将死灭的范围进一步扩大。由此，在地上完全被拽入地下的死之王国，吸血鬼的诱惑即将达成的黎明之际，被诱惑的对象即生之王国将会化为虚无。换句话说，并不是占有了原本想要的"生"，而是确立起植物性的虚假的生之王国，将能动性的活人转变为似是而非的共犯者，我认为这种一切活动归于静止的死亡花园，在某种程度上酷似世纪末的哲学家与诗人所梦想的无为寂灭的涅槃之境。

18 世纪以来，无论从告发者还是辩护人的角度出发，吸血鬼都一味被定义成带有攻击性的性变态（sadistic）人兽，又在 19 世纪中叶终于变身为植物，其经过大抵如上述。格列斯预言中的死亡之花吸血鬼，无论是从其被动性、植物性，还是其在夜晚那丰满而远隔的诱惑力，都带有女性的特质，与马里奥·普拉兹[1]"19 世纪中叶以后吸血鬼又再次成为女性"的证言完全一致。没过多久，即便是在世纪末的绘画里，数量惊人的女吸血鬼形象也开始泛滥起来。它们以植物性的无限繁茂装饰性地覆盖画面，又在恐怖的死亡蛊惑里不停交织出东洋特有的涅槃的净福感。

---

1. 马里奥·普拉兹（Mario Praz，1896—1982），意大利亚美术史家、文学研究者。

　　同时，跨越百余年的论战至此终于停息。因为放弃成为主动篡夺者的吸血鬼姑且不再具有现实性的危险。然而——以防万一，最后为了公平起见，还是列举一个现代的反证吧。

　　吸血鬼们……它们至今仍在四处徘徊，扮演着人类生活中看不见的角色。吸血鬼不仅仅是科学上死去的对象，对于想翻开人类意识中的石头、看看下面藏着什么的诗人而言也是绝好的素材。

　　　　　　　　　　　　　　——劳伦斯·达雷尔 [1]

　　覆在人身上将鲜血吸尽这种吸血鬼的故事，从世界诞生之时便已存在。当然，如今已经不会有人相信这种话了。我也不例外。尽管如此，我还是想从现在起在门窗上慎重落锁，在玻璃上贴纸……

　　　　　　　　　　　　——米歇尔·德·戈尔德洛德 [2]

---

1. 劳伦斯·达雷尔（Lawrence George Durrell，1912—1990），英国小说家、诗人、剧作家及纪行作家。
2. 米歇尔·德·戈尔德洛德（Michel de Ghelderode），比利时剧作家。

吸
血鬼百科

将吸血鬼的出现大半归结于恶魔与魔法的邪恶之举，这种中世纪迷信并未消逝在遥远的过去，直到最近仍然顽强残留在某些地方。

　　即便是在进入本世纪[1]之后，1913 年的德国某报纸上仍然刊有这样的新闻内容：姆龙戈沃[2]的某个村子里，一个家族在短时间内接连因原因不明的疾病而失去了九位家人，他们怀疑这是吸血鬼活动所致，于是挖出家人的尸体并砍下其头颅。恐怕这些人并没有能证明尸体确实是吸血鬼的证据吧。因迷信的蛊惑而蒙受不白之冤、遭到凌辱的尸体，除此以外还有不少，甚至有报道显示，也有在活着的时候便遭受毫无来由的猜疑而被处刑的人。

　　1740 年，西普鲁士的沃施莱格（Wollschläger）一家中，也有数名家庭成员在短期内接连猝死。于是，他们怀疑最先死亡的长子变成了吸血鬼。全家召开家庭会议后，

1. 本书初版时间为 1983 年，故此处指进入 20 世纪以后。
2. 姆龙戈沃（Mrągowo），波兰的一个城市，德语名为 Sensburg。

一致决定挖开长子的墓穴，砍下尸体的首级。接着由侄子中的一人带头，用杯子接住从那具诡异的不腐之尸喷出的鲜血，全家人将其作为免疫药物轮流饮用。

19 世纪末期仍然存在吸血鬼判决。在西普鲁士，刨开"吸血鬼"的墓穴并在尸体内钉入木桩或砍下其头颅的裁决似乎仍然有数件。吸血鬼判决，据说在大多数情况下会判定身为尸体凌辱者的被告的说辞具有正当性。根据奥托·兹姆·修泰纳[1]的报告，在被害者一家对西普鲁士的格尔克（Gehrke）、珀布罗基（Poblocki）两家族提起诉讼的案件中，法庭最后判定挖开墓穴的两家被告是基于"善良的信仰"作出了处理，并宣布其无罪。

然而作为一般趋势，大约在进入 18 世纪初期以后，在将吸血鬼带来的灾害归结于不可知的恶魔所为这种观念之中，以科学解释探求自然隐秘活动的思考方向也开始抬头。因为医学与启蒙思潮的发展令以科学为手术刀来解剖吸血鬼的作业成为可能。

这一时期，巴尔干地区历史上有名的两起大吸血鬼事件先后发生。其中一件是 1725 年在基索罗巴发生的佩特鲁·普洛格尤碧琪事件，另一件则是 1732 年在匈牙利的梅德韦贾发生的大吸血鬼阿诺德·鲍尔的凶行[2]。当地的详

---

1. 作者在《吸血鬼的系谱学》一章中曾提及一位名叫奥托·兹姆·施泰因的人，此处疑为该人名称的误写。
2. 两起事件都在《吸血鬼幻想》一章中被提及，但此处第二个事件与作者在前文中提及的内容有所出入——前面所说的时间为1730年，地点在梅德里卡。

情由多位目击者与军医发表证言，并被编入记录文书。挖开坟墓后，死后九十日的尸体完全没有腐败的迹象等令人震惊的消息也被次第报道出来。这种极具冲击力的异常事件很快引起欧洲全境的注目。为了安抚不安的民心，当局政府直接出面开始探查事件真相，不少医生、神学家都争先恐后地加入探寻真相的行动。例如前章所列举的玛丽娅·特蕾莎女王的御医杰拉尔德·范·斯威登也是其中之一。同时期，作为尽全力试图解答疑问的普鲁士学士院的一员，米夏埃尔·朗福特发表的划时代论文《关于坟墓中死者的咀嚼或啃食》（1729 年初次出版，1734 年出版增补版）想必也是不可或缺的资料吧。

　　朗福特的论文在分析和批判性地引用与参考学院同僚们的报告和分析的基础上，增加了自己的见解。虽然他并不是以实地调查为主，但其立论的方式带有一贯的启蒙主义特征。从结果上说，他对当时不容侵犯的基督教权威做出了让步，强行加入了牵强附会的护教性质。这种无论怎么看都很刻意的逻辑调整，似乎是朗福特为了避免沾染在当时被视为危险思想的斯宾诺莎主义 [1] 拥护者的嫌疑，而采取的不得已之策。

　　虽然未必是朗福特第一个提出，但他的观察中很有意

---

1. 斯宾诺莎（Baruch De Spinoza）是荷兰的哲学家，与笛卡尔、莱普尼茨并称为"17 世纪近代合理主义哲学家"，其哲学体系的代表理论是泛神论，对后世的无神论、唯物论有深远影响。

思的一点，是他早已从屡屡呈现出流行病症状的吸血鬼现
象中看清了黑死病的病理学特征。原来唐·卡尔梅所说的
作为"流行性传染病"的吸血鬼暴行，即在一个村子里短
时间内引发数量异常多的死亡事件，究其原因，没有比黑
死病这样的流行病更能与之相对应了吧。朗福特还推测，
坟墓里传来咀嚼或啃食东西的声音无疑是由一些挖开棺木
也难以发现的动物所为，并认为尸身不腐烂也是由于土壤
里的特殊成分与其产生的化学反应造成的。朗福特的这种
见解也得到了法医学者们的实证。

　　然而被视为吸血鬼的尸体举动的可疑之处，在解决了
上述两点疑问后仍然无法完全冰消瓦解。因此，以下我将
以当时医学者们的资料为中心，将堪称"吸血鬼的科学真
相"之物逐一提及。

黑死病的秘密

　　关于源自流行病（尤其是黑死病）的类推，一早便有
人注意到这点并将此记入著述之中。在 18 世纪初期东欧
和巴尔干相继爆发大规模的瘟疫以来，吸血鬼黑死病说似
乎在统计学的角度上也得到了证明。

　　也就是说，1708 年在希俄斯[1]、1725 年与 1732 年在梅

---

1. 希俄斯（Khíos），位于希腊东部、爱琴海上的岛屿。

德韦贾和贝尔格莱德、1825 年在塞尔维亚、1832 年在匈牙利、1855 年在格但斯克，黑死病或与之相似的瘟疫以惊人之势爆发，而吸血鬼也几乎是同一时期在上述地区的各个地方出现。一些报告生动地呈现出二者之间的实际联系。

不过更早记录吸血鬼与黑死病之间类推关系的，是12 世纪的英国人纽堡的威廉（William of Newburgh）。他在最早的吸血鬼资料之一《英国自然史》（1196 年）之中所述如下：

一旦这个身体腐烂而且发出腐臭的男人来到室外游荡，大气便会被腐蚀并充满剧毒，因此爆发恐怖的传染病，导致家家户户都出现死者。前阵子还因人口稠密而自矜的城镇也渐渐荒废，成了空无一人的土地。因为那些好不容易才摆脱黑死病与这种恐怖袭击而存活下来的人们，为了求生也移居到别的城市去了。

被纽堡的威廉在此处称为"身体腐烂的男人"，传闻生前是个风流成性的已婚男子。这名男子死后被埋葬不久便从坟墓里苏醒，回到了故乡的小镇。很快，有两个年轻人意识到这个不详的复活者是令小镇荒废的罪魁祸首，于是将男人带出镇子，用锄头削掉他的脑袋。尸体流出大量血液。两个年轻人又将遗骸点燃，烧成灰烬。

　　上述的地狱怪物一旦遭到毁灭，那么将人类驱向荒废之渊的瘟疫也迅速止息了。宛如被不净之物污染的空气，也仿佛随着那将以毒气感染万物、人面兽心的地狱之人化为灰烬的净火而得到净化。

　　作为在 12 世纪写就的内容，这记录可谓是无比正确、冷静。类似的记录，在 1653 年由剑桥大学博雅的柏拉图派学者亨利·摩尔[1]的《给无神论的解毒剂》中也可看到。这是一则关于在西里西亚的盆齐（Pentsch）地区企图袭击牧师一家的吸血鬼的报告。

　　那件事发生在这位神学家与妻儿相伴，按日常流程演奏音乐的时候。一阵仿佛来自异世界、让人难以忍受的恶臭突然传来，并逐渐蔓延至房间的各个角落。于是，他命令家人和自己一起祈祷神的保佑，但恶臭丝毫没有消退的迹象，而是变得更加凶猛。他只得返回自己的房间。但他和妻子躺在床上没过多久，方才的恶臭也跟着出现在卧室之中，夫妻二人相视而叹。就在这时，从墙壁里跑出一个妖怪爬上他的身体，散发出异常冰冷、难以忍受的恶臭，并吐出超乎想象、非笔墨所能形容的恶性毒气。

---

1. 亨利·摩尔（Henry More，1614—1687），英格兰哲学家、神学家，剑桥柏拉图学派的学者。

正确说来，以上记录中都没有使用吸血鬼（Vampire）这个称呼。不过，若将米哈埃尔·朗福特同时代的吸血鬼研究者约翰·海因里希·左普福的下列古典式定义与上述内容联系起来，黑死病与此类前吸血鬼现象之间的相关性也就洞若观火了。

> 吸血鬼一到夜里就从坟场现身，悄悄跑到床上袭击睡眠中的人，将其体内的血液吸光致其死亡。这与年龄性别无关，无论男女老少都一样受其所苦。被吸血鬼魔力中那宿命般的毒性所困之人会出现窒息感和精力不济的症状，并在不久后亡故。
>
> ——《塞尔维亚的吸血鬼考证》（1733 年，杜伊斯堡[1]）

令吸血鬼活动的真正动机并非恶魔的魔力，而是细菌或病毒的隐秘活动，这种观念在当时不仅在医学领域，也在经验水平上得到确认。因此，人们一旦抓住吸血鬼，最后都必然会将他们充分焚烧。事实上吸血鬼本来也只是在没有火葬习俗的地区出现。

最后列举阿尔让斯侯爵的《致犹太直系教徒暨君士坦丁堡前律师伊扎克·奥尼斯的信》（1738 年，伦敦）中

---

1. 杜伊斯堡（Duisburg），德国西部北莱茵—威斯特伐利亚州城市，位于鲁尔河与莱茵河交汇处。

的一节。

　　曾在黑死病爆发的都市里待过的人，一定有过目睹大量人因恐惧而失去生命的经历。只要在自己身上发现一丁点儿异常，人们便会立即深信自己感染了传染性的瘟疫，于是出现强烈的心理动摇，即便想抑制变异也无能为力。我滞留巴黎期间，曾听梅赞的骑兵说，他曾去过黑死病疫情严重时的马赛，在那里目睹了一位妇人因深信家里一个明明只是患上轻微病症的女仆感染了黑死病而恐惧过头，丢了性命。这位妇人的女儿也病重得几乎死去。此外，家中两个仆人也卧病在床。他们派人去请医生，说是患上了黑死病。医生来后立刻对那位女仆和其他两位患者进行诊治，却并未发现传染病的症状。医生好不容易才努力让这一家人的情绪稳定下来，告诉他们起床，像从前一样生活就行。然而唯有这家的女主人让医生的努力白费，两天后便因过度恐惧而去世了。

　　这段中也完全没有出现吸血鬼的影子，若说阿尔让斯侯爵是为了否定吸血鬼的存在而写下这段内容也不无道理。用他的话来说，吸血鬼实际上只是一种"对吸血鬼的恐惧"。人会因为对吸血鬼的"恐惧"而死亡，而不是真的被吸血鬼吸血而亡。有趣的是，这篇文章将此种观点以黑死病为例进行说明，却意外地论证了吸血鬼与黑死病在心理上的同一性。

过早的埋葬

尚且不必引用爱伦·坡的《过早的埋葬》与《厄舍府的崩塌》，如今任何人都具备的医学常识告诉我们，从墓地或棺材中复活这种吸血鬼的特征，是由于过早的埋葬，也就是强直性昏厥或其他因生命活动短期中断而进入假死状态的活人被误诊为死亡而埋葬，亦即死亡诊断的谬误招致的诡异产物。然而令人震惊的事实是，直到最近几年，这种误诊现象还为数不少。

如果相信蒙塔古·萨默思神父[1]的记录，在20世纪初期，美国平均每星期都会出现一例过早的埋葬。另外在19世纪末写下《活生生的埋葬》这本书的医生弗兰茨·哈特曼[2]博士，仅在自家周围便搜集了超过七百件活体埋葬的实例。但由于哈特曼博士是众所周知的神秘学家，这个记录里的数字多多少少需要打点折扣。总而言之，在医学还不如今日这般普及与发达的19世纪，死亡诊断多少都会伴随着误诊。于是那些活着被埋进墓穴的男人们便会撬开墓门，以衣衫褴褛之姿沐浴如水的月光，朝自己家的方

---

1. 蒙塔古·萨默思（Montague Summers，1800—1948），英国异端文学研究者、圣职者，其关于吸血鬼、狼人、魔女等的研究十分有名。
2. 弗兰茨·哈特曼（Franz Hartmann，1838—1912），德国出生的神智学协会系隐秘学者，留下诸多关于神智学、魔术及其他神秘学相关著作。

向游荡。试着想象这样的场景吧。男人因多日不曾进食而脸颊消瘦，眼窝凹陷并且眼中放出异样刺眼的光芒，头发和指甲疯长。他在撬开墓门时大概会弄伤手指，从那狭窄的缝隙间爬出来时会擦伤皮肤，无论手、脸还是脏污的衬衫都染满鲜血。迈着摇摇晃晃的步子，发出嘶哑不成字句的声音，漆黑的斗篷飘荡在夜晚的小路上，他跟跟跄跄朝着家的方向走去。

罗塞尔·霍普·罗宾斯（Rossell Hope Robbins）编著的《魔女与恶魔学百科》一书中也介绍了几例类似的过早埋葬，据此写出《大众迷信中包含的真实》（1851 年）一文的赫伯特·马约（Herbert Mayo）博士，就 1732 年在贝尔格莱德出现的吸血鬼写了如下论述。

这些人的肉体显然曾经进行着正常的生物体活动，只是在那之后曾短期中断过。要言之，他们是活着被埋葬的，他们的生命还没有终结，然而，却因挖掘尸体之人的无知与野蛮而彻底丧失了活下去的可能性。

蒙塔古·萨默思神父也记录过实际发生的埋葬活人事件。某个村子里名叫扎内托（Zanetto）的男性在烂醉之后淋了雨。扎内托想打个盹儿，就穿着湿衣服倒在床上。一瞬间，他感到一阵强烈的痉挛，在夜里十一点左右陷入昏睡状态，身体变冷，呼吸也停止了。就这样，扎内托

"死"了。第二天早上八点，他被人用马车运往墓地。前往墓地的道路凹凸不平，满是石子。因为车轮产生的激烈撞击，扎内托突然从人事不省的状态苏醒过来。

不腐之尸

吸血鬼论战中最主要的论点之一是尸体死后不腐烂的不可思议之处。尸体在被埋入土中后腐败，最后化为一抔尘土，这是无论多么蒙昧无知的农民都能从经验中知悉的真相。既然如此，那不腐之尸究竟是怎么回事呢？

这里必须首先声明的是，迷信的农民们对不腐之尸这种超自然现象的恐惧，并不是以死后腐败这种科学与经验性真理为前提的。毋宁说以这种观点来考虑行事的，是受到启蒙主义影响的知识分子们。农民与合理主义世界观的文脉之间不如说是丝毫没有关联的。他们只是从迷信，亦即非合理主义的文脉中为这种令人惊异的现象感到恐惧。

伏尔泰也曾提及，希腊正教的基督教徒们认为，罗马天主教教徒死后如果埋入希腊的土壤，尸体是不会腐烂的。因为在他们看来，罗马教信众只是被驱逐出门的异端之徒。因此，希腊人将这种死者视为妖术师，命名为"Vrykolakas"或是"βρυκόλακας"并害怕得瑟瑟发抖。

这些死去的希腊人跑进各家各户吸食幼童们的鲜血，

吃掉父母的晚饭，喝他们的酒，或把家具弄坏。如果抓住他们后，不将其烧死就无法根除祸患。不过要注意的是，在他们化成灰之前，必须把木桩插进其心脏。

　　这种沾满鲜血的恶魔祓除仪式从希腊正教确立之初就开始行使（恐怕此前就已潜藏在土俗信仰之中了吧），与其说是源于屈服于罗马教会支配下的西欧，不如说它是在拜占庭文化的影响之下，联结希腊、巴尔干、斯拉夫的腹地并贯穿整个中世纪而维持下来的。因此，不腐之尸对于当地的农民来说并非科学上的谜题，而是被驱逐出门的异教徒不得不经历的理所当然的宿命。异教徒无法与其故乡那被圣化的土地同化，他们被禁止享受死亡的安息，即便是死后也必须长久地活着，为获得安息之所而永远游荡。正因为害怕感染这种无比不幸的瘴气，农民们才不得不将木桩插入这被诅咒之人的胸口以绝后患。

　　此处最有意思的是，关于不腐之尸的观念，罗马教方面当然与希腊正教给出了完全相反的价值评价。也就是说，在西欧，不腐败的尸体意味着因传统意义上"永恒之美的封印"而傲然于众的"圣者的遗骸"（伏尔泰）。东方与西方在恶魔和圣人的位置上发生了一百八十度逆转，这种逆转内部也藏着许多问题。其一显然就是，拜占庭风土培养出的吸血鬼信仰中的魔力遭到与启蒙主义结合的罗马教会的祓除，为了防止令人恐惧和讨厌的吸血鬼的评价被扭转为因恶作剧而受到伤害的无辜死者（这完全像是殉难的圣徒）这种事态发生，他们先下手为强，使殖民地政策与福音传道融为一体，并转化为西欧18世纪资本主义向东方的扩张。吸血鬼信仰的宗教意义与其政治文化意义相当。因此，仅从医学角度分析的论文，也通过玛丽娅·特蕾莎政体成为试图睥睨巴尔干、斯拉夫的西欧扩张政策中不可或缺的政治要素。玛丽娅·特蕾莎女王的御医范·斯威登与普鲁士学士院对吸血鬼问题倾注了异常的热情，也绝非只是出于凡庸的御用学者们徒然的兴趣爱好。

　　针对不腐之尸写下了最巨细无遗的论文的是《与吸血鬼相关的医学报告》的作者杰拉尔德·范·斯威登。他首先将吸血鬼的定义归纳为以下两点，并分别对此进行了研究论证。

　　1. 死去的妖术师或是吸血鬼的尸体不腐烂，保持着原来的样子且十分柔软。
　　2. 这些吸血鬼不时出现，制造奇怪的动静，让人无法呼吸，给活着的人带来不安。

　　第一点是纯粹的生理学问题，第二点是与恐怖、不安有关的心理学问题。这里我们就从第一点来分析吧。
　　范·斯威登首先强调的是，不腐烂的尸体并不罕见，根据条件不同，也可能是相当普遍的现象。通常尸体的腐败是在坟墓内部极其缓慢地进行的。即便是死后十五年的尸体，如果将棺木慎重打开，大多数都能以原先的样貌出现。话虽如此，范·斯威登认为，如果对棺木稍加冲击，尸体瞬间就会化为不成形状的碎块，只剩骨头。

　　我不止一两次地塞给丧葬人员小费，请他们极为小心地打开了几个棺木。其结果是，我确信我们在死后未必都会成为蛆虫的饵料。但蛆虫们大概还是会破坏我们脸部的轮廓吧。挖开坟墓，常常会看到没怎么腐烂，甚至是干燥而颇显风流的尸体，他们不一定都做了防腐处理，肉体却非常紧实，几乎保留着当初的样貌。丧葬人员肯定地告诉我，通常三十具尸体中有一具是不腐败且干燥的。因此我的结论是，即便不存在超自然的原因，尸体经过数年仍不腐烂也是可能的。

　　范·斯威登还顺便列举了几个实际案例。首先他陈述了担任奥地利宫廷御医时遇上的事件。在布鲁塞尔薨逝的两位奥地利公主的尸体被运往维也纳时，他正好在开棺现场。尸体保存完好。虽然事先已经做过防腐处理，但那高贵的尸体连一丝一毫的尸臭都没有散发。范·斯威登认为，这种完美地保存状态毋宁说是由于"镀锡的铅制成的棺木"。在与外界空气完全隔绝的棺内，即便出现死后腐败现象，其速度也极其缓慢。从以上几点观察中，他得出如下结论。

1. 棺木完全密封
2. 墓地土壤的质地原本就十分密实
3. 埋葬后的尸体因寒气而变得僵硬
4. 因为别的某种方法阻止了外界空气侵入尸身

——会使死后不发生腐败，又或是腐烂以极其缓慢的速度进行。

范·斯威登介绍的另一个实例，是关于在英国德文郡（Devonshire）一个古老家族墓地中发现的一具死后八十年的尸体。其保存状态令人惊叹，肉体完全保持着自然的弹性，肩肘部与手指关节也很柔软。试着用手指戳了戳尸体的脸，陷下去的凹槽在手指离开时立刻就恢复到原来的状态。类似的现象在其身体的其他部位也得到了确认。他胡须漆黑，约有四英寸[1]长。由于尸体上找不到任何切割缝合的痕迹，当然可以推测是没有做过防腐处理的。这具尸体是在 1750 年的冬天被挖掘出来的，而从棺木的下葬记录可知，墓主死于 1669 年。然而在这八十年间，德文郡并没有出现吸血鬼活动的记录。"因此，"范·斯威登以

---

1. 1 英寸约为 2.54 厘米。

讽刺的口吻说，"这位英国的吸血鬼从八十年前开始就老实地待在坟墓里，没有伤害任何人。"

从这些事例也可以得知，这位女王的御医认为"死后不腐败的尸体＝吸血鬼"的公式简直荒谬之极。范·斯威登如此活跃地反驳非腐败尸体即吸血鬼说是有原因的。在他执笔这篇论文的 1755 年前后，奥尔米茨（Olmütz）的宗教事务局频繁以吸血鬼嫌疑为由而挖掘出大量尸体并进行破坏。至少奥尔米茨宗教事务局对凌辱尸体一事确实采取了睁一只眼闭一只眼的应对方式。

根据范·斯威登所引用的奥尔米茨宗教事务局报告书，当时的吸血鬼信仰确实呈现出一种近乎疯狂的脱轨趋势。1723 年，在宗教事务局派遣的一位遣外管区长的指导下，一名死后十三天的男子尸体被挖出并烧毁，理由仅仅是他的祖母在其部落中风评不好。1724 年，上述男子的父亲也在死后第十八天被挖出尸体，以同样的理由被焚烧。至此为止，拥有吸血鬼嫌疑之人的血亲遭受如此待遇也并非完全不能接受。然而更加谨慎的是，偶然在这位"吸血鬼父亲"死后第二天去世的一位与之毫无血缘关系的人也被烧掉了尸体。因为吸血鬼传说中被吸血鬼吸血而亡的人在死后也会变成吸血鬼，只要是在有一丁点儿可疑的人死后跟着死去的人都不能说是完全清白的。即便如此，最后支撑人物嫌疑的唯一具体证据仅仅是"尸体的形态保存良好，且关节能柔软地活动"，让人感到吃惊。不管怎么说，仅仅去世两天的人，若尸体保存得不良好才会让人感觉奇怪吧。

1723 年 4 月 23 日，又有包括七个孩子在内的九具尸体被毁坏了。其中的可怕缘由是，九具尸体一定也感染了此前与他们埋在同一块墓地里的吸血鬼的魔力。死于吸血鬼埋葬之后的尸体免此一劫。"派遣监督官巴普斯特（Wabst）与戈塞尔（Gosser）确实在这些无辜的尸体中发现了几处尚未腐坏的部分，据说其中一具尸体上甚至还有少量血迹。这显然是这两个无知的外科医生在胡说八道的证据。"

阿尔让斯侯爵也曾提及不腐之尸。有趣的是，阿尔让斯很早就发现，人死后，其指甲、头发与胡须继续生长是可能的。在尸体内还残存水分的期间，身体局部的生长并不是什么奇怪的事。他认为，这并非什么"魂魄所为"。

阿尔让斯侯爵还提到在图卢兹的教会地下墓穴里发现的数具奇妙的尸体。这些尸体死后虽然经过了两百多年，却宛如活物般完全保持着当初的样貌。尸体不仅好好地穿着衣服，还靠在墙壁上保持着站立之姿，像一尊尊瘆人的蜡像。最奇特的是，将这些尸体移到地下室的反方向后，没过两三天，它们就成了蛆虫的食物，崩坏得惨不忍睹。

然而根据阿尔让斯侯爵的记录，关于不腐之尸的报告中最让人难以理解的是，尸体本该凝固的血液仍旧以液态

的形式在血管内流动。不过，这也并非无法用自然的原因
加以解释。阿尔让斯推测，很可能是"供给尸体养分"的
土壤成分中含有硝石和硫黄，当其被太阳光加热后与尸体
结合，将流出体表的凝固血液溶解液化了，成为尸体内渐
渐有血液流出的原因。

为了证明这个推测，阿尔让斯侯爵将胶水、牛奶与酒
石盐按1∶2的比例混合，将混合物煮沸后得到的化学反
应作为参照。沸腾的牛奶逐渐失去白色，不久便因溶解的
酒石盐而染上红色。用阿尔让斯的话来说，这是一种变质
为血的东西。同样的事在被适当加热的人类尸体上也可能
发生。热量令肌肉、脂肪与骨髓中的体液发酵，变质成为
一种血液。"那么所谓的吸血鬼体内，除了分解后变得稀
薄的血液，还有这种从脂肪分解中诞生的血在循环着。"

今天看来，阿尔让斯的见解与其说是源于生物化学，
不如说是一种近似炼金术的解释，不过其分析之透彻这点
仍然是出类拔萃的。那么，围绕不腐之尸的讨论到此就
告一段落。最后介绍一则奇妙且带有些许色情感的逸闻，
是关于死后男根勃起现象的，其资料来自米夏埃尔·朗
福特。

接下来的内容也许是画蛇添足。在说明这种惊人的尸
体现象时，我们就从帝国监督官在报告书中称之为野蛮之
象征并且明显忌惮提及的这种现象开始说起。话虽如此，

我们也不难推测出，监督官们暗地里所指的就是男根的勃起直立现象。不过，如果死后男根依然坚挺的尸体大量存在，他们又为何三缄其口且讶异至此呢？

根据安布罗修斯·斯特格曼努斯（Ambrosius Stegmannus）的记录，他不止一次亲眼看到男根勃起的尸体。加尔曼努斯（Garmannus）也断言，他多次听士兵们说，被遗弃在战场的士兵遗骸全都是男根勃起的尸体。S·P·萨克修斯（Sachsius）的报告里也提到，拨开那些被遗弃在圣哥达山[1]的土耳其人尸体的衣物，会发现他们直直竖立着坚硬的男根，宛如试图在维纳斯之野挑起新的战争。

死时男根呈坚挺状态的人，死后男根也会保持坚挺。这是自古以来由经验可知的事实。

恐怖幻象

不腐之尸的惊人之处主要是加害方吸血鬼的问题，而根据范·斯威登所分类的吸血鬼问题的第二点，即恐怖与不安给人们带来心理影响的问题则主要归结于被害者一方。

针对声称遭受吸血鬼袭击的受害者们进行调查的结

---

1. 圣哥达山（San Gotthard），位于瑞士提契诺州与乌里州之间。

果，范·斯威登与阿尔让斯侯爵异口同声地怀疑他们是否皆为肺病患者。若说起黑死病之外的传染性流行病，且要病情缓慢加重、以肉眼可知的速度日渐衰弱，当然可以举出肺结核为例；然而在这种情况下，外表憔悴不一定能让人联想到血的消耗，这也不是重点。毋宁说因为这种胸部疾病让他们很容易感到不安，才是症结所在。

　　根据监督官的诊断，他们（声称自己遭到吸血鬼袭击的人们）之中的大多数都患有胸部疾病，因此卧床时常常感到严重的呼吸困难。同样，根据证据文件显示，当他们从床上坐起身时，就感到依附在自己身上的东西消失了。众所周知，恐惧的原因之一正是严重的窒息感。

——范·斯威登

　　我在详细研究了这些因想象中的吸血鬼祸害而牺牲之人的死亡报告后，发现了因发烧而出现支离破碎呓语的热病[1]发作现象。可以确信的是，内心的恐怖幻象才是他们死亡的原因。

　　阿尔让斯侯爵举出实例进行了证明。一位嫁给匈牙利佣兵的健康的年轻女孩斯塔诺伊卡在某个晚上像往常一样

1.热病，伴有高烧的疾病统称，如伤寒、肺炎、败血症、斑疹伤寒、天花等。

躺下睡觉，半夜里突然醒来且战栗不停，控诉同村的匈牙利佣兵米洛耶那九星期前死去的儿子，在睡梦中掐她脖子并企图杀死她。从那天起，她便陷入极度困乏的状态，三天后就死了。

"只要是具有一丁点儿哲学性地思考事物习惯的人，"阿尔让斯侯爵说，"一定会立刻从这个故事中发现，想象中的吸血鬼祸害不过是极端活泼的空想力的产物。""她那憔悴的模样、忧郁或是困乏状态，仅仅证明了她的想象力是如何激烈地动荡着。"

阿尔让斯仿若名侦探一般继续推理。女孩儿在半夜里突然睁开眼睛，喊叫说吸血鬼掐了她的脖子。不过喊叫声让吸血鬼无法再靠近，于是她幸运地没有被吸血。吸血鬼显然因为此后每晚都有人在她身旁陪伴而再也没有出现过。也就是说，吸血鬼不过是斯塔诺伊卡一个人的幻觉。

另一个例子还是在匈牙利发生的事件。某个农民在被埋葬后的第三天夜里出现在自己的儿子家中，乞求食物，并在吃完后消失无踪。儿子把那晚发生的事告诉了全村人，于是当晚，父亲没再出现。然而第二个夜晚，儿子被发现死在了自家床上。就像斯塔诺伊卡的幻觉一样，他将噩梦内容告诉周围人的当天晚上吸血鬼没有出现。"因为邻居们住进他家，布下滴水不漏的警戒阵，他无暇感到恐慌。"也就是说，无论斯塔诺伊卡还是这位农夫的儿子，都是因"偏见与恐惧"这种源自个人的幻觉，用今天的话来说就是因神经性的不安极端内倾而导致了死亡。

米夏埃尔·朗福特也支持吸血鬼幻觉说。他通过介绍普鲁士学士院的同僚斯托克的学说，做了以下阐述。

作者也将事件始末用自然的原因进行解说，试图阐明世人所说的流行性淫梦魔以及当地常见的一种梦魔才是导致这种惊人现象的原因。

淫梦魔（Inkubus）、梦魔（Alp）抑或噩梦像（Cauchemar）是活生生的幻觉，又或是避开理性的渔网、独立而又生动的幻觉中的恐怖形象，在整个中世纪作为魔女或妖术师操纵的异端形象而被畏惧着。从数件报告中可知，吸血鬼并非都以人类的姿态出现。根据许多报告可知，它们也会变身为狗、猫、猪、犊牛或犊牛的头而出现。此外，狼、马、山羊、青蛙、母鸡、驴、蛇、蝴蝶乃至干草堆都可能是吸血鬼的化身。其中最有名的当然是蝙蝠。顺带一提，因为那如同展开黑斗篷似的不祥之翼而担上吸血鬼之污名的蝙蝠，原本只是一种人畜无害的生物，它们的饵食大都只是昆虫和水果。当然，其中也有"Desmodus"之类凶暴的吸血蝙蝠，它们偶尔会抓住马或牛吸血，但很少袭击睡眠中的人类。此外，因被吸血而死的只有小动物，而且死因是吸血后伤口引起的炎症。画蛇添足地说一句，根据《百科全书》，为蝙蝠

　　冠上"Vampire"之名的是自然科学家杰夫罗[1]与司皮库斯（Spix）。也有一说认为是由布封[2]命名的。

　　总之，吸血鬼能轻易变身为任何动物。范·斯威登认为，这其中被认同的事实与原因之间并没有必然的关联。

　　黑犬和黑猫，因为长着黑色的毛，人在夜里碰上它们就会视其为恶魔或徘徊在墓地周围及内部的妖怪。此外，哼叫着经过家门口的猪也被认为是复活的吸血鬼。

　　当然，朗福特和范·斯威登都认为，这些不祥的动物引起的恐惧只是纯粹的想象力的产物，与真实存在的奇异死者之间不可能存在足以作为科学性证据的关联。不过，虽然没有解剖学上的关联，在心理学上却实际存在，俨然是集体幻觉的产物。民间传承中晦暗的土俗想象力孕育了这些动物变身故事，顺带一提，它们在爱伦坡的《黑猫》、菲斯利[3]的《梦魇》以及灵感来源于"安达卢西亚[4]的狗一叫便会有人死亡"这句谚语、由布努埃尔拍摄的《安

---

1. 杰夫罗（Éttienne Goeffroy Saint-Hilaire，1772—1844），法国动物学家、比较解剖学家。
2. 布封（Georges Louis Leclere de Buffon，1707—1788），法国博物学家、作家，代表作为《自然史》。
3. 菲斯利（Johann Heinrich Füssli，1741—1825），活跃于英国的德裔瑞士人，浪漫派画家，代表作为《梦魇》（Nightmare）。
4. 安达卢西亚（Andalucía），西班牙南部的历史地名，因长期受阿拉伯人统治而有较多伊斯兰遗迹，如科尔多瓦、格拉纳达、塞维利亚等。《

达卢西亚之犬》[1]等大量文学艺术作品中作为创作动机复活，关于这些我们另外再讨论。要言之，虽然 18 世纪的医学家与宗教家们都成功给予了吸血鬼最后一击，但对于这种让人无力抵抗的心理学上的实际存在，潜伏于梦境与无意识中流亡且不断积蓄魔力的吸血鬼，他们却丝毫没有应对的方法。

吸血鬼预防法

　　被吸血鬼咬过脖子并从该处被吸了血的受害者（他或她）自身也会成为吸血鬼。吸血鬼事件的大量出现也就是基于这种等比级数公式的增殖法。虽说如此，若没有出现最初的吸血患者，传染就不会发生。那么起始的吸血鬼是如何产生的呢？换句话说，死后化为吸血鬼复活归来的男人，生前一定表现出了某些行为不轨的特征吧。

　　在就不腐之尸进行论述的章节里，我曾指出，吸血鬼生前多是被教会驱逐的人。关于这个问题，让我们详细探讨一下。现代的吸血鬼研究者迪特尔·施图尔姆列出的吸血鬼候补者名单如下所示。

1.《安达卢西亚之犬》(*Un chien andalou*)，又译作《一条安达鲁狗》，是西班牙国宝级电影导演、编剧、制片人路易斯·布努埃尔于 1929 年与著名超现实主义画家萨尔瓦多·达利跨界合作的超现实主义短片。

1. 犯罪者

2. 私生子

3. 生前从事与魔法或妖术有关的男女

4. 改信伊斯兰教的基督教徒

5. 犯下的罪须以永恒之死来赎清的神父

6. 被驱逐出门的人

7. 未接受临终圣礼[1]的死者

最后一项中应当也包含自杀者。因自我了断而无缘被授予终油礼[2]的自杀者本身，就是触犯了教会禁忌的异端人士。事实上整个中世纪的自杀者人数非常少。

一言蔽之，只要是违反教会戒律的人，无论出于什么情况都有变成吸血鬼的可能。遭到教会驱逐的信徒死后无法进入天国，在驱逐尚未被赦免的期间也无法在坟墓里腐烂。因此，只要煽动吸血鬼的恐怖，教会就必然得以繁荣。忠实于教会，至少是保证自己不会变成吸血鬼的最佳预防策略。十字架之所以成为封印吸血鬼的灵丹妙药也是因为这个原因。

然而受到百般恩宠的教会与遭到诅咒的吸血鬼这对明暗对比，一旦被过分夸张就可能出现破绽，变成教会一

---

1. 圣礼（Sacrament），指基督教中将上帝无形的恩惠以可视的形式赐给信徒的仪式。希腊正教称"机密"、罗马天主教称"秘迹"。
2. 天主教的信徒在临终时，由司祭用圣油在其躯体上描画十字架的仪式。

方胁迫信众的奸计。事实上正如前面所言，它成为了本笃十四世、阿尔让斯侯爵与伏尔泰指责的标的。此处就让我们参考写下《关于理性与宗教中诞生的重要真理的考察》（1754 年）一书的约翰·弗里德里希·韦滕坎普夫（Johann Friederich Weitenkampf）所著的弹劾文。

　　像这样，各个国家的偏见与希腊正教会司祭以及所谓的教区司祭们使用的手段，成为将民众引向这种迷信之中的助力。这是因为在这些人的脑海中，如同不必向土耳其法庭提起诉讼那样，这种强迫观念必定时常被用来演绎对矛盾、调停、诉讼与盗窃事件中的伪证及其类似之物进行宣誓的替身。

　　吸血鬼信仰可以说是作为暗黑的自然法则君临于民众的道德生活之上。地方司祭们凭借这一点来维持民众的道德生活，同时将他们吸引至教会。说起来这也是一种相互扶持的关系。作为从固有的土俗传统中孕育的偏僻地区民众的教化法，这是无法避免的措施，其本身并没有可非难之处。只要担任下级司祭的职员们不利令智昏，投机取巧地将这种关系变成捞钱的工具，它甚至可以成为与位于中央集权的教团组织内部末端的民众之间唯一可能的接触形态。这是一种旨在结合异质的信仰体系，因诸神混淆而促使土俗信仰中的恐怖反过来将人心集结于教会一方，形成因倒错而构建的协调关系的方法；也是正统教会与本地信仰之间普遍存在的课题。

因此，刚才迪特尔·施图尔姆的吸血鬼候补者名单，是进入教会在某种程度上拥有绝对权威的时代之后根据现象整理出的分类，在此之前，想必应该还存在着这种名单之外、基于土俗吸血鬼信仰的独特的吸血鬼候补者名单。施图尔姆也提到了这一点，他写道：人们相信，诞生于多灾多难之日的人与畸形儿也会变成吸血鬼。此外，例如出生时身上带有齿痕或红痣的人、头上裹着羊膜[1]出生的新生儿（即拥有大网膜[2]的人）、怀恨死去的人等，死后一定会成为吸血鬼。另外，在维廷根地区流行的传说中，有一种被译作"二次吮吸儿"（Doppelsauger）的鬼之子据说也会变成某种吸血鬼。这种婴儿，如果母亲不给他（她）吸两次乳房，就会一直不管不顾地哭个不停，是叫人难以应付的吃奶娃。

也有种学说从亡灵崇拜的角度来说明吸血鬼的出现。多数异教民族都相信灵魂与肉体的分离及死后世界。约翰·托兰（John Toland）认为，这种信仰的源头能追溯到古埃及。在那里，死者崇拜表现为"活着的尸体"，亦即木乃伊的观念。人在死后也会像地上生活时那样继续存活

---

1. 羊膜，即胎膜中离胚胎最近的膜，直接包裹胚胎。
2. 网膜是胃到肠管前方下垂的覆膜部分，大网膜是其中一部分。括号内原文为「いわゆる大網膜の持主」。不排除作者笔误的可能。

下去，为此，必须在死者的墓里准备好陪葬用品。不必说埃及金字塔内部那些豪华的陪葬品，就连西欧中世纪的骑士墓里也有爱马、武器等陪葬，若是牧师则有圣经陪葬。日本的埴轮[1]古俗也是这种埋葬礼仪中的一环。对死者必须给予最高敬意，不能有惹怒死者的行为。因此，将故人生前喜爱的物品作为其死后生活的随行之物便是无上良策了吧。随葬品的埋葬还有一个作用就是，如果死者耽溺于把玩这些物品，就不会离开墓穴，也不会回到世间了——也就是作为预防死者复活的方法。

　　吸血鬼的预防法中也明确含有这些埋葬礼仪遗制的印记。例如，有种预防法是在具有吸血鬼嫌疑的某个死者墓穴里放入渔网和罂粟粒。人们相信，死者每年都会一个个解开渔网的网眼，并将罂粟粒一颗颗吃掉，所以只要它们还拘泥于渔网和相当分量的罂粟，这期间就不必担心它们会苏醒过来离开墓地。

　　阿尔特马科[2]地区的人会在尸体口中塞入6格罗申[3]的铜币，或是从死者的衬衣上切下他的姓名。将尸衣的一角塞进死者嘴里也是防止吸血鬼复活的有效方法。这些方法大都是为了封印在墓中的死者为了缓解饥饿而试图进食的

---

1. 埴轮，即土俑或陶俑，是排列在古坟外部的不施釉素陶制品，大致可分为圆筒埴轮与象形埴轮。一说是表示神圣区域而设置，也有人认为是防止坟丘土的坍塌。
2. 阿尔特马科（Altmark），位于德国下萨克森州法尔肯贝格近郊。
3. 格罗申（Groschen），旧时在德国流通的小型货币单位。

邪恶欲望。此外，据说在死者下颚与胸口之间放上碎木板也很有效。

　　另外，在生前似乎与吸血鬼有过接触的受害人死后，将其尸体运出家时，不能通过家门口的门槛。因为一旦被变身吸血鬼的死者记住回家的路，这家人也就完了。同样的，出门时，棺材里死者头部所在的方向也不能在前，否则死者就能在离开时看到家的方向，其后很可能回到家中。将尸体运出后，以防万一，要在家门口插上小刀。顺带一提，这类禁忌与日本泛灵论性质的守夜仪式也可逐一对应。

　　话是这么说，但要问最有用的，没有比电影或小说中经常出现的大蒜更能立竿见影的吸血鬼预防法了。在民俗学家伯恩哈德·施密特（Bernhard Schmidt）所著的论文《近代希腊民间信仰中的邪视以及类似的魔法》中，大蒜医药效果的巨大功效得到了证实。

　　很明显，大蒜的根、叶、花的强烈气味让人想要捏住鼻子、扭过头，作为散发强烈气味之物的通例，特别适合用于这种目的。于是它便顺应民众的信仰，成为防御魔灵与魔法的东西。

　　原本作为降服古希腊传说中的怪物拉弥亚、斯托利克斯的方法而被众人所知的这种咒术性质的预防法，几乎原封不动地被视为制服吸血鬼的有效除魔方法。在古希腊的医学家提提纽斯（Titinius）的处方笺中，为了避开以幼儿血为目的的斯托利克斯的攻击，可以在孩子们的脖子上挂一串大蒜。不知是否因为这个原因，巴尔干地区的家家户户至今仍会在窗边挂大串的大蒜。

大
吸血鬼的形象

在关于吸血鬼的文献之中，参考已有的调查资料并试图从医学、神学、哲学等角度进行现象分析的论文并不罕见，但到实地进行案例采集的资料却出人意料的少。这当中，1732 年在纽伦堡发行的《见闻录》(*Visum et Reportum*）算是最值得采信的报告了。这是由菲尔斯滕费尔德（Fürstenfeld）及亚历山大两团所属的军医和高级将校组成的调查团，以 1732 年 1 月 7 日在塞尔维亚梅德里卡发生的吸血鬼阿诺德·鲍尔事件为契机，编著总结而成的记录。调查团的主要成员如下。

菲尔斯滕费尔德步兵团军医

　　约翰·胡尔辛格（Johann Flückinger）

马茹尔团军医

　　J·H·吉格尔（Siegele）

菲尔斯滕费尔德步兵团军医

　　约翰·弗里德里希·鲍穆加尔腾（Johann Friedrich Baumgarten）

亚历山大团陆军中校

　毕尤特纳（Büttner）

亚历山大团

　J·H·冯·林登菲尔斯（J.H. von Lindenfels）

1732 年同年，柏林的普鲁士皇家学士院调查团发表了《诊断书》。因为是学者团体的报告书，比起前者虽然更具批判性和科学性，但在记录事实的趣味性方面要稍逊一筹，难免让人产生些许调查不足的遗憾。其后相继有学士院会员福克特、朗福特、哈伦贝克、左普维、玻尔（ポール）等人发表论文，这些大概都是基于那次调查经验所写。总之，以下我们且将这些调查报告综合起来，试图在纸上再现当时出现的几种吸血鬼形象。

1. 首先要列举的当然是梅德里卡的阿诺德·鲍尔（又译作阿诺德·波尔）。

《见闻录》的记录者们受联队队长之命，因梅德里卡出现"所谓的吸血鬼吸食数人鲜血并夺走其生命"的流言而急忙赶到当地，从匈牙利佣兵骑兵中队长，同时也是梅德里卡资格最老的佣兵格尔席茨·哈德那科（Gorschitz Hadnack）的口中听取了事情的概要。

事件的主人公阿诺德·鲍尔也是当地的一名匈牙利佣兵。事情要追溯到五年前的 1727 年，他从干草车上摔下来跌断了脖子而死。根据阿诺德生前所声称的经历，他在土耳其属塞尔维亚的一个名为科索瓦（Gossowa）的村子中被吸血鬼附体，为了驱赶吸血鬼他已吃其墓土，饮其血液。人们认为这样做能避免吸血鬼之祸。

然而阿诺德·鲍尔死后过了二十天乃至三十天，村中有好几个人表示自己被鲍尔附体了，事实上其中有四人不久后就死了。人们害怕怪事继续发生，就在阿诺德死后的第四十天挖开了他的坟墓。令人惊奇的是，尸体完全没有腐败的征兆，眼、耳、口、鼻中都有鲜血流出，染红了衬衫和外套，手脚的旧指甲脱落，长出了新的。就此，已让人无法不怀疑他已变成了吸血鬼。人们将木桩插入他的胸口，他便发出恐怖的呻吟声，同时还喷出大量血液。

鲍尔的尸体即刻被付之一炬。往后一段时间，人们意识到被鲍尔附体后死亡的四个人也变成了吸血鬼，便以同样的方法将四人的尸体处理了。不仅如此，据"思虑深远之人"所说，阿诺德·鲍尔不仅袭击了人类，还曾袭击家畜，饮其鲜血。总之，这三个月内有男女老少共十七人虽未表现出明显病状，但都于卧床二到三天后死去，据说他们都食用了遭到鲍尔袭击的家畜的肉。

普鲁士皇家学士院的《诊断书》中也有大致相同的报告，但学者们针对插木桩时尸体发出的悲鸣持怀疑态度，猜测那或许是肺脏内残余的空气突然被划开而发出的破裂声。

总之，以阿诺德·鲍尔事件为契机，当地一连串的吸血鬼事件接二连三地冒了出来。其中有女吸血鬼，也有儿童吸血鬼。虽然不及阿诺德·鲍尔事件，但这些吸血鬼事件受害者一方的人数时常是复数。

2. 当年一位名叫斯塔娜（Stana）的二十岁女性在生产后的第三天死亡。她在濒死之际剖白，自己曾经触碰过吸血鬼的血。因此不仅是她自己，连刚出生后立即死亡的孩子（这个孩子下葬后被狗从墓里刨出来吃掉了一半）也注定成为吸血鬼。两个月后，斯塔娜的墓被挖开，尸体还保持着原样，皮肤与指甲都脱旧换新。

斯塔娜事件中有趣的地方在于，虽然她的其他器官都像正常人一样保持着鲜活，但唯有子宫呈现出异样，变得异常肥大，外阴部还因炎症而溃烂。

3. 一位名叫米丽扎（Miliza）的六十岁老太太卧病三个月后死亡。死后经过了九十天左右，人们挖开其坟墓，发现她胸部流出大量血液，其他器官似乎仍在正常运作。令附近见证了解剖的匈牙利佣兵们都感到惊奇的是，这位米丽扎老太太生前瘦得只剩皮包骨，其尸体却判若两人，返老还童，还长出了脂肪。佣兵们异口同声地作证，说她才是一连串吸血鬼事件的元凶。也就是说，遭到毒手的受害者被送来墓地以后，她一个个将其啃食，因此才像换了个人似的长出少女般的脂肪。

4. 生下来八天就死亡的婴儿，在墓中躺了九十天，呈现出吸血鬼的各种特征。

5. 匈牙利佣兵的某个即将年满十六岁的儿子，在卧病三日后死亡。九周后挖出尸体，其状态与其他吸血鬼完全相同。

6. 同为匈牙利佣兵之子的约阿希姆（Joachim），17岁，患病三日后死亡。经过八周零四天后挖出其尸体，经解剖判明其为吸血鬼。

7. 一位名叫露西亚（Ruscha）的女性患病十日后死亡。下葬后六周内，其胸部和下腹部流出血液。她刚生下不久的孩子也在五周前，也就是生下来的第十八天死亡，且呈现出同样的症状。

8. 即将满十岁的少女在死后第二个月被挖出坟墓，其尸身保持完好，唯有胸部流出大量血液。

9. 作为一种反证，虽说不上自证清白，但发生在前面提到的匈牙利佣兵骑兵中队长格尔席茨·哈德那科·巴利亚克塔尔一家的事情，似乎也在某种程度上证明了他们问心无愧。

哈德那科的妻子，在他将这一连串事情报告给调查团之前七个礼拜就死了。刚出生八周的孩子也在二十一天前死亡。然而，虽然埋葬两人的墓地就在吸血鬼的坟墓旁边，但挖出他们的尸体后却发现已经"完全腐烂了"。

同样是当地的佣兵队军人的拉德（Rade），23岁。拉德在患病三个月后死亡，死后第五周被挖出，幸运的是他也"完全腐烂了"。

10. 一个名叫斯坦黑（スタンへ）的村子里有一位六十

岁的匈牙利佣兵，在死后第六周被挖出，解剖结果是，从其胸部和胃里发现大量液状血，是典型的"吸血鬼状态"。

11. 25 岁的匈牙利佣兵米洛耶，死后六周，在墓中呈现出完美的吸血鬼状态。

12. 最后要说的这个事件正是由上一例中的米洛耶所为，在前面几章也曾提到过。被害者是匈牙利佣兵的妻子斯塔诺伊卡，一名 20 岁的女性。

某天夜里，斯塔诺伊卡就寝后遭到不久前刚去世的米洛耶的袭击，她的脖子被掐得几乎断气。三天后斯塔诺伊卡便死去，十八天后经由调查团之手挖掘解剖。尸体的脸颊上带着红晕，色泽仿佛活人。据说将她拖出墓穴后，大量血液从其鼻孔内流出。吸血斑开始引人注目，大概就是从这位斯塔诺伊卡开始的。在她右耳下方能清楚看到一块长一指左右的渗血青斑。

撰写《见闻录》的调查团一行人在这数月间如此这般，将梅德里卡的死者之墓悉数挖开。认定为吸血鬼的尸体就交给当地的吉卜赛人，命令他们砍掉死者的头颅并将尸体烧成灰；已经腐烂的普通死者则再次放回墓中。化为一捧灰的吸血鬼们的遗骸经由村民们之手撒进摩拉瓦河[1]，永永远远地沉入水底。

1.摩拉瓦河，多瑙河的支流，发源于捷克共和国东部，下游流经捷克共和国与斯洛伐克之间，然后流经斯洛伐克与奥地利之间。

吸血鬼的色情性

（Eroticism）

爱的技巧？就是往吸血鬼的气质里加入些银莲花的谦恭。

——齐奥朗[1]

死者交接

特意辟出一章讲吸血鬼的色情性，或许会有同义词的反复之嫌。既然吸血鬼本身已经是一种色情的存在了，那么无论就吸血鬼的哪方面来谈，都等同于讨论色情性，不是吗？

吸血鬼研究者奥尔内拉·沃尔塔指出，G·托尔德（トゥールド）在《医学百科辞典》中对"色情体质"的各种特征所做的相关定义——"锐利的面孔、闪亮的尖牙

---

1. 齐奥朗（Emil Mihai Cioran，1911—1995），又译作萧沆，罗马尼亚作家、思想家，因年轻时的恍惚体验与横跨生涯的躁郁症、忧郁、失眠等精神苦恼而发展出了独特的虚无主义思想，被称为"法国的尼采"。

齿、浓重的毛发、独特的嗓音、风貌和表情乃至有特征的
体味"，在蒙塔古·萨默思神父看来是完全符合吸血鬼的
描述，表述如下。

　　事实上，吸血鬼从最初就是再色情不过的产物了。遭
到诅咒的"女性受害者"因这位并不讨厌的对象的攻击而
进入陶醉状态，宛如无法抗拒一般望着这个怪物……这怪
物吸食着受害者的生命、呼吸、鲜血。他的外貌虽然近似
于人类，但那近乎神的能力却又让他变得非人。虽属于我
们的世界，也同样属于另一个世界。他果真是死者吗？

　　也就是说，吸血鬼同时居住在死与生的世界里，是能
自如往返于两界之间的双重存在。它虽然被封闭在沉重的
棺木里，每到夜晚却又能像活人那样游走徘徊，天色变亮
时又再翩然返回到墓地里。虽是死亡之国的居民，却有能
力戴着活人的假面闯入生之世界。作为生命象征的血液及
其消磨殆尽之时到来的死亡，在吸血鬼信仰中扮演着重要
角色也是理所当然。诚如"血与死，色情与恐怖，是与吸
血鬼宇宙相辅相成之物"（O·沃尔塔）。
　　实际上，吸血鬼之所以是尤为色情的产物，是因为吸
血鬼确与死亡和恐怖紧密相关。如果在生的界限内，在能
保障安稳活命的范围内，进行清洁无害的性行为就能获得
自我满足，那就没有理由特意将吸血鬼视为色情的梦中情

人了。无论是从生的领域，还是死的领域，若非梦想跨越生与死之间截然隔离的一线、渴求脱轨的战栗，这种怪物似的双重存在者也就没有在表象世界登场的余地了。但作为"直至死亡降临的生之赞美"（巴塔耶[1]），色情必然憧憬着越轨与向另一个世界的入侵，也因此注定了它与死亡及恐怖一道嬉戏的宿命。

　　话说回来，生与死之间，或者说生者与死者之间的肉体交媾形式有两种。一种是生的一方主动向死之世界前进的尸体爱（Necrophilia）形式。除了通过正常性爱、异常性爱（sodomy）抑或自慰形式与尸体发生性接触的狭义尸体爱，这里应该把"Necrophagism"（吃掉尸身的行为）、"Necrosadism"（切割尸体以达到性兴奋的行为）也纳入同一范畴进行考虑。与之相反，吸血鬼信仰是死者一方主动侵入生之领域，对活人进行性方面的凌辱。罗兰·维尔纳夫的定义十分恰当："吸血鬼信仰是反过来的尸体爱。"无疑，吸血鬼的生活状态就是倒转的、逆向展开的尸体爱。话虽如此，若使用这种说法，可能会将吸血鬼信仰置于尸体爱的倒错（！）这种位置，那么毋宁说将互为表里关系的两者分裂为尸体追慕与死者恐惧这两个极端，或许更加接近实情，这也是自古以来人类对待死亡的两极性情感的表现与看法。

---

1. 巴塔耶（Georges Bataille，1897—1962），法国思想家、小说家，信奉无神论与神秘主义。

　　悼念死者的追慕情感，与嫌恶死者的恐怖情感，无论哪种都是古已有之的死者观。非基督教的宗教对待死者的看法是死者不一定真的死了，他们死后也以某种形式生活着是普遍的观念。并且，人们甚至相信死者拥有性生活。瑞典的吉卜赛人至今仍会在死者的墓中放入与其生前的情人模样相似的人偶来陪葬。这与埃及、美索不达米亚的陪葬人偶属于同类事物，具有完整的性器官，但特点是没有脚（被砍断了）。或许这是为了不让替身人偶逃跑而设计的吧。

　　既然死者还以某种形式生活着，当然也就该有性生活和饮食生活。若是这样，一旦让他们对饮食生活感到不满（例如供品中断）或是陷入性饥渴状态的话，愤怒的死者会不会为了掠夺食物和性对象而再次回到这个世界呢？"死后生命"这种信仰，当然会因为死后依然活着的想法而使人们终生怀有害怕死者归来的不安。因此人们自古以来都会在埋葬死者时蒙住他们的眼睛、在墓地垒上沉重的墓石、将墓地选址在尽量远离部落的地方、献上各种陪葬品与供品以预防死者归来。

　　尤其是为了平复死者的性欲，还有举行冥婚（与死者结婚）这种方法。当然，以处女或处男之身死去的年轻人，与其说是心怀没有性经验的悔恨，不如说是因为没有能打点供品的继承者（子孙）而感到不安，他们因此被视为最容易变成怪物出现的死者。歌德的《科林斯的新娘》

（*The Bride of Corinth*）、爱伦坡的《丽诺尔》（*Lenore*），甚至《牡丹灯记》，其中的故事若要追本溯源，都可联系到这种冥婚仪式。不过，古代的死者之墓里会有作为活祭品而被杀死的女性陪葬，这位女性在死前被迫与死者举行婚礼仪式。如今的斯拉夫民族习俗中，似乎仍会在死去的处女或处男墓前举行象征性的模拟冥婚仪式。

死者的怨恨与欲求不满也有各式各样的类别。这当中也有死于产床的母亲为了给自己留下的婴儿喂奶而从墓中爬出来的情况。根据尤利乌斯·冯·内格莱因（Julius von Negelein）所说，"简直如童话所言，去世的母亲会在特定天数的夜晚给孩子喂奶——这是德国人的家庭感中令人深刻感动的典型。她对自己的丈夫亲切地说话，围着孩子们的床边一面转，一面凑近他们的耳畔低语或是让他们吃奶"（《迷信的世界》）。这种情况下，毋宁说死者的生还是被要求且受到欢迎的，然而这种动人的母性爱一旦超出界限，强烈到开始无视活人世界的秩序，便会摇身一变成为令人毛骨悚然的怪谈：对孩子的过分怜爱引诱她们将其带往黄泉之国；在陪伴丈夫或与情人共眠时吸食精液与血，最后将他带向死亡的深渊。深情之举就这样成为令人害怕的恐怖故事。

对既有文明而言，没有什么是能比死的逆流更恐怖的事了。假设生与死之间的界限消失了，死者能从地底自由地回到人世间，试着想象这样的画面，那数量上肯定是死者占压倒性的多数。活着的人转瞬之间便会被死亡大军击溃，这是洞若观火的结论。因此必须将死者封闭在墓中，抑制和抚慰他们。

即便如此，也会有死者像间谍似的进入人类生活之中，甚至通过性行为潜入。例如，认为死者能使女人受精怀孕的信仰广泛存在。奥尔内拉·沃尔塔试图在未开化人对待死亡的独特思考方式中寻找这种信仰的渊源。

生物学最基本的法则证明，生是死的腐坏部分，尤其是将新生命形成所需之物进行结合之处的腐坏部分。死与生的这种永存的共生关系，未开化人通过对"一切新生儿都是祖先灵魂的复活"这种确信，将其按字面意思来理解。

作为死者的祖先灵魂通过女人在新生儿之中复活，这在原始社会和未开化社会中并不是什么值得大惊小怪的事。根据沃尔塔的例证，拉普兰[1]的某位女性说自己在生产前梦见了会在自己即将出生的孩子体内复活的特定祖先；弗雷泽[2]也提到孟加拉国达罗毗荼族[3]支部柯恩（コー

---

1. 拉普兰（Lapland），位于北极圈内，其区域从挪威、瑞典、芬兰北部延伸至俄罗斯。
2. 弗雷泽（Sir James Frazer，1854—1941），英国人类学家、民俗学家和古典学者，代表作为《金枝》。
3. 达罗毗荼族（Dravidian），是自古便在印度定居的高加索民族群体的总称。

ン）的僧人们，能以米粒放入茶碗的方式占卜刚出生七天
的婴儿身上附着的是哪位祖先的灵魂。另外，在澳大利亚
的某个部落，曾与白人（英国人）同居的原住民女子生下
了白皮肤的孩子，由于这个部族认为只有死者（祖灵）才
能让女子受精，女人便将孩子的白皮肤归咎于在英国人
家里吃的白面包这个奇特的原因，这才说服了部落里的
人。男性精子与女性卵子的结合这种近代科学对于受孕的
解释，在未开化部落里看来是行不通的。对他们来说，能
让女人怀孕的大都只有死者。据古斯塔夫·威尔塔（ギュ
スターヴ·ヴェルター）所说，未开化人认为的生殖原理
如下。

当祖先的灵魂在未来即将成为其母亲的女人体内留下
种子时，在那里发生交接的结果便是男性的液体（精液）
被注入，并与月经中断时获得解放的女性之血相融合，成
为一体，这交接有助于种子的发育和即将出生的孩子的形
成，因此丈夫和妻子的性关系必须维持到生产前。

活着的人类不过是为了用精液与血养育死者注入的
胚子，才进行性交这种辅助性的行为。死者才是生殖的真
正原因。在澳大利亚的阿兰达（Arunta）族，不想怀孕的
女子出于上述原因，会尽量避开祖灵居住的地带。与之相
对，波斯直到 18 世纪还相信，无论多么无可救药的石女，

只要从绞刑架上吊着的死刑犯尸体下经过，就能获得怀孕的能力。

正是通过性的活动与死亡沟通，以肉体的交媾为媒介与死者接触，这并非多么异常之事。通过性而让死亡成为不可或缺的要素融入生活之中，生与死维持着和谐的共生关系——这样的人类社会曾经存在，如今也依然在文明社会以外的地方存在着。与死者进行性交不仅不是异常，还是世代交替不可缺少的要素。这样说来，在它被视为禁忌、异常或迷信的过程中，发生了某种价值观的转换，亦即发生了新旧神话学的交替。简略地说，这种（与死者性交的）相对新近的禁忌可以认为是基督教文明的产物。

事实上，再没有比基督教式的中世纪更加严格地禁止人与死者性交的时代了。西班牙的本笃派修道士胡安·卡拉穆埃尔（Juan Caramuel）将恶魔依附（Demoniality）一词定义为"与尸体的肉交"，认为"上述的尸体既没有感情也不能活动，只能随着恶魔的操纵而偶然动作"。因恶魔的操控之手而做出淫秽之举诱惑人类、与基督教信仰水火不容的邪恶尸体尤其在中世纪末期突然猖獗起来，教会也积极地为了压制它们而四处奔走。众所周知，这种淫荡的邪恶死者便是"Incubus"（袭击女人的淫梦魔）和"Succubus"（袭击男人的淫梦魔）。

神学家们的证言表明，"无论 Incubus 还是 Succubus，这些恶魔不只是以人类男女为对象，甚至连兽类也不放过"（卢多维科·马里亚·西尼斯特拉里〈Ludovico Maria Sinistrari〉）。同时，人类这边的妖术师与魔女们则"很乐意与恶魔 Incubus 或 Succubus 发生肉体关系"（弗朗切斯科·马里亚·瓜佐〈Francesco Maria Guazzo〉）。恶魔依附、魔女、妖术师在教会中的定义，便是以这种与邪恶死者（Incubus、Succubus）间的性关系为根据的。因此，中世纪末期的魔女迫害、异端审问究其根源，便是抱着镇压与死者的性关系这个目的而实行的审查体制，最重要的是对通过性入侵产生的传染性死亡的恐怖发出警告。教会恐惧的是与异世界相关的异教魔术原理的复活。死者无法进入长眠且永无止境地复苏、与活人发生（非精神层面的）肉体交接，以及从墓底隐隐散发的骚乱情形，才是最让人感到不安的隐患。

假借尸体这个媒介袭击睡眠中的女人，交媾后成功将自己的精液留在女人体内的恶魔，很快就会在这个世界上繁殖出可怕的孩子吧。也就是说，女人们不时会产下恶魔之子。"Antichristos[1]"便是其中一种，通常他们都是私生子（未经婚姻的圣化），也都是不堪入目的丑八怪、畸形儿。

根据 1590 年版的《安德烈埃·霍恩多夫的历史剧》

---

1. Antichristos，指世界末日基督再临前出现的迫害教会并迷惑世人的伪预言家、异端和恶魔。

（*Andreae Hondorffii Theatrum historicum* ）所报告，靠近奥尔米茨市的修米尔茨村里，一个妇人产下一名无头无脚的孩子。奥尔米茨市长及市参议员命令立即展开调查，结果这位夫人吐露，她每夜都与化装成她死去丈夫的魔鬼发生关系。据迪特尔·施图尔姆所说，在巴尔干地区，带着吸血鬼嫌疑死去的丈夫留下的未亡人，其后的生活都会受到细致入微的观察。巴尔干地区有句俗语："谨慎小心的女人能防止吸血鬼来拜访她，还能防止人们被杀。"

　　基督教式的中世纪对如此遭受忌讳的人尸相交的恐惧，从描绘淫梦魔、噩梦（nightmare）、饿死鬼、死神袭击睡眠中的女人并对其进行凌辱的一系列当时的风俗画中也能窥见一二。这些怪物显然就是吸血鬼的前身。话虽如此，若按精神分析学家欧内斯特·琼斯（Ernest Jones）所说，"吸血鬼是拥抱睡眠中的人并从其体内吸食鲜血的夜的精灵，毫无疑问是噩梦的产物"，那么，获得快乐的焦点从单纯的性交转移到吸血行为这种嘴上的虐待（oral sadism），这其中的谜该如何解释呢？因精神主义的戒律而压抑性的正常形态的中世纪人，从这种性方面的纠葛中创造出各式各样的色情怪物。其中最极端的是，就连吸血鬼、狼人这样"毋宁说憎恶与犯罪扮演了重要角色"（琼斯）的畸形，中世纪人也无论如何都要饲育培养。

　　对于淫梦魔到吸血鬼的变容，亦即从恶魔的精液注入到血液榨取这种战术性的变化，奥尔内拉·沃尔塔试图从近代"地狱观念的衰退"究其原因。

中世纪结束之后，死者们即便仍然无法停止对活人，尤其是女性的拜访，也在一点一点丢掉地狱观念的世界里，再次回到只有自己的壳中，（对活人而言）变成一种不具备生殖能力的存在。他们再也不像泛灵信仰中的祖先们那样制造生命，取而代之的是，他们仅仅从特定的人物那里，而且通常是带有排他性特权的人身上夺取生命。毫无疑问，死者们失去了让他们常保鲜活的灵魂，即恶魔，而遭遇了令其倍感吃紧的替代物。让他们常保鲜活的原理，是死者从活人的血中发现的。

实在是明快的分析，除此之外我没有什么可附言的了。

血的性爱（Eros）

不过，死者们与活人间的色情纽带无他，正是血液，当然这也有其意味深长的由来。因为血液也和性交一样，是自古以来与死者交接的不可或缺的手段。

死亡将自己与爱人分隔在两个世界，在其中填入难以跨越的距离。这两个世界之间难以逾越的障碍，人们相信唯有血可以消除。

史前时代的人们为了在爱人的尸体上留下永恒的誓

约，会切断无名指。澳大利亚原住民和匈族[1]中都有为了悼念故人而在脸上划出伤口、留下"血泪"的习俗。这类仪式性的受虐倾向，其一是为了让活人通过因大量出血导致的衰弱来相对接近死者的状态，以此达到与离世者同化的目的；除此之外，这也是将自己生命力的一部分分给对方，象征性地谋求死者的复活，这才是关键。生者主动让自己的生命力（血）流出而下降至死亡的深渊，死者则凭借献祭者的血而在死亡深渊里朝"生"的方向往上爬。就这样，在既非生也非死的微明之中，两个世界暧昧地彼此靠近，且朦胧地邂逅了。

　　血，不仅仅是跨越生死间难以逾越的障碍的秘密通道，甚至还是能魔术般地消除活人之间距离的手段。在咒术中，女人若想要拴住所爱的男人，只需让他喝下自己的经血。此外，据说炼金术的秘密结社蔷薇十字会[2]的秘法中，也有被称为"血之心灵感应"的远隔通信法。接下来要引用的，是后世医生 D·G·基泽（Dietrich Georg Kieser）解说 17 世纪的结社成员托马斯·巴尔托林（Thomas Bartholin）的论文的文章，此处仅就血盟（Blutbrüderschaft）的圣礼（Sacrament）进行详细阐述。

1.匈族（Hun），北亚的游牧骑马民族，被认为发源于中央亚细亚的草原带。
2.蔷薇十字会（Rosenkreuzer），又称蔷薇十字团，是 17 世纪初期兴起于德国，之后在欧洲和美洲发展起来的知识界的秘密结社，其成员们致力于古代基督教和文艺复兴运动的融合。

一人用手术刀的刀尖在左手腕上划一道口子，待血流出，用海绵擦拭干净。接着在另一个人的左手或右手无名指上划一道伤口，然后在对方的伤口上滴一滴血。接下来在双方伤口完全愈合以前，在那只手腕和那根手指上缠上绷带。紧接着，又由后者在其手腕上划出伤口，前者在其手指上划出伤口，再从前者手指的伤口中挤一滴血滴在后者手腕的伤口上，再次为双方缠上绷带，直到伤口愈合。就这样，这两个人中的任何一人，无论对方身在多远的地方，只要用针尖去刺上述愈合的伤口疤痕，另一方就能同时感受到同样的针刺感。而且只要事先商定好第一下、第二下、第三下的针刺代表什么意思，这样，其中一人无论在什么情况下都能立刻向另一人传达自己的心情及其他状况了。

这简直是效仿上田秋成《菊花之约》一般令人惊讶的通信方式。总之，血确实是一种能够超越时空障碍让彼此瞬间合一、消除境界线的色情的媒介，这种观点如上所述，已经十分明了。

血是生命力的晴雨表。一旦血液减少，人的生命力就会衰弱并向死亡迈进。那么反过来，通过用血喂养死者或病人来试图唤回其生命力似乎也可堪期待。如此说来，血的医疗及药理效果自古便有人尝试，倒也在情理之中了。

输血首次获得成功的人，是为了治疗教皇英诺森八

世的热病而杀死三名少年来转移血液的犹太医生（1492
年）。血进入科学性医疗方法的领域便是以15世纪的这件
事为嚆矢，此前此后，血液长期都被视为魔术性的秘药。
即使排除匈牙利的浴血伯爵夫人巴托丽·伊丽莎白这样世
间少有的嗜血狂，她因相信血有返老还童之效而残忍杀害
六百多名女性，文艺复兴时期的意大利贵妇人们也会在日
常生活中用切成两半的鸽子敷脸，视其为能让肌肤年轻化
的美容法。

　　血作为补药、春药的功效因此得到广泛流传。罗马
的贵族们为了补充消退的精力，会像鬣狗般成群结队地扑
向刚被杀死的剑斗士，啜饮其尸体上流下的鲜血。19世
纪的妓院会让水蛭吸附在女人的耻骨处，客人们将这种血
液作为春药饮用，这是当时隐秘的流行风尚。更加容易获
取的血液供给源是屠宰场。兽血原本就被视为具有美容效
果，相貌丑陋的女孩儿们会暗地里听从恶魔的耳语，"去
屠宰场饮一杯血"。这种恶习在世纪末的巴黎甚至流行于
社交界。当淫乱的一夜结束后，一大早便驱赶马车前往
拉·维莱特¹的屠宰场，将刚刚屠宰后还冒着朦胧热气的
公牛血一饮而尽，是当时绅士贵妇们的风流嗜好。M·克
拉弗里（Claverie）的风俗画中，生动刻画了在一群强壮
的屠夫中，那些身穿晚会礼服的显贵绅士和身着明艳舞会

---

1. 拉·维莱特（La Villette），如今已变成公园。

服装的贵妇人们若无其事地将牛血倒入杯子里一饮而尽的
场景。德国在第一次世界大战即将开始的时候，还有人在
死刑犯被处刑的现场进行采血，人们相信这尚且温热的人
血是治疗癫痫的灵丹妙药，大白天也有人公然盗取死刑犯
的血。

据罗兰·维尔纳夫所说，杀人是企图通过食用人肉而
达到返老还童之效的色情愿望的产物。血是永生的灵液，
吸血鬼信仰便是基于血这种能让人不老长寿、增强精力的
妙药之效。维尔纳夫所介绍的卡雷尔（Carrel）博士和亚
沃尔斯基（Jaworski）博士关于向有缺陷的器官注入血浆
的研究中提到，现实中的被注入者有可能出现某种人格变
异和年轻化的症状。

选好供血者并在一定条件下对人体反复注入少量他人
的血液，由此会产生某种体质的部分性人格转换，从而导
致器官的年轻化。

血的咒术性功效先于自然科学的确认，早已被各地
的人所接受。除之前所举的例子之外，还例如马克萨斯群
岛[1]的王侯们，一旦感觉到精力衰退，为了重返年轻，会

---

1. 马克萨斯群岛（Marquesas Islands），位于太平洋东南部，波列尼西亚东
部的火山岛群。

毫无顾忌地用臣子来举行血祭。西哈诺·德·贝杰拉克[1]的
《月亮与太阳诸国的滑稽故事》中，也曾讲述过月亮社交
界里饮血和嗜食人肉的奇妙习惯。在月亮上，一旦有人死
亡，死者的友人们便会轮流喝他（她）的血以求增强性爱
方面的能力。

（一旦被确认死亡，）朋友便从死者的胸口拔出剑，
把嘴凑在伤口上不断啜饮其血液直到再也喝不下为止；接
着，第二个人便照刚才的方式也去饮血，第一个人则被
搬到床上去；第二个人喝饱后，便给第三个人让出位置，
也前去睡下。……接下来的三四天，他们便尽情享受性
爱的欢喜与乐趣……如此，当他们通过这种交合唤醒某
种意识时，这些人便能确信，再次苏醒的就是他们那位
死去的朋友。

这并不是什么特别科幻风格的荒谬白日梦。通过服用
死者的血液来激起性的欲望，且通过性行为来体验死者的
再次苏醒与死亡的逆流，这几乎是种严密按照咒术进行的
血祭记录。顺带一提，西哈诺·德·贝杰拉克将这个萨德[2]

---

1. 西哈诺·德·贝杰拉克（Savinien de Cyrano de Bergerac，1619—1655），
法国剑术家、作家、哲学家和理学家，因 1897 年上演的埃德蒙·罗斯丹
所写戏剧《西哈诺·德·贝杰拉克》（中译版：《大鼻子情圣》〈人民文学出
版社〉；《西哈诺》〈作家出版社〉）而闻名。
2. 萨德（1740—1814），法国小说家，通称萨德侯爵，他因描写（转下页）

式的狂宴舞台选在月亮世界，想必是有极其深刻的意义
的。月亮世界正是吸血鬼的故乡之地。

　　古代的人们常常把没有生命存在的月亮视为死者寄
居的冥界。古代最早写下与月亮有关的论考《论月面》的
普鲁塔克[1]，也曾讨论过月亮世界里是否有死者魂魄居住的
问题。与为植物繁殖提供能量、象征着生命力的阳光相
对，月光是贫瘠不孕的光芒，月食现象象征着生命力的衰
弱。作为吸血鬼前身的女怪拉弥亚只会在满月之夜袭击作
为淫乐对象的美青年，吸其血啖其肉。被月光引诱着从黑
暗里现身的拉弥亚，是否也让人想起那为了诱惑恩底弥翁
（Ἐνδυμίων）而每夜从月亮上降临的赫里俄斯（Helios）
的妹妹塞勒涅[2]（Selēnē）呢？狼人也只在月夜袭击路人。
另外，布列塔尼地区的人们相信，在月夜怀孕的女孩会生
下怪物。

　　吸血鬼的生活状态时常被用来和梦游病患者及精神
病患者进行比较，甚至被视为同一回事，这一点也和月亮
有关。将从古至今的月亮世界旅行记进行编撰的现代维也
纳科幻作家赫尔穆特·斯沃博达（Helmut Swoboda）曾指

（接上页）异常性行为而创造了"sadism"一词，他批判传统宗教，敏锐地
挖掘了人的阴暗面。

1. 普鲁塔克（Plutarchus，约46—120），罗马帝国时期的希腊学者，作家。
2. 根据赫西奥德的《神谱》，塞勒涅是太阳神赫里俄斯的妹妹。关于她最
有名的神话，是与美青年恩底弥翁之间的故事。塞勒涅爱上了恩底弥翁，
请求宙斯令他进入不老不死的永恒睡眠状态。塞勒涅与梦中的恩底弥翁进
行交合，生下五十个女儿。

出："夜晚的天体月亮总是与梦游病患者和月游病患者有关。"英语至今仍能明确确认这种关系，以月亮为语源的"lunatic"意思是精神病患者，"lunatic asylum"代表精神病院。意大利语的"lunatico"如今意为"癫痫"，同时也有"奇妙的""疯狂的"等意思。斯沃博达以意大利16世纪的矫饰主义诗人阿里奥斯托[1]的长诗《疯狂的罗兰》为例，说明了月亮与疯狂之间的关系。长诗的主人公骑士罗兰爱上了异国领主的女儿安杰丽嘉，而她却爱着另一位年轻人梅多罗，并最终与梅多罗结婚。听到这个消息的罗兰陷入恐怖的绝望，剥去身上的甲胄与衣服，"因疯狂和愤怒而背负了过度的重荷，灵魂陷入深沉的夜色"，因此他"凭借脚与拳头，撕咬与愤怒的唾液"在全国四处游荡杀人。在这简直就像是吸血鬼一样的凶恶发作之后，他遭到神的处置，跨上带翅膀的马背飞往伊甸园，从那里被领回他的故乡月亮世界。

虽然活着却陷入精神上的阴暗世界的精神错乱者，或许应当被视为来自死亡之国＝月亮世界的活死人吸血鬼的上一阶段又或兄弟吧。随着月亮的出现而从坟墓里苏醒，随着夜晚过去、拂晓来临而回到坟墓里的这种吸血鬼的太阳恐惧症，与上述所言的夜行梦游习惯不可谓毫无关联。

顺便提一句，神秘学研究者弗兰茨·哈特曼博士在

---

1. 阿里奥斯托（Ludovico Ariosto，1474—1533），意大利文艺复兴时期的著名诗人，代表作为《疯狂的罗兰》（*Orlando furioso*）。

《灵魂的新娘》这本著作中，也曾提到与上述内容有关、令人深感兴味的逸话。

G市有位女性爱上一个青年。她发现深爱的年轻人偶尔会因醉酒而放浪，所以哪怕心里还爱着他，这位女性还是选择了与另一个男人结婚。自尊心受到伤害的年轻人自杀了。没多久，便有淫梦魔每晚出现在她床上与她性交。她虽然无法看到"灵魂"，却感到似乎真有个活人睡在自己旁边。这样的深夜来访只在她丈夫出门时反复发生，终于，她因为神经出现问题而被送医。

奇特的是，在淫梦魔来访期间，她被持续而激烈的自杀欲望折磨着。比此事更奇特的是，连那些来探望日渐衰弱的她的熟人们也相继感染了这种情绪，有的人甚至一整个星期都被某种不明就里的不安与自杀欲望困扰。哈特曼认为，"喂养这种吸血鬼性质的灵魂力量，其实应当是来源于自杀者的残渣，它对事件女主人公身边那些感受性敏锐的人们也产生了使其意志消沉的作用。"

性心理学家查尔斯·瓦尔德马也将此事件作为"现代吸血鬼"的一个佐证。我在其他地方（《吸血鬼幻想》也曾提到过一章）此种 Od·吸血鬼信仰，此事不正是一个绝佳案例吗？Od，也就是"流体状的发光体，它形成极微小的物质层将肉体严实包裹。这种流体或星状物体才是令梦游病患者的感受力极度昂扬的罪魁祸首。梦游病患者不只是眼睛，就连额头、后颈部、肚脐一带，细说下去甚至连手指或脚趾也能看到东西，同样也能听到声音。而且这种感受力比起在有光的地方，反而在黑暗中更加高昂"（Ch·瓦尔德马）。

随着月亮出现而陶醉于面颊泛红、乳房沉闷发胀的淫乐预感中的梦游病患者与淫梦魔邂逅，这样妖异的光景难道不正是德古拉电影里卧室场景的翻版吗？这里的淫梦魔=吸血鬼并不吸食受害者的血液，而是通过性交掠夺对方的"Od"（精气），受害的女性以肉眼可见的速度一天天憔悴，最终被诱往夜晚与死亡的国度。

基督教式的倒错

克尔凯郭尔 [1] 在《非此即彼》（《那些直接的爱欲的阶段或者那音乐性的——爱欲的》）中围绕莫扎特的《唐·乔万尼》展开了关于色情性的值得关注的考察。克尔凯郭尔在这里主要针对的是古代恋爱观与基督教式的中世纪恋爱观的对照，认为这二者之间最重要的差异，是"诱惑"。也就是说，与唐·璜的"爱欲即诱惑"相对，"希腊人的世界里完全没有诱惑者的概念"。

---

1. 克尔凯郭尔（Søron Aabye Kierkegaard，1813—1855），丹麦的哲学家、思想家，现在一般被评价为存在主义哲学的创始人或先驱。
2.《唐·乔万尼》（*Don Giovanni*），即《唐·璜》，是莫扎特创作的歌剧作品。

希腊性缺乏这一理念，原因是在于，它的整个生命是被定性为个体人格的。于是，"那灵魂的"是占着统治地位的，或者，总是与"那感官性的"有着和谐的共鸣。因此，它的情欲之爱是灵魂性的，而不是感官性的，正是它使得那支配着所有希腊的情欲之爱的谦逊端庄（blufærdighed）渗透弥漫开。

相反，唐璜则从根本上就是一个诱惑者。他的情欲之爱不是灵魂性的，而是感官性的，而根据其概念本身，这种感官性的情欲之爱就不是忠诚的，而是绝对地无忠无诚，它不爱唯一的"一个"，而是爱所有的"全部"，这就是说，它诱惑所有的全部。（中译参照京不特译本）

那么，唐·璜的"爱欲即诱惑"是怎么回事呢？在古代，官能不会被贴上罪恶的标签受到孤立，无论众神还是人类，在恋爱中说得难听点就是随心所欲不检点，说好听点就是洒脱而又明朗。然而，当基督教登上历史的舞台，并用原罪观念为官能染上晦暗的色彩以来，官能转眼变成了蛊惑之蛇，在禁欲精神的优越地位之下，被从内心性事物整体中二元性分离开来，变为怪物般的诱惑者。希腊人并非不知道官能性，却与充满诱惑力的官能无缘。

众所周知，托马斯·曼[1]在《魔山》中有一段有名的内

---

1. 托马斯·曼（Thomas Mann，1875—1955），德国小说家、散文家。1929年获得诺贝尔文学奖，代表作为《魔山》。

容，是反论性质的阴暗中世纪主义者纳夫塔与近代性的明朗人文主义者赛塔姆布里尼之间的争论。托马斯·曼在此处通过赛塔姆布里尼之口，几乎用与克尔凯郭尔同样的口吻，如下讲述了这种被二元分离的肉体的破坏性诱惑力。对托马斯·曼而言，死亡、肉体、官能、淫荡几乎是同义词。

好好铭记在心，不要忘记！精神可是主导者。精神的意志是自由的，精神是伦理世界的决定者。这种精神一旦将生从死中进行二元剥离，死也就因为精神的这种意志而产生实在性，实际上，听好了，它变成了与生对立存在的独立力量、与生敌对的原理和恐怖的诱惑力。于是死的世界也化为淫荡的世界。你问为何会化为淫荡的世界？我来回答你吧。因为死意味着分解，意味着解放。且这不是从恶中解放，而是令人嫌恶的解放。死分解了习俗与道德，将人从纪律与分寸中解放，向着淫荡解放。我不得不请你远离那个已经变得如我方才所说那般的人，也是因为他的思想已全都变成了淫荡的思想，换句话说，他的思想已全都处于死亡的支配下。纳夫塔的一切思想都变成与良风、进步、工作、生命相对的力量，受到死亡的支配，从这种力量的毒气中保护年轻的灵魂才是教育者的高尚义务。

将赛塔姆布里尼那明快的定义反过来看，只要精神不将死从生之中进行二元分离，死也不会成为淫荡的诱惑者，令人窥见它那可怖的破坏力了。事实上，前面也曾说过，古朴的世界里，作为与死者进行交流的手段，死者交接与血的献祭本身并没有被视为可怕的对象。生与死尚未成为截然分割的相异世界，倘若保持这种状态，通过魔术或仪式的程序进行圆滑的相互沟通（Communicate），生与死至今也不会相互排除。

吸血鬼的恐怖与魅惑，都是与上述情况相对应的历史性情感。复活的死者来到活人身边强迫性交并吸食血液的行为，在魔术的世界里并不算奇怪；但令其成为恐怖的对象而遭到敌视的原因，显然与代替魔术篡夺了世界原理宝座的基督教这种正统宗教的存在有关。对今日的文化人类学学者而言，千年王国论[1]已经成为接受了基督教文明洗礼的各个国家的传统观念，同样的，吸血鬼信仰也是基督教文明以某种形式介入各国后的特有现象。虽然基督教文化圈以外的国家也存在诱惑受害者并吸食血液的邪恶之灵，但将恐怖与性欢愉互补地混淆起来的吸血鬼观念却只在基督教文化圈内存在。马里奥·普拉兹、奥尔内拉·沃尔塔、克劳斯·菲尔卡（Klaus Völker）等一众吸血鬼研究

---

1. 千年王国论（the Millennium），又译作"千禧年"，为基督教神学用语，源自《新约圣经·启示录》，宣传在恶魔撒旦被神捉住的一千年里，再次降临人世的基督首先与复活的义人（圣徒）一同在地上创建和平王国并进行统治，当这一千年至福期结束时，"最后的审判"随之来临。

者异口同声地断定，"吸血鬼信仰是基督教固有的倒错"。
奥尔内拉·沃尔塔一面回溯克尔凯郭尔的《非此即彼》，
一面论述如下。

　　克尔凯郭尔认为基督教在罪的烙印下孤立了官能性，
并通过这一单纯的事实，试图在世俗观念里导入"官能
性"，他以此对基督教进行弹劾。克尔凯郭尔的这种想法
展开来说，即基督教本身正是煽动吸血鬼信仰的罪魁祸
首。通过宣扬唯灵魂不死的权利，基督教编造了不可回避
的肉体上的复仇。吸血鬼无法忍受因肉体死亡而必须遵守
的边界，自那以后，便开始试图证明没有灵魂的肉体获得
永生的可能。如何达成呢？通过血液将他人的灵魂与生命
纳为己有。

　　对蔑视肉体、主张禁欲精神的优越性并将官能视为
罪恶的基督教而言，已踏入死亡世界的人类，即便其灵魂
是不死的存在，其"没有灵魂的肉体"，也就是尸体，在
各种意义上也只是应当腐烂和消逝的存在。这与埃及人信
奉肉体的永生不同，更不像未开化社会那般认为死者仍在
"进行着一种生物性活动"。在肉体之死的彼岸复活的死
者，即吸血鬼，显然是种异教性质的存在。
　　还不仅仅是死者复活的问题。当禁欲精神以罪恶之
名将官能孤立，官能便立刻化为了诱惑力企图进行逆袭。

唐·璜和浮士德都是受到基督教影响而被压抑的恶魔般的官能，或是无意识因压抑的力量产生畸变而出现的典型。要言之，唐·璜是"作为官能性被规定的魔神性事物的表现，浮士德是作为被基督教精神所排斥的精神性而被规定的魔神性事物的表现"（克尔凯郭尔）。

按照唐·璜、浮士德这类"吸收过往时代暗黑冲动的典型，并作为一种固有的阴暗男性"形象，19世纪小说中的吸血鬼形象由此被塑造出来，上述马里奥·普拉兹所给出的定义并非没有缘由。作为基督教固有倒错的产物，"诱惑者"的形象从伊甸园里的蛇、唐·璜开始，历经侠盗、吸血鬼，托马斯·曼的纳夫塔，一直持续连绵到现代动作小说的坏蛋（例如伊恩·弗莱明[1]的《金手指》）。与这些诱惑者相对，演绎教育者或侦探角色的有时是僧侣、司祭，有时是吸血鬼研究者范海辛博士[2]，有时是詹姆斯·邦德。从唐·璜的传说到007系列，这些善恶二元且带有摩尼教[3]性质的故事无论试图孕育出多少变种，都被基督教式的倒错划上了严密的界限。

---

1. 伊恩·弗莱明（Ian Lancaster Fleming，1908—1964），英国间谍小说家、冒险小说家，是007系列的原作者。《金手指》（Goldfinger）是该系列小说的第7部，也是动画系列作的第三部。
2. 范海辛博士（Abraham Van Helsing），是小说《德古拉》中的登场人物，作为吸血鬼猎人而闻名。在小说中，他是阿姆斯特丹大学的名誉教授，专攻精神医学，知识渊博。
3. 摩尼教（Mani），3世纪由波斯人摩尼创立的宗教，在琐罗亚斯德教的基础上，吸收了基督教诺斯底教派和佛教等诸要素，从明（善）、暗（恶）的二元世界观出发，特别重视救济恶。

被分离的官能虽带有诱惑力，同时也蕴含恐怖之相。这无疑也是倒错。原本快乐的体验引起恐怖情绪，恐怖因恐怖而成为快乐。波德莱尔[1]对其间的关联有着犀利的洞察。

恋爱与拷问或外科手术酷似。这件事想必已被记入备忘录了，但这种观点可以用极辛辣的手法进行展开。例如，恋人之间无论处于多么炽热燃烧的状态，无论多么受到渴求对方的欲望所驱使，二者中的一人必然会较另一人清醒，失去理智的程度也较轻。这个相对冷静的男人或女人，就相当于执刀医或行刑人，而另一个人就是患者或受难者。如同不名誉的悲剧序曲版的那声叹息、那声呻吟、那声尖叫、那声喘息想必你也能听到吧。存在不发出这种呻吟和喘息的人吗？存在不必强忍也不会挤出这种声音的人吗？

恐怖与性爱，苦痛与快乐成为互不可缺的补充物，这种倒错当然并非基督教特有的倒错，而是相当普遍的现象。话虽如此，Sadism（施虐狂）·Masochisim（受虐狂）的倾向尤其显著地出现在文化史中的时期，是在像中世纪末、矫饰主义时期、革命后的18世纪等教权或代替教权

---

1. 波德莱尔（Charles Pierre Baudelaire，1821—1867），法国诗人。其诗集《恶之花》开创了法国象征派诗歌之路，被誉为近代诗鼻祖。他的其他作品有散文集《巴黎的忧郁》、美术评论《浪漫派艺术论》、日记《赤裸的心》等。

的规范即近代理性原理多少产生动摇的转换期，这一点值得注目。在这些时期内，弗洛伊德所谓的"死亡冲动"在社会中成规模地爆发，破坏的快感、殉教的赞美、流血嗜好等矛盾形容公然横行，社会整体宛如陶然沉醉于诱惑者的死亡耳语一般。同样也是在吸血鬼横行的 18 世纪，对苦痛与爱、死与生的错综复杂的连锁关系投入持续关注的是萨德侯爵。萨德笔下的一个人物曾说：

> 在一切生物之中，生的原理与死的原理是相同的。我们在体内同时接受了二者，也饲育了二者。当我们说到死亡，仿佛一切都已消亡。这是因为这种物质部分之间的极端差异乍看如同失去了生命，于是我们信以为真。然而，这种死亡是存在于想象中的，表面上虽是如此，却没有任何实质性。物质虽因此被夺走能引起运动的微妙部分，却并未因此遭到破坏，只是改变了形式，虽会腐朽却仍有证据表明其运动仍在持续。

萨德并不认为只有生才活着且运动着，死也经营着自己的运动，还经常突破界限，给生的领域造成攻击性的外伤，并企图从此处进行暴力侵入；他指出，这一瞬间得以存在的可能性，正是既包含生也包含死的宇宙的实相。生与死并非绝对无缘、相互隔离的异域。二者时常以外伤的痛苦为代价彼此渗透，相互交换，并更新彼此的能量。这

种生与死的肉交，由于是从死的那方以能动性、攻击性的
冲动为契机，因此当然也会带有施虐·受虐的表象。萨德
笔下人物们的语言动作便是将上述的宇宙原理（自然）置
于小宇宙中的代表。

　　我渴望享乐，拷问你，如果看不到你流泪我就无法得
到快乐。不过，在任何场合都不要讶异，不要非难我。我
只不过是自然在我体内定义的运动，是自然为我选取的方
向而已。

　　这无疑正是吸血鬼的哲学。苦痛乍看与性爱的快乐相
反，但只要不把性爱限定在满足于狭窄的生之界限的性爱
（萨德称之为"女性的性爱"），以死为对象的性爱也是，
不，应该说它才是最高形式的性爱。因此带有死亡属性的
苦痛与破坏，成为在紧闭的生之中切开开口并插入死这种
异物并随着射精射出死亡痕迹的不可或缺的要素。
　　女性精神分析学者玛丽·波拿巴[1]使用巧妙的生物学
比喻，试图分析上述施虐·受虐的心理。据波拿巴所说，
一般的活细胞（也就是广义的生命）是被多少拥有保护机
能的膜所包围的原生质小块，这种原生质并非处于完全的
密闭状态，不止接受外界的知觉，也敏锐地感受着"三种

---

1. 玛丽·波拿巴（Marie Bonaparte，1882—1962），法国作家、精神分析
学者，是拿破仑的后代，也是弗洛伊德最忠实的学生。

方式的侵入"（*Kronos, Eros, Thanatos*）。波拿巴的观点带有鲜明的女性特征，十分被动，这一点很有意思。所谓的三种"侵入"如下。

1. 旨在摄取营养的物质吸收。是分解作用之后的同化作用。
2. 旨在生殖的体内受精。
3. 外伤性的侵入。引起痛苦或死亡的破损与伤害。

　　其中，1 和 2 显然是为了保护机体、维持种属且有利于生命的侵入 = 接受的形式。然而第 3 种却显然是导致生命破坏的令人嫌恶的侵入形式。话虽如此，这三种侵入形式并非截然不同。即使是以性爱为目的的侵入形式，也有类似处女膜破裂这样伴随着苦痛的情况。波拿巴也提到，正因如此，哺乳类的雌性心理现象中"存在因性爱性侵入与外伤性侵入的交错而出现混乱的可能"。性方面的受虐倾向出现的理由也是如此。因为性侵入的接受方的印象混乱，哺乳类的雌性常常在面临雄性时逃走或被吓呆。"然而，色情性试图将这种侵入的恐怖进行收缩，无论是将外伤性的侵入与性爱性的侵入造成的混乱予以广泛接受，还是将其作为明显的性爱性侵入予以承认，总之它成功了。"——"如果将种族的进化追溯到遥远的过去，人类的受虐倾向系统发生的根源或许就在于此。色情性就这样在几千年中，与一切侵入、动摇、被感知的苦痛携手前行。"

德古拉伯爵尖锐的牙齿切开皮肤留下吸血斑，以此为开端而被接纳的暴力性侵入，对受害的女性而言，是作为一种无与伦比的陶醉而备受渴望的受虐性倒错。其中的秘密是，多数女性会陷入弄错性侵入与外伤性侵入的混乱，并在这混乱之中倒向反方向。那么，如果接纳者一方受苦的快乐如上述所言，侵入者一方的施虐根据该如何看待呢？

玛丽·波拿巴在另一篇论及爱伦坡《死者追慕、尸体爱、施虐狂》的文章中，一面观察活着的吸血鬼，亦即流血犯罪者的幼时经历，一面在个体进化的过程中探索流血施虐狂的根源。波拿巴认为，流血犯罪者几乎无一例外地在幼年时期目睹过父母的性行为。幼儿通常只能在性行为中看到残酷的攻击性行动。虽然对一般的成年人而言是快乐行为，但在幼儿眼里只能理解成一种令人战栗的暴力加害行为。顺带一提，波德莱尔将恋爱与拷问视为相同，恐怕也是他自身的幼儿倾向所致。

总之，当孩子们目睹了父母的性交，会发出"爸爸在打妈妈！""爸爸在吃妈妈！"之类的恐怖尖叫。接着，波拿巴所谓的"原游戏"（Urspiel）情景被鲜明地烙印在孩子的脑海中，孩子长大成人后也会模仿自己崇拜的恐怖父亲，或是产生想与父亲同化的强烈愿望，并在幼儿心性固定下来。一切性侵入的冲动都会变形为外伤性侵入的冲动。波拿巴认为，女性的受虐性与男性一方尤其是流血犯罪者的施虐性，都是根源于这种原游戏的幼年记忆的倒错。

就这样，通过那些消失于幼儿时期忘却的雾气之中而又残存于各人无意识里被抛却的初期记忆，由此而来的对性交施虐性的理解，恐怕女性在面临接纳作为侵入者的阴茎之际，在想象中会将其视为刺中自己身体的武器，望而生畏地后退。然而另一方面，通过这种对性交施虐性的理解，就像镜子一样，原本拥有施虐性倾向的雄性往往会对外伤滋生性爱方面的理解，侵入的武器化为阴茎，伤害行为则被性爱化了。这时候，刀子成为阴茎的象征，在人的想象里出现清晰的形状。瓦切[1]、库尔腾[2]这些伟大的施虐狂给现实带来的，就是外伤的这种性爱意味……

——玛丽·波拿巴《Kronos, Eros, Thanatos》

流血犯罪者的刀子，就是吸血鬼那尖锐的爪子。原本刀子就属于爪子、牙齿的延长线上的人工武器。对于这种性爱化后成为男根象征的牙齿与爪子，受害者的女性最初

---

1. 瓦切（Joseph Vacher，1869—1898），法国的连续杀人犯，是"开膛手杰克"的模仿犯。
2. 库尔腾，是前文提到的连续杀人犯，被称为"杜塞尔多夫的吸血鬼"。

都会显现出恐怖的神色不停后退，但很快就会变得主动进而渴望攻击。

　　无论如何，应该注意的是，这种残忍无情、极其激烈的加害与被害的血之戏码是依托幼年记忆而出现的。故事的主人公们在满是鲜血的舞台上邂逅了在忘却彼岸的童年，比起现在的欲求，遥远记忆里的欲求才是其行动的根源。其驱动力位于幼时经历的层面，而在现实中活动的肉体仿佛被操控的人偶，只是皮囊而已。这不正好跟"被恶魔操纵着行动的复活死者"这种中世纪以来的吸血鬼观念不谋而合吗？

　　罗兰·维尔纳夫、奥尔内拉·沃尔塔等人将吸血鬼传说的这种起因于幼时经历的施虐·受虐式构造进一步与俄狄浦斯传说相关联，对吸血鬼的俄狄浦斯情结进行了论述。

　　《吸血鬼幻想》一章也曾提及，塞尔维亚有一种生来具有杀死吸血鬼能力的"丹皮尔"。丹皮尔是吸血鬼与村里女人交媾所生的私生子。通常，私生子（尤其是与死者交接而生下的私生子）会被视为怪物而被众人避忌，成为厌恶和虐待的对象，但丹皮尔却是个例外。因为世上所有人之中，只有丹皮尔具备能杀死父亲＝吸血鬼的特殊能力。也因此，在塞尔维亚地区，一旦吸血鬼蔓延至某个村子，该村却恰好没有丹皮尔的时候，村民们会携带大量钱财到邻村去借，并厚待丹皮尔，留宿他直到吸血鬼之祸平息。而奇妙的是，这种弑父行为在各种意义上都没有罪恶观念。丹皮尔的俄狄浦斯情结与其说是为了攻击，不如说是行使了正当防卫的功能。

只是在丹皮尔的情况中，俄狄浦斯的神话——因对母亲（将作为私生子的儿子迎入怀中的共同体）的爱而杀害父亲（攻击共同体的吸血鬼与父亲完全同化）——并没有诱发任何罪恶的情结，相反，它允许了对罪恶的补偿。

——O·沃尔塔

话虽如此，在所有吸血鬼剧目之中，丹皮尔会登场击毙这个邪恶的专制者即父亲。他一面模仿父亲曾对母亲进行的残酷攻击即原游戏，一面杀死这位父亲以达成世代交替的结局，这种情节会在剧目终于进入尾声后的阶段出现。电视剧的高潮当然是如下这种令人战栗的色情场面：互不相容的生与死、女性般的事物与男性般的事物，这两种原理进行暴力性接触时强行在某一方凿出伤口，从这里，死以流血的方式让生的完结体系分解、衰弱，并将自身邪恶的毒素注入，令其亲近死亡的诱惑。

在色情性的领域，正如德·列匹纳斯（ド·レピナ ス）所道破的那样，"男性是女性眼中的怪物，女性是男性眼中的怪物"，只要对其中一方而言，另一方是无法理解的怪物般的存在，我们彼此间就只能通过恐怖来经营性爱。从解剖学的角度来看，对男性而言缺少男根却有乳房隆起的女性，以及对女性而言胯间长有奇怪凸起物、会攻击人的男性，大概都是无法理解的怪物吧。男性吸血鬼自不必说，女性吸血鬼也是一种将"各自对对方而言是种异形"这种男女的怪物性质在色情方向深入扩展后的畸形学式夸张。本来意义上的吸血鬼信仰，是从基督教的文脉中诞生的一种倒错的形式。从色情性的文脉对广义的吸血鬼进行考察时，在那种能动性的攻击性施虐狂中，吸血鬼是男性的性方面倾向的极度抽象，同样，女吸血鬼是将对方吸引到身边通过充分接纳而进行破坏这种彻底被动姿态的女性的极度抽象。至少，在还未出现巨大的生物学变化，将男女之间这种解剖学上的差异予以消除的近未来，男性与女性对彼此而言是一种色情的怪物这一事态不会发生变化，因此，色情性的怪物即吸血鬼的主题也将取之不尽吧。

吸血鬼小说考

时至今日——若不论文学性质量的高低——最脍炙人口的吸血鬼小说，应该要数布莱姆·斯托克所著的《吸血鬼德古拉》了。斯托克的原作在二战以前便多次被拍成电影，德古拉伯爵无疑已成为"第七艺术的主角"。即便是对于那些没读过原作的人来说，或者说正因为没读过，说到吸血鬼几乎也会下意识地想到德古拉。

　　吸血鬼文学在近代最初的成果可以追溯到大约一世纪以前，是发表于19世纪末期（1897年）的《最后的哥特式·浪漫[1]》（亨利·拉德朗姆〈ヘンリー·ラドラム〉）。然而，在19世纪初期，即法国大革命刚刚结束后，威廉·波里多利、拜伦的小说主人公还如同方才在断头台被砍下的滴血头颅那样，保留着刚刚灭亡的贵族阶级的浓厚血腥味，他们活跃的舞台也主要是社交界的沙龙。与之相对，

---

1. 哥特式·浪漫（Gothic Romance），是18世纪后半出现的一种小说类型，主要以哥特式建筑为背景展开超自然的怪奇故事，旨在酝酿恐怖氛围。

更加新颖的斯托克却将遥远的喀尔巴阡[1]山中古堡内的恐
怖氛围，突然带了伦敦小市民的家庭内部。妻子或恋人
这样日常会面的人因感应到过往世界中的邪恶魅惑，而变
得像梦游症患者那样开始四处游荡，这种恐怖给人感觉近
在身旁。事件发生的场所一开始是在特兰西瓦尼亚山区的
古堡，接着就转移到当时的世界之都伦敦，几经周折后又
回到喀尔巴阡的古堡。宛如孤立于黑死病区之中、受到极
度赞美的十日谈的快乐之馆[2]，可以说，伦敦小市民式的日
常也仿佛被包围在古老森然的吸血鬼信仰的恐怖中，市民
社会也在走向末路的危机中摇摇欲坠。如此，将走在时代
先端的伦敦与欧洲最深处的巴尔干地区进行对照，无疑是
这部小说获得成功的一大原因。

　　斯托克描写巴尔干地区的吸血鬼信仰的小说素材，来
源于当时正在伦敦游学的布达佩斯大学的东方学者阿米纽
斯·万贝利（Arminius Vambery）教授。作品开头虽然有
一段精彩的旅途风景描写，但斯托克不要说喀尔巴阡山脉
地带，就连巴尔干地区也从未踏足。万贝利教授的形象，
大概脱胎换骨成了小说中那位阿姆斯特丹大学的名誉教授
范海辛博士，而这位范海辛博士曾在小说中就万贝利教授

---

1. 喀尔巴阡（Carpathians），指从波兰和斯洛伐克国境经乌克兰至罗马尼
亚的山脉。
2.《十日谈》中，在意大利佛罗伦萨瘟疫爆发时，十名男女来到乡间一所
别墅避难，每人轮流讲故事以打发时光。此处的"快乐之馆"应该就是指
这栋避难的别墅。

和他的研究进行过以下介绍。

　　我请我在布达佩斯大学的友人阿米纽斯教授帮我翻阅了许多关于那个人的文献，他确实曾经出现在文献中。约翰逊（Jonathan）的日记里也曾写道，那个人确实是在土耳其军中名号如雷贯耳的德古拉将军。用阿米纽斯的话说，德古拉家族应该是显赫的大贵族，子孙中有好几个人都曾被当时的人们视为恶魔。根据文献，据说在赫尔曼斯塔湖所在的山上有专门的场所，德古拉家族代代都在那里教授魔法，如今的德古拉似乎已经是第十代接班人了。记录中出现了"stregoica"（魔女）、"ordg"（恶魔）、"pokol"（地狱）等词汇，如今的德古拉是吸血鬼一事，也确实记载在文献中。

　　万贝利教授告诉斯托克的文献，据现代德国批评家克劳斯·菲尔卡推测，应该是匈牙利国家图书馆里的《关于暴君德拉科列·拜德》（*Uan eyneme bösen Tyrannen ghenomet Dracole wyda*）的德语版（收录于 1804 年在 J·C·恩格尔〈Johann Christian Engel〉公开登载的《摩尔多瓦 [1] 与瓦拉几亚 [2] 史》中）。要言之，斯托克借范海辛

---

1. 摩尔多瓦（Moldova），东南欧内陆国，与罗马尼亚和乌克兰接壤。
2. 瓦拉几亚（Walachia），指罗马尼亚南部多瑙河流域平原的地区，在 14 世纪形成瓦拉几亚公国。

博士之口所说的事情并非完全的捏造，小说整体来源于真实存在的人物与事件。那么德古拉伯爵，正确说来是其原型——那位大贵族吸血鬼，究竟是什么样的人呢？

中世纪末期，即战乱之中的 15 世纪，出现了一位因军事手腕及虐杀幼儿而恶名远扬的吉尔斯·德·莱斯，而巴尔干内地的瓦拉几亚地区，也在同一时期出现了集冷血智慧与残酷兽性为一体的贵族，其行事之恐怖仍震惊后人。这位贵族，即弗拉德伯爵，别名"穿刺人（Țepeș）"[1]或"恶魔（Drakul）"。毫无偏见的传记作者就像谈论尼禄[2]或吉尔斯·德·莱斯时那样，在记录中似乎也展现出了伯爵作为出类拔萃的明君的一面。他一方面是巧妙周旋于匈牙利国王与土耳其苏丹之间、破除小国危机的外交强手，一方面又是引领由农夫和放羊人组成的民兵部队迎击多瑙河对岸诸国和土耳其军的勇猛果敢的军事家，在当时多瑙河沿岸地区立下威名。但不知是幸或不幸，令其名声流传至今的是他另一方面的才能，也就是作为"穿刺人"浑身浴血的才能。就像凡·德尔·维登[3]所画的惩罚地狱图里无

---

1. 弗拉德伯爵（Vlad al III-lea Țepeș，1431—1476），由于他名字中的"Țepeș"在罗马尼亚语中意为"穿刺"，所以也被称作"穿刺人"。
2. 尼禄（Nero Claudius Caesar，37—68），古罗马皇帝，作为"暴君尼禄"而闻名。起初在哲人塞内加等人的辅佐下推行善政，后来逐渐开始胡作非为，残酷暴虐，并杀害自己的母亲与妻子。曾将 64 年的罗马大火归咎于基督教徒并进行迫害，后来遭到孤立，自杀而亡。
3. 凡·德尔·维登（Rogier Van der Weyden，1399—1464），文艺复兴时期佛兰德斯的画家。

数人无比痛苦地被木桩从胸口贯穿至后背，据说遭到他拷问并最终被刺穿的人数，敌我双方合计约有数千人（后来木桩作为驱除吸血鬼的有力武器，必定是源于这一时期死者们的怨念）。敌军的俘虏自不必说，就连臣子幕僚，只要稍有不顺他意者，木桩就会毫不留情地从其头顶插入。弗拉德伯爵最大的快乐就是在遭受穿刺之刑的敌人尸体面前举办酒池肉林之宴。如果有人因忍受不了尸体的腐臭而发出怨言，伯爵就会让他到空气好的高处去——把他穿刺后钉在最高的木桩上。

　　巴尔干地区在弗拉德伯爵之后经过一个半世纪左右，又出现了一位前所未有的恶女——巴托丽·伊丽莎白伯爵夫人。伯爵夫人为了将活生生的人体撕碎、炙烤或用锯子切割，会自行设计各种特制的器械，这位残忍的女领主曾特意到纽伦堡的钟表匠那里定制了一套极度考究的拷问刑具"铁处女"。将军弗拉德出战告捷后的光景，简直就是尸山堆砌，被穿刺后的尸体四处林立。1462 年，侵略者默罕默德二世在进入瓦拉几亚的首都塔尔戈维斯泰，距离入城一整个小时的路途中，其入侵大军不得不穿过道路两旁遭受穿刺后被遗弃的两万余土耳其人与保加利亚人的尸体前进。

　　弗拉德伯爵死后，他的恶行转眼间成为传说，实际存在的伯爵也开始与民间传说里作为恐怖魔王广为人知的德古拉合二为一。在中世纪俄罗斯的历史记录里，据说德古拉被记载为恶魔本身。这种流传于俄罗斯、罗马尼亚、匈牙利的古老德古拉传说，在 15 世纪的德国已经演变成"翻过七座山，来到南德意志"的德古拉而为人所知。一位名叫尤里·施特里特（Jurij Striedter）的学者针对其与俄罗斯本土传说之间的关联，参考了从 1488 年纽伦堡的马库斯·艾雷尔（Marcus Ayrer）的报告到米夏埃尔·贝海姆（Michael Beheim）的诗歌《关于瓦拉几亚的德拉科列·瓦伊达这位暴君[1]》其间的资料，进行了详细论述。自不待言，英语发音的德古拉是德拉科列（Dracole）、特拉科列（Tracle）等的讹音。在古老传说中拥有"恶魔""魔王"等意义的称呼——德古拉，如今被冠在 15 世纪末实际存在的瓦拉几亚领主弗拉德伯爵头上，他那数不胜数的恶行与独特的贵族风貌也被赋予血肉，化身为完整的恐怖人格。

然而，这位沾满鲜血的领主之名要从巴尔干地区的古老文献堆里突然复苏，并出现在四百年后的英国传媒中，其必要条件便是世纪末的暗黑兴趣这种特殊温室的存在。斯托克与万贝利教授相遇并听闻德古拉的传说是在 1890 年。因此，这部于 1897 年完成的小说，其灵感历经了七年的酝酿，可以认为万贝利的介绍并非斯托克创作小说的直接动机。毋宁说是斯托克读了其爱尔兰同乡、作

---

1. 德拉科列·瓦伊达应该就是前文中曾经提到的德拉科列·拜德。因为参考文章的出处及版本不同，故作者原文中的人名发音也不同。

家乔瑟夫·雪利登·拉·芬努独特的吸血鬼小说《卡蜜拉》之后想要效仿这部获得爆发性成功的作品，才是最直接的动机。

布莱姆·斯托克于1847年出生于都柏林的一个小官吏之家，从当地的三一学院[1]（顺便一提，乔瑟夫·雪利登·拉·芬努与《游荡者梅尔莫斯》的作者马图林[2]也毕业于同一所学校）毕业之后便投身戏剧界，一边担任著名演员亨利·欧文的经纪人，一边认真创作着卖不出去的恐怖小说或神秘小说等。他好奇心甚广，同时还加入了历史学与哲学学会。我尤其感到有趣的是，他似乎和J·K·于斯曼斯[3]、蒙塔古·萨默思神父一样，也是蔷薇十字会派系的神秘现象秘密结社"异端的黄金曙光"的会员，这大概可以作为《吸血鬼德古拉》中的心灵现象、妖异现象等相关学识的旁证。

总之，作为籍籍无名的作家，斯托克凭借这部小说一跃而起，博得了大众的呼声。然而对于将一生野心投入戏剧创作的斯托克而言，早在小说发表同年，其作品就被英

---

1. 三一学院（Trinity College Dublin，The University of Dublin），位于爱尔兰共和国首都都柏林，是爱尔兰最古老的国立大学。它拥有400年以上的历史，由英国女王伊丽莎白一世创建于1592年。
2. 马图林（Charles Robbert Maturin，1782—1824），新教牧师，哥特戏曲与哥特小说的创作者，代表作为《游荡者梅尔莫斯》。
3. J·K·于斯曼斯（Joris-Karl Huysmans，1848—1907），法国19世纪末的作家，与英国的奥斯卡·王尔德同为具有代表性的颓废派作家。

国和美国搬上舞台，尤其是美国的贝拉·卢戈西[1]演绎的德
古拉一角引起了空前热烈的反响，由贝拉·卢戈西出演同
名电影等一系列在演艺界获得的成功，更能让斯托克感到
由衷的幸运。

　　为了迎合没落期的维多利亚王朝时代的小市民兴趣，
小说姑且采用了圆满大结局的形式。虽然不谙世故的少女
露西·威斯登拉没能抵抗邪恶那甘美的诱惑，坚定的家庭
主妇米娜·哈克也宛如美德的不幸化身，不断遭到强烈诱
惑的玩弄，但她却以美国人昆西之死为交换，脱离了死亡
危机（如今看来，这个结局仿佛事先寓意了第二次世界大
战的轴心国一方与英美联合军的作战，十分有趣，然而战
争结果却违背了斯托克的意志，是英国一方衰败了）。德
古拉支配的邪恶自治王国虽然时刻都在边境威胁着中心
（伦敦），但却没有达到能够覆灭中心地区的程度。然而，
这个带着圆满大结局框架的清洁无害的通俗小说，反过来
也揭示了邪恶的存在。且不说当时作为世纪病[2]的梦游患
者的彷徨（露西的梦游）、模拟科学式的侦探兴趣（录音
机）等道具设置的崭新性，这部小说明确抓住了世纪初的
集体无意识，受到大众喜爱的秘密就在于此。威胁资产阶

---

1. 贝拉·卢戈西（Bela Lugosi，1882—1956），匈牙利裔电影演员，主演
了一系列恐怖电影。
2. 世纪病，即法语"Mal du siècle"，指18世纪法国革命后，因世纪末的
忧郁症和拿破仑失势后的世态人情而产生的病态倾向，也是当时法国浪漫
主义文学中的一种典型形象。

级秩序的毁灭性之恶无疑是存在的，而这位以己之身背负
世界之恶走向没落的浴血魔王——几乎就像十字架上的
基督——仿若活在强烈的陶醉之中并走向死亡。美德那
安逸的呆板与邪恶那禁欲的陶醉——恍惚沉湎于维多利
亚王朝的静寂之中的大众敏锐地嗅到了其中恐怖的秘密。
大魔王德古拉死亡的瞬间，可能就像尼采所说的"金色的
晴朗"那样，感到一种明朗的恍惚袭来。"这最后的崩坏
瞬间，伯爵的脸上竟浮现出一种我从来无法想象的平和表
情，目睹了这画面一事或许会成为我终身的喜悦吧。"（米
娜·哈克的日记）

　　然而，美德与邪恶，市民伦理与僧职者的禁欲这种宿
命式的对立剧情，并非在这部世纪转化期的通俗恐怖小说
中首次现身。一切都要追溯到大约一个世纪前，从浪漫派
的摇篮里就已经开始了。

　　以吸血鬼信仰（Vampirism）为主题的文学作品除了
口口相传的民间传说及其记录，以诗歌和虚构形式进行
的创作也古来有之。荷马（《奥德赛》第一卷）与《岁时
记》（Fasti）的作者奥维德[1]都曾谈论过吸血鬼信仰。然而
时至近代，说到算得上构建了吸血鬼文学的作者，大概要
以《科林斯的新娘》作者歌德为嚆矢了吧。用马里奥·普

---

1. 奥维德（Publius Ovidius Naso），古罗马诗人，代表作有《爱的艺术》
《变形记》等。

拉兹的话说,《科林斯的新娘》才是最早将18世纪伊利里亚[1]地区发生的恐怖吸血鬼传说付之于文学形式的作品。

马里奥·普拉兹因性急而未解释清楚的部分,后来由克劳斯·菲尔卡进行了详细的研究说明,如今已经十分明白。根据克劳斯·菲尔卡的推定,歌德将之作为叙事诗的素材进行参考的,应该是约翰内斯·普雷托里乌斯(Johannes Praetorius)编著的《安托罗德姆斯·普鲁托尼克斯亦即关于一切奇异之人的逸话新编》(1668年,马格德堡)中的一则逸话《死去的人们》,而这位普拉艾特利乌斯是以佩特鲁斯·罗伊埃尔斯(Petrus Loierus)的《妖怪论与妖怪史》(1608年)作为基础来写作的,并且最后的这位罗伊埃尔斯则是将弗雷贡(Phlegon)用希腊语写成的《奇谭录》进行了改写,这也已被证实。弗雷贡原来的逸话是采写自马其顿国王菲利普斯所征服的都市阿姆菲波利斯(Amphipolis)的行政官员书信,开头的部分有所缺失。根据其他资料进行补充并将原本的故事重新撰写后,大致如下。

阿姆菲波利斯住着一对名为戴莫斯特拉特斯和卡丽托尔的夫妇。他们的女儿菲里妮奥在与一个名为库拉特罗斯的男人结婚后很快死亡。人们传言,菲里妮奥是因为被父

1.伊利里亚(古希腊语:Ἰλλυρία,拉丁语:Illyria),古希腊、罗马时代存在于巴尔干半岛西部的王国,后来被罗马灭亡。

母强迫嫁给自己不喜欢的男人而悲伤死去的，她的意中人另有其人。后来某一天，这家人的友人之子从培拉到此来拜访。在他夜宿这家人提供的房间时，来了一位漂亮姑娘。她正是死去的菲里妮奥，她从前就对他怀有恋慕之情（虽然他并不知情）。这样的深夜来访多次发生，家里人都有所察觉。第三天夜里，菲里妮奥的乳母便埋伏等待。然而年轻人已经被从坟墓里苏醒的女孩所惑，被她吸食了鲜血。

歌德的诗歌虽然多少与此有些相异（主要是地名不同，另外，乳母变成了亲生母亲这点也不同），但整体几乎忠实还原了原本的故事。《科林斯的新娘》在当时早就被斯达尔夫人[1]评价为"爱与战栗的混合""坟墓的肉欲"。在这里，"爱与死产生联结，甚至连美都只是作为恐怖的梦幻形象而出现"。然而，正如我们所见，在希腊主义的压倒性影响下，这部作品中如斯达尔夫人所说的尸体爱（Necrophilia）和 S・M（Sadic・Masochisim）性质的色情性毋宁说是非常稀薄，相反，相对于敌视生的禁欲性质的基督教，建立于启蒙主义基础上的希腊性质的异教拥护气息更加浓厚。这对恋人并非为了死亡的淫荡肉欲而死，而是急于通过死"回到古代诸神的身边"。儒勒・米什莱[2]也

1. 斯达尔夫人（Anne Louise Germaine de Staël，1766—1817），法国的批评家、小说家，作为法国初期浪漫派作家发表了诸多政治思想和文艺评论，是一位女性主义先驱者。
2. 儒勒・米什莱（Jules Michelet，1798—1874），19 世纪法国的历史学家。

曾批评歌德的这首叙事诗，说它"以残酷无情的斯拉夫式观念对希腊式的事物进行了冒渎"（《魔女》），这显然该视为米什莱道德洁癖的偏见。歌德的叙事诗虽然把吸血鬼信仰作为素材，但他实际上并不知晓其中基督教式的倒错。

歌德写下《科林斯的新娘》是在 18 世纪末（1797年），取材于民间传说的吸血鬼文学在此后进入 19 世纪，一下子呈现出蓬勃景象。1872 年，普罗斯佩·梅里美 [1] 写下了以"伊利里亚抒情诗选"为副标题的《拉·古茨拉》（*La Guzla*）。几乎在同一时期，斯拉夫的阿列克谢·托尔斯泰写下了两篇吸血鬼小说（《吸血鬼》《波尔多拉克家的人们》），该世纪中期，果戈理的《维》（Вий）横空出世。不过，大概也是在这个时期，被"黑色浪漫派"的上述作家们作为中心课题的吸血鬼信仰与他们所取材的吸血鬼信仰相比，虽然素材大相径庭，但在素材的处理方法上，却使用了决定性的色调转换。也就是说，不管是梅里美还是果戈理，都"伪装成记录或朴素的民间传说题材，邪恶并不作为支配性的世界原理登场，而是化身为依附于自身秩序法则的下级精灵出现"（K·菲尔卡）。因此，这些民间传说式的吸血鬼们都十分诙谐，仿佛田野里的青草

---

1. 普罗斯佩·梅里美（Prosper Mérimée，1803—1870），法国的历史学家、考古学家、小说家、官员。他喜爱神秘主义、历史和非日常性，发表了诸多作品，代表作有《卡门》等。

气息，被朴素的情调所包裹。虽然也带有一定的恐怖感，但这种恐怖的性质不如说与牧民或农夫在原野里突然遇上狼或蛇袭击的那种危险相似，只要应对方法了然于胸，就完全可以逃脱。这些差不多可以说是牧歌性质的吸血鬼们，并非浪漫派所喜爱的魔王路西法的恐怖统治下，被咒缚冻结的死与恶之王国的居民，更不是魔王自身。例如果戈理笔下那稍显愚钝的恶灵们虽然杀死了哲学专业的大学生，却碰巧在那时听到拂晓的鸡鸣，最终化为石头，被悬于教会的塔上。

话虽如此，乍看是牧歌性质的故事中，也有某种明晰的狡诈在悄声无息地窥视着绽放的契机。如果仔细凝视梅里美的《拉·古茨拉》，就会发现它是一幅构造精巧的错觉画。这本打着翻译伊利里亚地区民众抒情诗旗号的诗集中，甚至还收录了梅里美自身在伊利里亚维尔格拉茨（Vorgoraz）山地深处的村落瓦尔博思卡（Varboska）实际所见的吸血鬼故事，虽然看似十分逼真，但都是彻底的虚构。性急的全集编撰者们在相当长的时期内都把这本"翻译"排除在作品目录之外，如此可见，梅里美披着假冒地方特色面具的讥讽可谓完美。果戈理的《维》也是自称取材于乌克兰的民间传说，而事实上乌克兰的民间传说里并没有类似的内容。

即便如此，梅里美的讽刺也与浪漫派的讽刺之间有着清晰的区别。只是就《拉·古茨拉》而言，歌德明确意识到，它可谓"非原本性的"吸血鬼文学。

　　梅里美用与他的同仁们完全不同的风格来对这类事件进行处理。这些故事里，当然也少不了墓地和深夜的十字路口、亡灵或吸血鬼等一切让人毛骨悚然的主题，但这种恐惧并未触及诗人的内面。作家毋宁说是保持着一定的客观距离，用所谓嘲讽的态度对其进行处理。

　　　　　　　　　　　　　　　——《与埃克曼[1]的对话》

　　那么，原本性的吸血鬼文学是从何处诞生的呢？奇怪的是，它开始于 19 世纪初期四位男女一次若无其事的集会。

　　1816 年那个被冷雨笼罩的萧条夏日，在拜伦那座能眺望瑞士日内瓦湖畔的迪欧达蒂别墅（Villa Diodati）中，四位男女连续数日都在这里围炉闲聊谈笑。这四人是：主人翁拜伦勋爵，诗人雪莱，万绿丛中一点红的玛丽·戈德温，以及时常为拜伦看病的医生、同时也是文学爱好者的威廉·波里多利博士。其中的玛丽·戈德温是英国初期无政府主义者威廉·戈德温的女儿，也是后来在雪莱第一任妻子哈丽特自杀后成为继任雪莱夫人的女性。

---

1. 埃克曼（Johann Peter Eckermann，1792—1854），德国作家，歌德晚年的秘书，著有《歌德谈话录》。

　　在旁人看来，这次聚会或许是诗人们毫无拘束的茶会，但每天随着深夜来临，氛围渐渐开始变得阴森而凄怆。话题从当时广受关注的加尔瓦尼电流[1]开始，很快谈及达尔文那令死去的物质重返生机的诡异实验。等到时机成熟，拜伦便开始朗诵柯勒律治[2]所写、取材于中世纪魔女故事的妖异叙事诗《克里斯特贝尔》其中一节。本来就已经陷入神经过敏状态的雪莱听了这个忽然产生幻觉，全身冒出冷汗并大叫着跑出房间。拜伦和波里多利急忙追上去，在距离房间好一段路的地方发现了昏倒在地的雪莱。过了一会儿，一群人终于平复下来后，又开始朗读法语版本的德国幽灵故事。最后拜伦提议，每个人也来试着写写怪奇故事。

　　拜伦的这个提案后来大半得以实现。三年前，拜伦已经在一首名为《异教徒》(*The Giaour*)的诗歌里描绘了吸血鬼的恐怖。

　　　当吸血鬼被遣送到人世间来，

　　　他首先会把你的尸体从坟墓里朝外硬拽，

　　　接着就在你的乡土上阴惨惨地频繁出现，

---

1. 加尔瓦尼（Luigi Galvani），意大利的医生，动物学家。1786 年的一天，他在实验室解剖青蛙时发现了动物体内存在的电流，这个发现启发了伏特（又译作"伏打"）发明电池以及电生理学的建立，在科学史上传为佳话。为了纪念他，伏特将伏特电堆引出的电流称为"加尔瓦尼电流"。
2. 柯勒律治（Samuel Taylor Coleridge，1772—1834），英国诗人和评论家。

> 吮吸人血，你的同胞会无一幸免，
>
> 夜半时分，他也会在你的乡土，
>
> 吸干你妻女姐妹身上的生命要素……

（中译参照李锦秀译本，下同）

　　这位诗人在此之前一度执笔却在中途搁置的短篇《断片》（*Fragment of a Novel*）中也展开了吸血鬼的主题。除去此后数年便早逝的雪莱，剩下的玛丽·雪莱和波里多利博士都各自完成了约定的怪奇故事，并且在大众之中获得了极高的人气。不必赘言，雪莱夫人所写的就是《弗兰肯斯坦，抑或近代的普罗米修斯》，波里多利博士的作品是19世纪初期的《德古拉》即《吸血鬼》（*The Vampyre*）。

　　关于《弗兰肯斯坦》，因为有些脱离眼下关注的焦点，故此处暂且不谈，让我们姑且把话题限制在波里多利这本引人注目的作品吧。1819年，波里多利这篇发表于*New Monthly Review*杂志上的《吸血鬼》，由于编辑的手误而在前面放上了拜伦的名字，并用宛如拜伦作品般的体裁进行了排版。因此，就连那位洞察秋毫的歌德，也做出了"这是拜伦最好的作品"这样轻率的评价。拜伦自身却为自己成为《吸血鬼》的代名者而感到心中不安，不仅因为这是波里多利的作品，而且吸血鬼这个主题与自己的名字扯上关系，似乎已经令他感到非常不快了。在委内瑞拉旅游时，他给编辑加利尼亚尼写了封信，强烈要求立即公

开《吸血鬼》真正作者的名字，或至少应该明确告诉读者
这并非他的作品，并附加了以下这句话。

　　顺带一提，在下原本就对"吸血鬼"这类主题抱有个
人的嫌恶感，在下所拥有的关于吸血鬼的知识，绝不可能
将在下诱向暴露吸血鬼的秘密这条邪道。

　　恐怕拜伦是兀自将自我投射在小说中的吸血鬼鲁思文
勋爵身上，认为如恋爱通俗剧般夸张的贵族式恶行中影射
了自己形象中低俗滑稽的一面吧。以为他爱着美少年，他
却转眼将侍女身份的女人推倒在自家的床上，双性恋的拜
伦或许认为自己被波里多利窥见了内心深处的羞耻部分。
总之在波里多利死后，拜伦还写信给朋友，说为了拯救
"遭到重创的勋爵的名望"，必须保护自己不受中伤。
　　即便拜伦说自己对吸血鬼主题抱有个人的嫌恶感，波
里多利的《吸血鬼》显然也是受到拜伦《断片》的压倒
性影响而创作的作品。1816 年夏日的某个夜晚，拜伦和
雪莱分别向一行人公开了大家约定的怪奇小说腹稿。雪
莱谈到了自己青春时代的经历，拜伦则是坦言了已经着
手但途中搁笔的吸血鬼主题小说的计划。这就是如今的
《断片》。
　　小说的叙事者"我"，在 17xx 年结识了一位名为奥
古斯塔斯·达威尔（Augustus Darvel）的青年，他略微年

长并且出身显赫。"我"当时刚好在计划一次长途旅行，私下盘算着，如果游历过众多国家的达威尔能成为旅途中的伙伴就好了。达威尔不仅有丰富的旅行经验，还有一种令人难以抗拒的恶魔般的吸引力，这个"无论怎么避免引人注目，最后都会引人注目"的男人周身环绕着一种不寻常的氛围。与预料相反，达威尔轻松地答应了与"我"同行的旅行计划。目的地是南欧，伊兹密尔[1]的以弗所（Ephesus）废墟也是目的地之一。

旅途中，达威尔的身体出现了异常变化。"从外表看，以前那个拥有非凡强健体魄的达威尔，体质并未受到什么惊人疾病的侵蚀，但不久前却开始变化。明明不咳嗽也没染上结核病，他却一天比一天衰弱。"很快，在到达伊兹密尔的时候，他已经病重到无法继续行走了。忍受着病痛，达威尔硬是来到了那座废墟前。这是一座融古代风格、基督教风格、回教风格样式为一体的奇妙废墟，达威尔似乎从前也到过这里。他在这里留下了神秘遗言，拜托"我"千万不能将他的死告诉任何人。"我"于是对他起誓，并将很快便断了气的达威尔埋葬在废墟中他指定的位置——小说到这里便神秘地中止了。

波里多利的《吸血鬼》与这篇未完成的小说相比，只有登场人物的名字变成了鲁思文勋爵和奥布雷（Aubrey），

---

1. 伊兹密尔（Izmir），土耳其西部的城市，古称 Smyrna。

两篇小说的开头显然大致相同。阴暗的诱惑者鲁思文勋爵引诱单纯的奥布雷的部分，与达威尔和"我"的关系一样，几乎让人感觉到明显的男色爱好。不同的地方大概只有波里多利的小说中加入了鲁思文勋爵和几个女人的关系，尤其是在与艾安西（Ianthe）及奥布雷的妹妹之间加入了情感连续剧似的剧情。然而，这种"平易通俗化的拜伦"兴趣在大众中获得了人气无疑也是事实，波里多利的吸血鬼小说在世纪之初的欧洲跨越国境，卷起了异样的吸血鬼热潮。正如本笃会修道士唐·卡尔梅所巧妙指出的那样，吸血鬼信仰原本就是一种"传染性的狂热信仰"。

这种热潮首先跨越多佛尔海峡，感染了法国。1819年，随着亨利·法贝尔（Henry Faber）将波里多利的小说改名为《鲁思文勋爵》并翻译成法文，沙龙因吸血鬼这个话题而突然呈现出盛况。最早为这部作品写下详细书评的，是受到拜伦风格显著影响的《让·斯柏卡尔》（Jean Sbogar）的作者查尔斯·诺迪埃。由于这位被视为超现实主义者（Surrealist）先驱的暗黑小说作家已经于1813年作为莱比锡《Telegraph Offical》的编辑写过关于吸血鬼信仰的报告，作为书评家无疑是再合适不过。不过他也似乎和歌德一样，坚信这部作品是拜伦的原作。不管怎样，诺迪埃的书评是"符合时代嗜好的正确认识"（马里奥·普拉兹）。

　　吸血鬼便是用他那恐怖的爱，令所有女性在梦境中陷入不安。而毫无疑问，这种从坟墓里爬出来的怪物，那不变的面具，那阴阴沉沉的声音，那空洞的灰色眼眸……一切恋爱通俗剧般的特性，最后必然都献给了布尔瓦德女神[1]。到那时，他将获得多么巨大的成功啊！

　　事实上正如诺迪埃的预言，吸血鬼戏剧很快就成为布尔瓦德剧场的热门节目，诺迪埃自身也作为改编者之一登场。诺迪埃还在 1820 年编写了自称是波里多利《吸血鬼》续篇的两卷本著作（《鲁思文勋爵，抑或吸血鬼》）。然而克劳斯·菲尔卡认为，那"不过是冗长而拖沓的诗歌散文、历史逸话与奇思妙想拼组之物"。此外，波里多利原作的德语版于 1819 年出版，1825 年才继而出版了第二版的法语版。

　　如果稍加详细地叙述戏剧界中的吸血鬼热潮，其开端是 1820 年 6 月 13 日在巴黎的圣马丁剧场（Theatre de la Porte-Saint-Martin）初次上演的作者匿名的恋爱剧《吸血鬼》。音乐伴奏由皮钦尼[2]作曲，而匿名作者的真实身份就是前述的诺迪埃以及 T·F·A·卡尔穆什（Carmouche）、

---

1. 布尔瓦德（Boulevard）原本在法语中是"林荫大道"的意思。当时巴黎面对大众上演戏剧的剧场便是在布尔瓦德大街上，因此那些剧院总称为"布尔瓦德剧场"。剧场上映的具有娱乐、商业性质的戏剧也称为"布尔瓦德剧"。此处的"布尔瓦德女神"应该是指布尔瓦德剧场的戏剧女神。
2. 皮钦尼（Piccinni，1728—1800），意大利作曲家。

阿西尔·德·吉夫列。大致剧情虽符合波里多利的原作，但配合时下流行加入了一些通俗滑稽风格的场面，最后成了一出连改编者之一的诺迪埃也不满意的戏剧。话虽如此，上演期间，观众却连日爆满，据说在巴黎各处的小路上都有人哼唱剧中的小曲儿。

关于这次上映，亚历山大·大仲马记录了一则偶然遭遇的有趣轶事。一个夜晚，大仲马偶然进入了这家大受欢迎的戏剧剧场，与邻座一位陌生的客人进行了愉快而短暂的交谈。客人先是说起了自己滞留伊利里斯地区时所经历的吸血鬼见闻，接着引用了唐·卡尔梅的吸血鬼论文以彰显自己的学识程度，最后说到正在上演的这部戏剧中鱼龙混杂地掺入了与吸血鬼信仰毫无关联的通俗剧式场面，并对此进行了猛烈的批评。此外，这个陌生男人还对舞台上莎士比亚、歌德、莫里哀的亡灵角色挑起刺儿来。第三幕开始前，他立刻从高处旁侧的座位下到舞台正面的观众席，吹响尖锐的口哨试图阻止戏剧上演，但被剧场两侧的工作人员赶了出去。经历了这样的一夜之后，大仲马在第二天的报纸上不止看到了这次事件，报道中甚至公开了那个人的名字。要问扰乱剧场的人是谁，他竟然是查尔斯·诺迪埃本人。

另一件大仲马记载的玩味轶事，是扮演鲁思文勋爵这个人气角色的演员菲利普之死一事。菲利普在扮演了有争议的吸血鬼角色后没几年便突然去世了。接着，在即将埋葬菲利普遗体时，巴黎的教会人士认为，演绎了如此令人诅咒的角色之人决不能按基督教的仪式进行埋葬，因此强硬地拒绝埋葬。为了抗议教会方拒绝埋葬的做法，1824年8月18日，在菲利普下葬的当天，三千名群众参加了前往杜伊勒里宫[1]的游行队伍。不过，游行队伍很快就遭到警察当局的解散，内务当局驳回了游行队代表的抗议，这个事件也迅速落下了帷幕。

一方面，越是害怕便越发好奇地竞相阅读吸血鬼小说、争先恐后地跑向剧场的资产阶级们，很快便对这种吸血鬼＝拜伦的热潮涌起一种近似恐惧的情感。1824年，在法国学会（Institut de Français）的演讲中，学会会员奥杰（オージェ）进行了如下的弹劾演说。

诸多依靠剁碎的人肉养肥、啜饮妇女儿童之血的这些食人文学，对它们感到恐惧才好。它们不会唤醒诸位精神中良善的意象，只会冒渎你们的心灵。特别是对那些仿若领命于撒旦、食人般抑或如同恶魔般的食人文学感到恐惧才好。这样的文学，时常挑唆人们模仿那些被描写得崇高与无敌的恶行。它会弱化美德，通过小心翼翼地将其描绘成被摧毁的事物，而将美德塑造成可笑、无力的存在！

---

1. 杜伊勒里宫（Palais des Tuileries），位于巴黎塞纳河右岸。

正如马里奥·普拉兹所指摘的，这支拉满弓弦的弹劲之箭显然是对准了拜伦，同时，文章里的"美德"一词，从使用方式便能看出，定是针对另一位作家，即《美德的不幸》《恶德的荣光》的作者萨德侯爵，况且当时的吸血鬼文学还被置于"神圣侯爵与恶魔般的勋爵之间"（《爱与死与恶魔》）。顺带一提，大批评家查尔斯·奥古斯汀·圣伯夫[1]在当时已经正确洞察了上述情况。

不必惧怕反驳，我反而想提出以下主张。拜伦和萨德（请原谅我将这两人放在一起陈述），恐怕是近代人里最伟大的两位鼓吹者。其中一人在大庭广众之下公然明确地鼓吹，另一人则是隐秘地鼓吹——虽说如此却也没有极端到过分隐秘。阅读我们近代作家中某人的作品，进入其内心深处，如果还想使用他们房间里隐藏的阶梯，就绝不能忘记这两把钥匙。

拜伦和萨德的巨大影子，一言以蔽之，其实是大革命的激情以及此后相对的停滞给资产阶级带来的潜在的恐怖情绪。不过，这个问题且留待后面考察，眼下让我们再次对吸血鬼热潮的去向进行叩问吧。撇开奥杰的慨叹，令人

---

1. 查尔斯·奥古斯汀·圣伯夫（Charles Augustin Sainte-Beuve，1804—1869），19世纪法国的文艺评论家、小说家、诗人，浪漫主义的代表作家之一，被称为"近代批评之父"。

憎恶的"食人文学"还是日渐兴盛起来。借用蒙塔古·萨默思神父所引用的同时代批评家的话，"巴黎所有的剧院里都是吸血鬼！圣马丁剧场挂着《吸血鬼》的海报，轻歌舞剧[1]也演着《吸血鬼》，小剧场也演着《三个吸血鬼，或是月光》"，盛况如此。据萨默思神父统计，当时上演吸血鬼剧目或轻歌舞剧类型的场所数目在十个以上。

　　吸血鬼热潮也风靡了音乐和歌剧领域。最有名的，就是由威尔赫姆·奥古斯特·沃尔布里克（Wilhelm August Wohlbrück）创作剧本、由马施纳[2]作曲的歌剧《吸血鬼》。这是根据 1822 年出版的波里多利＝诺迪埃版本吸血鬼剧的里特尔（Ritter）版德语译本进行改编后的产物，剧本后来经过汉斯·普菲策（Hans Pfizer）的修改，于 1828 年在莱比锡初次上演。马施纳的这部歌剧在如今看来，毋宁说是因为对瓦格纳的《漂泊的荷兰人》[3]产生了影响而闻名。由 P·冯·林特派因特纳（Peter von Lindpaintner）作曲、切扎尔·马克思·黑格尔（Cäsar Max Hegel）撰写剧本的另一出歌剧《吸血鬼》，于 1829 年在斯图加特（Stuttgart）初次上演。所有剧目都明确标示着"根据拜

---

1. 轻歌舞剧（Vaudeville），17 世纪末出现在巴黎的一种戏剧形式。
2. 马施纳（Heinrich Marschner，1795—1861），即海因里希·马施纳，德国作曲家。
3.《漂泊的荷兰人》，是由瓦格纳作曲的歌剧，共三幕。于 1843 年初次上演。该剧以海涅的著作和中世纪德国幽灵船的传说为基础，剧本由瓦格纳执笔，表达了女性用纯爱拯救他人灵魂的理念。

伦原作改编"，由此可见，波里多利作品的拜伦原作论
有多么风靡。最后的吸血鬼音乐作品是 1857 年初次上演
的《喜剧魔法芭蕾舞，莫尔加诺》（*Morgano*），是由柏
林皇室芭蕾剧场导演鲍尔·塔里欧尼（Paul Taglioni）企
划，由皇室作曲家 J·赫特尔作曲 [1] 的。除此之外，德国受
到波里多利作品热的刺激，还产出了大量吸血鬼小说和戏
曲，其中最有名的是施平德勒（Spindler）的小说《吸血
鬼和他的新娘》。作为起源地的英国也有大量瞄准第二畅
销宝座之位而应运而生的吸血鬼小说。其中，时常作为
"梦幻杰作"而被列举的，是托马斯·普列斯凯特·普列斯
特（Thomas Presktt Prest）的《吸血鬼瓦尼，抑或血的飨
宴》（*Varney the Vampire; or, the Feast of Blood*，1847 年）。
普列斯特的作品之所以被称为"梦幻杰作"，是因为在英
国本国它几乎成了无法入手的珍稀作品。而罗塞尔·霍
普·罗宾斯（Rossell Hope Robbins）（《魔女与恶魔学大辞
典》）认为，《吸血鬼瓦尼》才是"斯托克的《德古拉》之
先驱"。

　　欧洲文学的地平线在 19 世纪初期的数十年间，渐渐
开始沉入了黑暗。革命的气息从新世界与旧世界的头顶吹
过，启蒙主义各种理论的实效性本质遭到质问。资产阶级

---

1. 此处有误。因为 J·赫特尔死于 1789 年，不可能为这部作品作曲。据今
人考证，正确的作曲家应为 P·赫特尔（Peter Ludwig Hertel）。

虽然通过战斗夺取了社会中的优势地位，理想女神的祭坛却业已沾满暗黑色的鲜血。最早适应自身所获得的社会性经济性自由的，是作为这次变革主体的资产阶级，但他们却只来得及享受一半的胜利。他们在处理的权能中获得的事物，又在自我意识之中丧失了。启蒙主义带来的光明并非一切黑暗的终结，革命的胜利不只是古老恐惧的终结，也是新式恐怖的摇篮。这些都是早有预感的，然而如今俨然成为现实。

这是在吸血鬼文学选集的卷末解说中，克劳斯·菲尔卡对19世纪初期的文学性风土背景进行分析时所写的一节。大革命虽然允许了资产阶级秩序的形成，相反也留下了许多难题。根据菲尔卡的总结，这种资产阶级式的秩序内部无法解决的问题有以下几种。

1. 由于废弃了对未来的基督教式保证，对死亡的新（同时也可说是自远古以来的）感觉产生了。

2. 从身份制的约束中解放出来的情感，事实证明它不仅不像当初所预想的那样如同温和的家畜，反而显示出极端暴力的野兽属性。

3. 宣言自由的个人在视野愈发狭窄的社会中，别说学习自由的尊严与习惯，反而还置身于丧失接触它的一切不安之中。

4.大革命及其阵痛之后的社会性过程表面上的停滞孕育着混沌世界的表象，爱好否定式的神义论[1]。

此外，恐怕对这种从教权和身份制之中获得解放的"自然"（Nature）（当然也包括人类的天性之意）的恐怖和魅惑，最彻底地予以描述的作家就是萨德。萨德这样说道：

自然远比道德家们为我们描述和展示的更富惊奇，且通常都脱离了道德家们根据其目的事先规范的各种界限。自然作为计划整体虽是个统一体，但在其活动中显得喜怒无常，它那永远运动、无止息的内部则可被比喻为火山，以为从那里相继喷出的是能给人类带来奢侈生活的贵重金属，没想到偶尔竟有毁灭人类的火焰冒出。

用力撕下身份制的表皮，于是从那里显露出了火山岩浆一般黏糊糊的混沌，快乐与恶行、美与恐怖、正义与犯罪彼此融合，形成浑然一体的原生质般的存在——这就是自然。死亡的恐怖与色情性的魅惑就像雅努斯[2]的两面那样从同一张脸中流出，这种吸血鬼形象也是大革命带

---

1. 神义论（theodicy），是神学和哲学的一个分支学科，主要探讨人类罪恶持续存在与上帝消灭罪恶的意愿之间的矛盾。
2. 雅努斯（Janus），罗马神话里的守门神，司掌事物之始，有前后两张脸。当它开放神殿之门时表示战争，关闭则表示和平。

来的必然产物。不过，也许该说正因为这样，吸血鬼形象
的流行伴随着一种先行形态或是并行现象，这一点不能忘
记。而排在最前面的例子就是"义贼"形象。马里奥·普
拉兹把从席勒[1]的《强盗》开始，经拜伦、诺迪埃，直至19
世纪后半叶的通俗小说家的义贼小说系谱置于拜伦主义的
影响之下，并总结其特征如下。

　　吸血鬼之中寄宿着拜伦的风貌。正如高贵的盗贼这
种类型也带有拜伦的风貌一样，席勒的盗贼经过拜伦之
手被精炼并得以变身，成为那被翻译成多国语言的义贼形
象——让·斯柏卡尔[2]，这位苍白忧郁的音乐家、画家钟爱
孤独与坟墓，为了缓和其藏着苦涩愤怒的秀丽额头阴影处
那几乎击溃他的恐怖烦恼，而让"雪白、优雅如同女性一
般"的手穿梭在金发间的。这位生于受诅咒星座的义贼相
信"神不会为我做任何事"，认为自己注定将在孤独之中
品尝永劫的惩罚……而这位义贼，当然与塞尔维亚·克罗
地亚民间传说中的狼人没有任何关系，而是浪漫派的吸血
鬼的近亲。

　　席勒与海因里希·裘克[3]业已塑造的义贼形象通过反

1.席勒（Johann Christoph Friedrich von Schiller，1759—1805），德国诗人、
剧作家，代表作有《强盗》《阴谋与爱情》。
2.让·斯柏卡尔，是诺迪埃小说《让·斯柏卡尔》的主人公。
3.海因里希·裘克（Heinrich Daniel Zschokke，1771—1848），（转下页）

复描摹得以完全展开，最后凝结为"隐蔽的慈善家""怀抱无人知晓的正义却干着山贼的勾当，梦想通过恶行令世界变得更好且投身于这种崇高理念，拥有黑暗过往的尊贵之人"（普拉兹）的形象。欧仁·苏[1]、保尔·费瓦尔[2]这样的大众小说家也在该世纪后半叶将其退化后的形象作为主人公的原型来使用。以加斯通·勒鲁[3]的《剧院魅影》为中心的初期侦探小说中的反派，时常也可被视为义贼的后裔。巴尔扎克刻画的强盗、社会革命家伏脱冷[4]也是典型的义贼后裔。

大革命之后的吸血鬼＝义贼的形象被塑造成一种刻板印象，贵族般的言行举止与僧侣风格的黑翅膀式斗篷成为他们必然的标志，这种特别的仪态装束不用说，正是基督教新教式的资产阶级对旧支配阶级（贵族和僧职者）的偏见的通俗具象化。此外，既然是义贼，当然也是一种会从对方手上强制性夺走某种东西的存在。掠夺的对象，在吸血鬼小说里是血液或 Od（即人类肉体发散出的类似动物

（接上页）德国小说家、剧作家，代表作有《大盗贼阿贝力诺》（*Abällino Der Grösse Bandit*）、《炼金术师村》（*Das Goldmacherdorf*）等。

1. 欧仁·苏（Eugène Sue，1804—1857），19 世纪法国小说家，于 1842 年到 1843 年间因在报纸上连载社会主义性质的小说《巴黎的秘密》而大受欢迎，人气匹敌大仲马。除此之外的代表作还有《流浪的犹太人》。

2. 保尔·费瓦尔（Paul Henri Corentin Féval，1816—1887），法国小说家、剧作家，代表作为 Les Habits Noirs 系列，是有组织犯罪小说的先驱作品。

3. 加斯通·勒鲁（Gaston Leroux，1868—1927），法国小说家、新闻记者，代表作为《剧院魅影》（*The Phantom of the Opera*）。

4. 伏脱冷，巴尔扎克作品《高老头》中的角色。

磁气的东西，在雪利登·拉·芬努的吸血鬼小说《卡蜜拉》
中也曾出现），而在义贼小说中是财物，在拉克洛《危险
的关系》这样的恋爱小说中则是爱情。于是这些19世纪
初期小说中的邪恶主人公们，无一不是身披黑色斗篷、拥
有贵族风貌之人，他们一面吸收着从前的唐·璜、浮士德
等暗黑冲动的典型，一面形成固有的"阴暗男人"（暗い
男）形象。

　　义贼这种形象中已然包含了鼠小僧[1]似的人格二重
性——是恶人，也是隐藏的贫民救济者——随着市民社
会进入相对稳定期，逐渐转位为白天是市民、夜晚是游荡
者这种假面绅士的形象，朝着《化身博士杰凯尔与海德》
（*The Strange Case of Dr.Jekyll and Mr.Hyde*）、《道林·格雷
的画像》（*The Picture of Dorian Gray*）这样以人格分裂与
同一性为主题的小说方向变得洗练，同时也再次退化。在
此意义上，最后的义贼吸血鬼小说的趋势则是流向了以白
天经营花店，夜晚是暴力团伙的假面市民，即以芝加哥暴
力团伙为主题的黑暗街区纪实小说的通俗浪漫主义。斯
托克的《吸血鬼德古拉》，便是在设置了德古拉这位古典
式、拜伦式[2]的吸血鬼的基础上，又在加入露西、米娜这

---

1. 鼠小僧，日本江户时代后期的盗贼，名次郎吉，专门偷窃武家府第，并
把偷来的钱财施舍给穷人。
2. 拜伦式的主人公，即19世纪英国浪漫主义诗人拜伦的作品里普遍存在
的人物形象。他们高傲而倔强，既不满足于现实，具有反抗精神，却又离
群索居，显得孤独、忧郁而悲观，始终找不到正确的出路。

样的家庭主妇吸血鬼化的新鲜内容中，一面以末期资产阶级社会中普遍存在的弗洛伊德式假面剥夺为主题，同时在其内部的人格二重性这一点上将其与诞生期的吸血鬼小说的双生儿即义贼小说进行联结。可是，关于露西和米娜这样的女性吸血鬼的登场，恰如马里奥·普拉兹所指出的那样，"19 世纪后半叶的吸血鬼就像歌德的叙事诗那样再次成为女性"，将这种关于世纪后半期常见的倾向问题纳入考虑也颇为重要。

　　普拉兹所谓的世纪后半期的女吸血鬼典型，既是泰奥菲尔·戈蒂耶 [1]《死灵之恋》[2] 里的高级妓女克拉莉蒙德，同时也是勒·芬纽的《卡蜜拉》。

　　戈蒂耶笔下的女吸血鬼克拉莉蒙德，一方面，如马里奥·普拉兹所说，是诱惑所爱的年轻人并毫不留情地榨干他们的"残忍的美女"（La belle dame sans merci），一方面又是契诃夫笔下《可爱女人》（Душечка）和大仲马笔下《茶花女》那样无私为爱献身的女人。"她体内的女性特质比吸血鬼更强大。"（戈蒂耶）克拉莉蒙德宁愿让自己所爱的青年司祭罗缪阿尔悲伤，也不肯吸食他的血液。并且克拉莉蒙德还放了罗缪阿尔，让他回到以前的生活。结局就像克劳斯·菲尔卡所说的，"带有伏尔泰的色彩"。当

---

1. 泰奥菲尔·戈蒂耶（Théophile Gautier，1811—1872），法国诗人、小说家、剧作家，同时也留下许多文艺批评、绘画评论与游记。
2.《死灵之恋》（La Morte Amoureuse），是戈蒂耶于 1836 年发表的短篇小说，描写与美丽的吸血鬼克拉莉蒙德陷入恋情的圣职者罗缪阿尔的故事。

同为司祭的禁欲苦行僧塞拉皮昂神父打开克拉莉蒙德的棺材，欲给予这魔物最后一击的那个瞬间，克拉莉蒙德说："我从塞拉皮昂的行动中感受到一种毛骨悚然的神圣冒渎。"可以说，塞拉皮昂神父简直显露出比克拉莉蒙德更像吸血鬼的真实形象。伏尔泰也认为，本质上的吸血鬼就是修道僧。这位启蒙主义者的教权憎恶到了戈蒂耶这里，则变形为浪漫派式的倒错中色彩浓重的装饰。

将"残忍的美女"抑或"命中注定的女人"之形象提炼至另一种绝顶状态的，是世纪末的英国诗人史文朋[1]。史文朋塑造的"命中注定的女人"之一多洛蕾丝，到后来变身为弗拉基米尔·纳博科夫[2]的宿命的吸血鬼洛丽塔（即多洛蕾丝的爱称）一事十分有名。"荡妇"（Vamp）的语源是吸血鬼（Vampire），至此也无须赘言。继承了"残忍的美女"系谱的女吸血鬼形象便在那如同哥白林织锦般既暗淡又华丽的劳伦斯·达雷尔的《亚历山大四重奏》（*The Alexandria Quarter*）第二部《巴尔达扎尔》（*Balthazar*）中，帕斯沃登所遭遇的无与伦比的吸血鬼体验里鲜明地复活了。

在这里，先对雪利登·拉·芬努的《卡蜜拉》做一个

---

1. 史文朋（Algernon Charles Swinburne，1837—1909），英国诗人、评论家，以异教式的唯美主义风格引人注目。
2. 弗拉基米尔·纳博科夫（Vladimir Vladimirovich Nabokov，1899—1977），俄裔美籍作家，代表作有《洛丽塔》《微暗的火》等。

简单的介绍。卡蜜拉显然是蕾丝边[1]吸血鬼，她用尽一切诱惑手段试图将受害者劳拉占为己有。然而这部小说的一大特征是，所有事件都是通过受害者劳拉的视角进行叙述的。即便卡蜜拉只是纯粹的施虐狂（Sadist）的化身，劳拉也只是纯粹的受虐狂（Masochist）的化身，但毕竟一切都是通过劳拉那不安的视线展开的，那么吸血鬼卡蜜拉毋宁说应该被视为被诱惑者劳拉的淫荡梦想所孕育出的诱惑者。也就是说，卡蜜拉是"内部的吸血鬼"（K·菲尔卡），并非作为一种实际存在从外部进行袭击，而是从受害者的内部，宛如受害者自身渴望着甘美的惩罚一般，以这种方式出现的吸血鬼。比勒·芬纽更胜一筹地将这个世纪后半期"内部的吸血鬼"典型予以简明、诗意的硬质性描写，并使其达到文学史上空前高度的，不是别人，正是夏尔·波德莱尔。

> 我是尖刀，我是伤口。
> 我是耳光，我是脸皮。
> 我是四肢和车轮子，
> 受刑者和刽子手。

> 我是我心的吸血鬼，

1.蕾丝边（Lesbian），即女同性恋。

　　——伟大的被弃者之一，

　已被判处大笑不止，

　却再不能微笑一回。

　　　　　　　　　　　　——《自惩者》[1]

　　侵犯者完全进入了被侵犯者的内面，这种倒错式的色情性化身亦即吸血鬼的表象，在这里达到了令人目眩的巅峰。

　　波德莱尔以后，洛特雷阿蒙[2]（《马尔多罗之歌》的第一支歌）、马尔塞·施沃布[3]（《吸血鸟》）、阿波利奈尔[4]（《拉丁系犹太人》）、穆齐尔（《学生托乐思的迷惘》）等，都各自写下了独特的吸血鬼故事。这篇短小的文章无暇一一对其进行评论，但最后不得不提到另一个人，一个无论如何也不能忘记的吸血鬼小说作家——他就是谈及"无论与被赋予组织的社会进行怎样的和合与协调，都依然不会减弱它对神圣暴力的向往"的乔治·巴塔耶。试着读一读《天空之蓝》的下面一章就好。

---

1. 本文对应中文版《恶之花》中的《自惩者》（或《自罚者》）；此处中译参照郭宏安中译本。
2. 洛特雷阿蒙（Comte de Lautréamont，1846—1870），法国诗人，代表作为《马尔多罗之歌》。
3. 马尔塞·施沃布（Marcel Schwob，1867—1905），法国作家，犹太人。
4. 阿波利奈尔（Guillaume Apollinaire，1880—1918），法国诗人。

　　我们倒在松软的泥土上，我楔入她潮湿的身体，像操纵精巧的耕犁楔入土地。她身下的大地张开，像一座坟墓，她袒露的小腹向我张开，像一座新坟。在星光闪烁的坟地上做爱，惊愕冲击着我们。

　　（此处中译参照施雪莹译本，下同）

　　至少"坟墓的肉欲"在这对作为西班牙内战幸存者的男女之间得以完全复原，"Thanatos"（死）与"Eros"（爱）作为一种埋葬形式在性交的怪异恋人之间完成了独特的结合。《天空之蓝》的开头部分，主人公亨利用叉子刺向擦肩而过的女人格泽妮的大腿的段落如实显露出，对这位色情性形而上学学者而言，吸血鬼主题是一种强迫观念。

　　透过裙子，我猛地把叉尖向大腿按去。她惊叫一声，手忙脚乱逃开我，撞翻了两只红酒杯。她推开椅子，不得不掀起裙子检查伤口。衬裙挺漂亮，她光洁的大腿让我欣喜。一根叉齿格外锋利，刺破皮肤，流了血，但伤口不大。我快步上前，她还来不及阻止，我便把双唇贴上大腿，吞掉了自己刚弄出的那点血。其他人看着，有些吃惊，笑容很尴尬……

　　如果只提取这部小说中亨利和歌泽妮的插曲来看，那就是一个侵犯者与被侵犯者、爱与死、色情与暴力之间以血为媒介、因渴望同一化而展开的故事，诸位想必也会同意吧。亨利是个偶尔被称为"弗拉斯卡塔"或"骑士"的男人，突然之间，却像走进了与格泽妮同样的房间那样恐惧不已。"弗拉斯卡塔"或"骑士"是谁呢？吸血鬼吗？抑或化身为吸血鬼的另一个亨利？他的幻觉殃及歌泽妮，令她因恐惧而面色苍白如死人。

    ……格泽妮，躺在我身边……样子像个死人……她没穿衣服……她有妓女般白得瘆人的胸脯……（中略）……我身边是具尸体，我要死了么？

    与享受着成为亨利施虐性的受害者，不断被追赶却又不断回到他身边的歌泽妮相对，小说后半部分，女战士多萝蒂亚那阴暗残酷的身影出现在读者眼前。之前墓地场景里"向我张开，像一座新坟"就是指多萝蒂亚的肉体。亨利摇摆在遭受破坏的女人与行使破坏的女人之间，很快便要直面"黑色讽刺"的诞生。在这里，伤口和短刀即将合而为一，从萨德和波德莱尔以来的讽刺，可谓是在《天空之蓝》的作者这里形成了另一座新的高峰。
    这部完成于 1935 年的小说在我看来，很像是巴塔耶用其独特方式沿袭七年前，即 1928 年由安德烈·布勒东[1]

---

1. 安德烈·布勒东（André Breton，1896—1966），法国诗人、评论家、超现实主义的创始人和组织者。《娜嘉》（*Nadja*）是布勒东的自传（转下页）

所写的《娜嘉》而形成的作品。根据美国的布勒东研究者罗杰·沙特克（Rogar Shattuck）的小论文《娜嘉·文档》（*The Nadja File*），布勒东在这部小说里让女主人公娜嘉展现出了宛如吸血鬼一般的行为。也许《天空之蓝》中的多萝蒂娅与格泽妮，在这位名为娜嘉的女性身上如结晶般共生着。虽然有些长，但以下且引用沙特克的观点。

　　对娜嘉进行追根究底的结果是，布勒东将她吞噬并消化了。于是，他因完全吞噬了她的人格（我们有时也认为是他的人格被她完全吞噬），而终于能够舍弃她。毋宁说娜嘉并非作为这本书的主人公，而是作为牺牲者出现的。我们于是能够理解，为什么布勒东硬要写出"她如我所愿"这样的话。他这种追寻自我的吸血鬼般的探索将她打碎，他自身的同一性，亦即谜底揭晓之时的"你"代替了她。

　　在这幽灵事件或者几乎是食尸鬼事件之后，这本书的最后一行告诉我们，"美是如同痉挛的存在，抑或根本不存在吧"。无论是美还是不存在，这种精神上的共食状态周围存在着某种与众不同且明显是不祥的物体。我们知道，那绝不会止于一名牺牲者。

（接上页）性小说，其中的女主人公娜嘉也是实际存在的人物。这部小说后来经过作者的大幅修订，于 1963 年重新出版。

　　恋爱在此处被描写成一个男人为了确认作为吸血鬼的自我同一性而实施的精神性食人行为。娜嘉如同一被猜中谜底便坠入谷底消失的斯芬克斯[1]，将谜团抛给布勒东并企图以他为食，却因为谜底被解开而退场成为"你"。世纪末以来的"命中注定的女人"之谜，在布勒东这里被不由分说地无情解开，吸血鬼的性别看起来再次回到了男性这边——"你对我而言并非一个谜。"

　　要问布勒东有多么热爱扬森（Jensen）那典型的奸尸（Necrophilia）小说 Gradiva[2]，又对灵感来源于茂瑙[3]的吸血鬼电影的诺斯费拉图领带表示出多么孩子气的兴趣（《通底器》[4]），这其中的秘密恐怕就在这里。1930 年，布勒东与勒内·夏尔[5]、保尔·艾吕雅[6]合作的下列诗歌《空白之

---

1. 斯芬克斯（Sphinx），起源于古埃及神话，被描述为带翼的狮身雄性怪物，到了希腊神话中则变为雌性怪物。传说它常让路过的人猜谜："什么动物早上用四条腿走路，中午用两条腿走路，晚上用三条腿走路？"猜不中的人会被杀害，而在俄狄浦斯猜中谜底（人）的时候，斯芬克斯跳崖而死（一说被俄狄浦斯杀死）。

2. Gradiva 发表于 1903 年，是德国作家威尔赫姆·扬森创作的以实际存在的古代浮雕为题材的现代小说。1907 年因被弗洛伊德在论文中列为精神分析的对象而闻名。Gradiva 的意思是"步行前进的女人"。

3. 茂瑙（F.W. Murnau，1888—1931），德国电影导演，无声片时代的巨匠，德国表现主义电影的代表人物之一。文中提到的吸血鬼电影指完成于 1922 年的《诺斯费拉图》（Nosferatu）。

4.《通底器》（Les Vases Communicants），是布勒东作品《连接器》的日文译本名。

5. 勒内·夏尔（René Char，1907—1988），法国诗人，超现实主义运动的一员。

6. 保尔·艾吕雅（Paul Éluard，1895—1952），曾参与达达主义运动和超现实主义运动，是反法西斯、反侵略战士，其作品多歌颂爱。

页》，不也彰显出了他对吸血鬼主题的持续关心吗？

> 吸血鬼们的断食渴望
> 始终是以血被饮用为要义
> 以血流成河
> 以血喷向无人之境
> 以血化为刀上的冷水为要义

　　罗杰·沙特克认为，布勒东是在娜嘉这个客观性现实中发现了自身的他者性（在兰波所谓的"我即他者"的意义上），通过与之纠缠、争抢，将其吞噬，在追求同一性的过程中对作为他者的自我进行同化，并克服了（将兰波从文学中放逐的）那种分裂而存活下来。事实恐怕确是如此，但这种吸血行为却并不像从前拜伦主义的拥护者那般带有浪漫的姿态。布勒东为追求同一性的吸血鬼彷徨毋宁说是谐谑的。

　　《娜嘉》靠近尾声的部分，介绍了一个名叫德路易的人的奇妙经历。德路易在某天来到一间旅馆，租了35号房间，之后没过几分钟，又从楼上的房间下来把钥匙交给门房，叮嘱道："抱歉，因为我记性很差，所以每次从外面回来都会自报姓名，说我是德路易。每当这种情况发生时，请你务必告诉我的房间号码。"德路易外出后很快回来了，说："我是德路易。""35号房间。"门房回答。其后不到一分钟，一个兴奋得叫人心惊、浑身沾满泥和血且脸已不像人样的男人对门房说话了："我是德路易。""什么？你说你是德路易？别开玩笑了。德路易先生刚刚才进房间呢。""失礼了，那就是我……我刚刚从窗户掉下来了。请告诉我的房间号码。"

不断忘记自己所住房间的号码，被同一性排除的德路易过分着急地追寻同一性而从窗户掉下来，变成沾满血的"不像人样"（也就是类似吸血鬼）的形象回来。这正是对布勒东而言的"吸血鬼似的自我探索"的赤裸之姿吧。这种黑色幽默，不正好与巴塔耶的黑色讽刺不期而遇、彼此呼应了吗？

继巴塔耶与布勒东之后写下最新的吸血鬼故事的，是《小猴子般的艺术家的肖像》的作者米歇尔·布托尔[1]。而将《弗兰肯斯坦》的作者玛丽·雪莱、《爱丽丝梦游仙境》的作者刘易斯·卡罗尔[2]、《萨塞克斯的吸血鬼》[3]的作者柯南·道尔等人的思考进行复杂混合后创作出戏仿（Parody）小说《萨塞克斯的弗兰肯斯坦》的 H·G·阿特曼[4]，也潜

---

1. 米歇尔·布托尔（Michel Butor，1926—2016），法国小说家、诗人、批评家，新小说（Nouveau Roman）作家的先锋之一。《小猴子般的艺术家的肖像》原名为 *Portrait de l'artiste en jeune singe*，Ed. Gallimard。
2. 刘易斯·卡罗尔（Lewis Carroll，1832—1898），英国数学家、逻辑学家、摄影家、作家、诗人。
3.《萨塞克斯的吸血鬼》（*The Adventure of the Sussex Vampire*），为英国作家柯南·道尔的短篇小说，后被收录于《夏洛克·福尔摩斯探案集》中。
4. H·G·阿特曼（Artmann Hans Carl），生于 1921 年，是奥地利诗人、剧作家，代表作有《萨塞克斯的弗兰肯斯坦》《关于爱与恶德的诗》等。

入上述梦中小路，将炼金术与吸血鬼信仰猖獗的中世纪末期以马赛克形态复原，出人意料地构建了与布托尔那货真价实的吸血鬼小说相似的变种，即以弗拉肯斯坦为主题的伪吸血鬼小说。

即便如此，正如西德诗人批评家霍切比茨（Peter Otto Chotjewitz）对布托尔以及电影《天师捉妖》[1]的导演波兰斯基的评价："将神话进行讽刺性的改编没有任何意义。失去力量的并非神话，至多只是改编作品。"虽然有些严厉，但或许最接近实情。

那么，人们对吸血鬼故事的关心衰弱到使其沦为戏仿对象了吗？不，或许应该认为，是再没有人写出能被视为小说作品的吸血鬼文学。而与之相对，吸血鬼故事作为批评文学的对象被放大了。在巴黎的让-雅克·珀维尔出版社将奥尔内拉·沃尔塔、罗兰·维尔纳夫这样的吸血鬼研究家送入大众视线之后，现在最热心于出版吸血鬼文献的是德国的汉泽尔出版社。而如今我手头的一本为汉泽尔版《德古拉文库》系列做推广的宣传册里，以佩塔·O·霍切比茨为首，拉鲁斯·古斯塔夫松（ラルス・グスタフソン）、卡尔·海因茨·波拉（カール・ハインツ・ボーラー）、米哈埃尔·库留格（ミハエル・クリューガー）等

1.《天师捉妖》（*The Fearless Vampire Killers*），是法国导演罗曼·波兰斯基（Roman Polanski）戏仿恐怖电影的喜剧电影，在 1967 年拍摄完成并公开上映。

年少气盛的批评家们正就怪奇文学与布莱姆·斯托克论大张旗鼓地摆开了毫不谦虚的论阵。

　　不过，批评界里最早预告了吸血鬼复活的是独具慧眼的美国批评家莱斯利·费德勒[1]。每当战争和动乱导致的流血事件揭露人类的黑暗面时，古老的怪物们便会复苏过来，费德勒在论述了以上原委之后，继续说道：

　　在关于原罪的正统教义的回绝与关于近代无意识的科学理论的登场之间，欧洲并不具有把关于人类灵魂某种黑暗真相诉诸表达的恰当且公认的词汇（Vocabulary）。因为启蒙主义的训令否定了这类真实的存在（Existence）。然而哪怕是只有一点自我认识的人，便不可能否认这类真实的存在……他们早已对这种存在，这种叫人半信半疑的怪物进行了半是玩笑、半是病理学式的召唤，这也是西欧近百年来与灵魂（Psyche）的夜晚活动进行对话的方法。

　　这样看来，吸血鬼是无依无靠的近代人被剥下面纱后不安的素颜，是被抛状态[2]的真相在神话形象中的投影。一旦将问题如此设定，凭借近代的吸血鬼形象，人们就能

---

1. 莱斯利·费德勒（Leslie Fiedler，1917—2003），美国的社会史家、文艺批评家，有犹太血统。
2. 被抛状态（Geworfenheit），出自《存在与时间》，是海德格尔提出的哲学概念，指情绪中暴露出的此在"在且不得不在"的状态。其中的"此在"（Dasein）大意是指正在生成、每时每刻都在超越自己的人。

任意从此处引出社会性、文学性、政治性以及其他诸方面的批判。吸血鬼便成为多义性的讽喻（Allegory）。

　　刚才所列举的一系列西德批评家们的评论，也是试图用自己提出的全新观点，将这些正统教义与无意识的科学理论都无法捕获的怪物加以定义。粗略地说，他们分为两个方向：一边以霍切比茨等人的新启蒙主义式的反体制文明批评为代表，另一边通过埃别林格（エーベリング）等文化人类学式的文明批评进行。

　　首先根据佩塔·O·霍切比茨的观点，吸血鬼即是封建大领主阶层的容克[1]贵族的怪物化形象。容克是通过性与政治（抑或爱与死）的紧密结合而对民众实施催眠性的支配。因此，杀死吸血鬼的范海辛博士及其同伴（这里以布莱姆·斯托克的《德古拉》为主题），则是击毙封建主义／前资本主义体制的成熟的资产阶级。德古拉是为了在世界资本主义阶段中延续封建制而跃居到伦敦，并在这里展开吸血鬼式的活动。这也就意味着，从前资本主义式的封建制向高度资本主义迈出了殖民地主义式的前进步伐。

---

1. 容克（Junker），原为普鲁士的地主阶层，后泛指普鲁士贵族和大地主。他们长期垄断军政要职，掌握国家领导权，于19世纪开始资本主义化，成为半封建的贵族地主，是普鲁士和德意志各邦联合后反动势力的支柱。二战后因反法西斯同盟的大规模经济社会改革而消亡。

然而碰巧这时候，对市民阶级已然发展成熟的英国而言，
这理所当然地引起了国民的反击，反过来触动英国市民们
发起类似十字军的东欧殖民政策。这也是范海辛等人为了
根绝德古拉的危害而进行喀尔巴阡远征的意义。

不过，霍切比茨认为，斯托克在这里犯了个错误。若
是将德古拉的故事作为贵族对资产阶级的阶级斗争加以定
位，那么只能得出封建制是与资本主义绝对对立的非历史
性的特殊社会这种谬论。如果将封建制作为迈向资本主义
社会的一个历史性阶段，那么降服德古拉就并非意味着吸
血鬼的灭绝。

乔纳森·哈克[1]与范海辛的喀尔巴阡远征最终断绝了
吸血鬼的威胁，斯托克的这种观点其他作家并不认同。这
是当然的。只要不利于根除人类支配的人类支配仍然存
在，吸血鬼的威胁也同样会持续存在。

那么该怎么办呢？霍切比茨感叹"当文化革命遇上支
配阶级的抵抗而遭到挫折时，要与民众进行交流只能依靠
神话"，并建议"对神话进行颠覆式的利用"。

与之相呼应，卡尔·海因茨·波拉断定，现在谈论吸
血鬼或是对此表示出兴趣这件事本身也促进了恐怖的兴趣
化\娱乐化。到路易斯、沃波尔为止的正统哥特小说尚且
还是以恐怖的历史性实体为基础展开的，而到了斯托克，

---

1. 乔纳森·哈克，布莱姆·斯托克的小说《德古拉》中的主要人物之一，
也是米娜的丈夫。

恐怖便脱离了历史性文脉，开始讽刺地具有了两面性，超感觉性的恐怖场面在美学上被置于与其完全相反的田园诗情调的对立面。"哥特小说将一种哲学观点烙印在事件整体之中，而恐怖小说除了恐怖的设置以外，什么也不予提供。"因此，没有历史性现实的恐怖作为支撑的恐怖小说，很容易便会沦为流行文化或偶生艺术并被纳入消费博物馆。

　　一方面，与此相对的赫尔曼·埃别林格等人通过阅读恐怖小说而潜入感情与本能的泥沼，将其比作一种潜入后脱离的炼狱体验，提出"弗兰肯斯坦与哥连[1]、德古拉与金刚[2]默默承担了人文主义的课题"这种观点。"弗兰肯斯坦的课堂时间，也就是让人思考人类究竟是什么的人性教育课堂时间。"

　　毕竟我们的话题是以斯托克的《德古拉》这类通俗小说为中心进行的，不必期待它能产生什么厉害的理论成果。不过，不知是否受了一系列德古拉批判的刺激，恐怖小说的市场在越战以后的世界出现了以"恐怖的日常化"为主题，代替戏仿的新倾向，彼得·汉德克[3]等人也编撰了

---

1. 哥连（Golem），犹太神话里用粘土、石头或青铜等做成的假人，注入魔力后能够行动，却无法思考。
2. 金刚（KingKong），1933年美国拍摄的怪兽电影名称，也指其主人公，即一只大猩猩。
3. 彼得·汉德克（Peter Handke），奥地利著名小说家、剧作家，2019年获诺贝尔文学奖，代表作有《骂观众》等。

最新文集。然而，无奈的是，包括那位评论家霍切比茨在内的作家们的试作，都远远不及 20 年代的布勒东、30 年代的巴塔耶将自我同一性的不可能作为立足点或方法进行幻视般疯狂记录那样的吸血鬼小说。恐怕正如霍切比茨所说："新的吸血鬼故事还没有人写出来。"

吸血鬼诗选集

我所爱的少女她 [1]

——海因里希·奥古斯特·奥森菲尔达

我所爱的少女她

对信仰心甚笃的母亲

那严格的说教，无论何时无论如何

都深信不疑，

如同泰泽的人们

像匈牙利佣兵那般

深信死之吸血鬼。

可是等等，心爱的克丽丝琪亚内 [2]，

你对我毫无兴趣。

那我便向你复仇吧，

今日，在托克艾埃尔 [3]，

---

1. 原名为 Der Vampire，此处按原书日文原文翻译。
2. 克丽丝琪亚内（クリスチアーネ），应是指标题里"我所爱的少女"。
3. 托克艾埃尔（トックアイエル），为地名。

酩酊饮酒并化身吸血鬼，

然后在你安然小憩时，

从你无比美丽的脸颊上，

吸出深红鲜血给你看。

如果我吻上你的唇，

且是像吸血鬼那样吻你，

你必然会吓一跳吧。

那时如果你战栗不止

在我臂弯里怕得魂不附体

如死人般崩溃，

我便会这样问你，

你那信仰心甚笃的母亲的说教

和我的相比，哪个更好？

*

夜之颂歌（节选）

——诺瓦利斯[1]

我去彼岸朝圣，

每一个苦难

迟早总有一天

把情欲点燃。

---

1. 诺瓦利斯（Novalis，1772—1801），德国浪漫主义诗人，也被称为"蓝花诗人"。此处中译参照林克中译本。

还有一点时间，
我就要离去，
我就要沉醉于
爱的怀腹里。
我浑身翻涌着
无限的生命，
我俯瞰人世间，
想把你找寻。
你的光熄灭在
那座坟墓边 ——
一个幽灵送来
清凉的花环。
哦！吻我吧，情郎，
莫把嘴松开，
好让我能入睡，
还能把你爱。
死亡之潮为我
把青春输入，
我的血正化为
香膏和醇酒 ——
在白天我活得
虔诚而坚毅，
怀着神圣的激情

夜里我死去。

*

赫蕾娜

——海因里希·海涅[1]

您吟唱着降魔的咒文
将我从坟墓中唤醒，
以肉欲之火授予我生命——
如今您再也无法扑灭这火焰。
让您的嘴唇贴上我的嘴唇吧，
活人的气息美味无比！
我要饮尽您的魂魄，
死者之渴永不知足。

*

咒语

——海因里希·海涅

年轻的弗朗崔斯卡司修道会士
独自坐在僧房里，
耽读题为地狱之苦行的
古老魔法书。

---

1. 海因里希·海涅（Christian Johann Heinrich Heine，1797—1856），德国
作家、诗人、文艺评论家、散文家、记者。

很快　深夜的钟声响起，
他早已抑制不住骚动的心
苍白嘴唇开启
召唤冥界魔灵降临。

魔物啊！将举世无双的美女尸体
从坟地带来这里，
今晚，就赐予她生命吧，
我要用这复活的亡女来解闷。

刚念起令人战栗的咒语
愿望便立刻成真，
身穿白寿衣的
凄惨亡美人出现在眼前。

眼神沉浸在忧愁里，冰冷的胸膛
吐出痛苦的叹息。
亡女在修道士眼前就座，
两人彼此凝视 默然无语。

*

影子啊　你昼夜不息

—— 斯特凡·格奥尔格 [1]

影子啊　你昼夜不息
真的要乞求自己应得的份额吗？
每每与我的欢愉交媾
真的要掠夺一切欢愉的收获吗？

你的吸血对我尚算逸乐吗？
你从我体内挖掘金矿
啜饮我体内的葡萄酒
我至今仍在为丧失的欢愉而颤抖啊。

如今我已厌倦你给的苦难
也吝惜起供品的施舍了吧？
我该将你纳入棺材
在你心脏处插入木桩吗？

---

1. 斯特凡·格奥尔格（Stefan Anton George，1868—1933）德国诗人、翻译家，德国诗歌中象征主义的代表人物。代表作有《战争》（*Der Krieg*）等。

*

归去吧

——英格伯格·巴赫曼 [1]

樱草散发香气的夜晚
受到迷惑的三叶草之夜将
袜子濡湿，
于是我的步伐也轻快起来。

背后的吸血鬼在
模仿幼儿的步调，
当他十字式地交错步伐，
那气息便停在我耳畔。

要一直被跟踪下去吗？
我让谁受折磨了
看似能助我一臂之力的事物
尚未被遣来。

稻草的天幕在
包围岩石的水栓之处，

---

1. 英格伯格·巴赫曼（Ingeborg Bachmann，1926—1973）奥地利女诗人、小说家，代表作有诗集《大熊星座的呼唤》（*Anrufung des Grossen Bären*）等。

　　从泉水苍古冰冷的嘴边
　　喷涌声传出。

　　"为了不致破灭腐朽，
　　不能再继续停留，
　　听那钥匙吱呀作响的声音，
　　快到草地上的小屋里来！

　　那不再珍爱纯粹肉体的人，
　　关于陶醉和悲伤
　　已不再谈论预兆以外的人将
　　因纯粹的肉体而死去吧。"

　　借来将我摧毁的
　　灾祸的力量，
　　吸血鬼扑棱着翅膀
　　展开双翼，

　　挂起一千只头颅，
　　摔碎金环
　　土星之影遮盖了
　　朋友的脸·敌人的脸。

脖颈上被刺的伤在
撕裂着，
门开了
绿色的，无声地。

于是草地上的高台因
染满我的鲜血而灿然发光。
夜晚啊，将我的眼
用小丑的帽子覆盖。

吸血鬼诗小论

即便除开口口相传的神话和民间信仰中的吸血鬼神话，近代文学以前，以吸血鬼信仰（Vampirism）为素材的著作种类也颇为丰富。其中最古老的例子，就是摩西第三书[1]（《利未记》第17章）中关于血之禁忌的那段描述。

一切肉体的生命，与其血液等同。因此，我对以色列的人们说："你们不得食用任何肉体之血。"因为一切肉体的生命就是其血液。一切食用血液之人都会自食其果。

---

1. 摩西第三书是摩西五经的其中一部。摩西五经是希伯来圣经最初的五部经典，包括《创世纪》《出埃及记》《利未记》《民数记》《申命记》。

吸血行为作为禁忌的恶行受到严格禁止，违反规定之人便会遭受民众的疏离。尸肉的食用方法也有一定的戒律。食用自然死亡的生物或是被宰杀的生物之人"须清洗其衣物，用水洁净身体"。

不过，血之禁忌的存在并不直接意味着吸血行为的消亡。毋宁说是因为这种恶行没有灭迹，禁忌才被加倍强调。荷马也在《奥德赛》的第十一卷《招魂》中的一节吟唱道："作过祀祭，诵毕祷言，恳求过死人的部族，我抓起祭羊，割断脖子，就着地坑，将波黑的羊血注入洞口，死人的灵魂冲涌而来，从厄瑞波斯地面，有新婚的姑娘，单身的小伙，历经磨难的老人，鲜嫩的处女，受难的心魂，初度临落的愁哀，还有许多阵亡疆场的战士，死于铜枪的刺捅，仍然披着血迹斑斑的甲衣。"（此处中译参照陈中梅译本）

受到血液味道的迷惑，处于阴阳两界间黑暗区域（Erebos）的死者们陆续从冥界爬了上来。

关于斯托利克斯、拉弥亚那样食肉饮血的怪物，斯特拉波[1]、普林尼[2]等百科全书作家也有所记录。不过以格外恐怖的描写而出众的，是奥维德的探寻罗马祭祀神事来历的

---

1. 斯特拉波（Strabo，约公元前64—公元23），罗马时代的希腊裔地理学家、历史学家，在地中海沿岸各地旅行，著有《历史学》《地理学》等。
2. 普林尼（Gaius Plinius Secundus，约23—79），通常被称为老普林尼（与其养子小普林尼相区别），古代罗马的百科全书式作家，代表作为《自然史》。

曆诗《岁时记》。

> 它的头很大，具有为掠夺而生的嘴与利爪，
> 眼神静止，两翼的羽毛颜色是彻底的灰色。
> 它们为了夺取未受乳母守护的孩子而只在夜间飞行
> 孩子一旦被从摇篮中夺走便会受到凌辱
> 肉，那柔嫩的肉被鸟嘴撕得粉碎，
> 并且喉咙也沾满鲜血。
> 人们将它们称为斯托利克斯，这个名称的由来
> 是因为那尖锐的叫声会在深夜里令人战栗地回响。

　　据奥维德记录，斯托利克斯曾袭击过阿鲁巴（Aruba）国王刚出生五天的孩子，啜饮其胸口之血。因婴儿哭声而惊吓着跑来的乳母看到脸颊上已印上深刻爪痕、因失血变得苍白的婴儿，顿时愕然。拥有能够封印斯托利克斯诅咒魔力的只有妖精库拉涅（Krane）。库拉涅用荷兰草莓的叶子将柱子清洗三次，用同样的草莓枝叶将门槛清洗三次，用水洗净大门，再将出生两个月的小猪的内脏用双手恭敬地捧起并念咒文。当献祭的仪式结束，她便将内脏丢到窗外，在窗栏处放上山楂的小枝条。通过这种复杂的除魔，便能祛除斯托利克斯的诅咒。"此后，斯托利克斯再也没有接近过摇篮，婴儿的肤色也恢复了正常。"

　　奥维德在此处所说的这种祛除吸血鸟的处方，与今

日斯拉夫与希腊的民间信仰中仍然流传的封印恶魔的魔术酷似。尤其是以山楂类为主的枝条的药用效果，还有对门槛、柱子、窗户等施行魔术性浸润的预防妖魔入侵之法，以及圣水的效果等，比起基督教的司祭们祛除恶魔时所使用的类似仪式，在起源上要古老得多。顺带一提，众所周知的大蒜的效果也自古以来受到笃信，公元前 2 世纪初期的历史学家提提纽斯所记录的片段中已明确记载，将大蒜串成的花环戴在孩子脖子上，可以防卫"漆黑且发出难闻味道的斯托利克斯"。

　　不过，在上述斯拉夫与希腊民间信仰文献中的记录上，《萨蒂利孔》的作者佩特洛尼乌斯 [1] 也曾就袭击幼儿尸体的斯托利克斯进行叙述，《金驴记》（又名《变形记》）的作者阿普列尤斯 [2] 也描写过夜里悄无声息地发动袭击的拉弥亚。另外，在弗拉维奥司·菲拉斯特拉托斯 [3] 所写的《特由阿那的阿波罗尼奥斯传》中，由雌螳螂变身的科林斯的新娘的逸话也十分有名，济慈 [4] 在撰写《拉弥亚》时

---

1. 佩特洛尼乌斯（Titus Petronius Niger，？—66），古罗马政治家、文人，曾受尼禄皇帝宠爱，但最终被迫自杀。其代表作《萨蒂利孔》（*Satyricon*），描写三个青年的恋爱与冒险，被视为近世欧洲小说的先驱；书中保留了大量 1 世纪的风俗和俚语。

2. 阿普列尤斯（Lucius Apuleius，123—？），古罗马诗人、哲学家、修辞家，代表作有《金驴记》（*Metamorphōsēs*）等。

3. 弗拉维奥司·菲拉斯特拉托斯（Flavios Philostratos，170—245），古希腊作家，代表作有《诡辩家传》（*Bioi Sophistōn*）、《特由阿那的阿波罗尼奥斯传》（*Ta es ton Tyana Apollōnion*）等。

4. 济慈（John Keats，1795—1821），英国浪漫派诗人，代表作有《恩底弥翁》《秋颂》等。

也援引了这则故事。最后，古代文学中还有一部与吸血鬼有关的文献不可忽视——弗雷贡的《奇谭录》。近代文学中开启吸血鬼主题之先河的歌德的叙事诗《科林斯的新娘》也间接借用了弗雷贡书中的情节。

　　歌德的《科林斯的新娘》是在18世纪接近尾声的1798年面世。这首长达196行28联的叙事诗是一种在某种程度上与日本《牡丹灯记》[1]相似的冥婚谭。一名来自雅典的青年到朋友科林斯的家中投靠。在这家的床上深夜醒来时，发现旁边站着位肌肤苍白的美少女。青年瞬间便被少女诱惑，成为其俘虏并与之交合。听到房间里有奇怪动静的屋主老太太，望着业已成为冥界中人的女儿从墓穴里苏醒并沉溺于丑行的身姿，不禁愕然。然而少女却转向慌张的母亲，对她说：

　　　　在墓地里我被驱使着，
　　　　继续寻找失去的财宝，
　　　　继续去爱失去的男人，
　　　　吸干那男人胸口的血。

1.《牡丹灯记》为中国明代志怪小说集《剪灯新话》中收录的作品，对日本江户时代的文学有较大影响，孕育了《御伽婢子》《雨月物语》《阿国御前化妆镜》等改编作品，最后由三游亭圆朝创作出了《怪谈牡丹灯笼》（又名《牡丹灯笼》）的落语。根据上下文，作者在此处想说的或许是《牡丹灯笼》。

> 若他死去，
> 便须寻找下一个男人。
> ……

　　歌德的吸血鬼诗在发表当时，便已受到斯达尔夫人的批评，说它是"坟墓的肉欲""快乐与恐怖的异样结合"，恰好是浪漫派死者爱的典型例子。不过今日试着重读，私以为《科林斯的新娘》与其说体现了基督教式禁欲的倒错——死与爱欲的结合这个主题，不如说其中飘荡的异教田园诗式的土俗浪漫主义气息更加浓厚。正如吸血鬼文学研究者克劳斯·菲尔卡所说，将这部作品视为"以乌托邦式、反基督教式的形象出现的希腊式异教性的晴朗世界"，毋宁说是更加合适的。

　　严格说来，在歌德之前，以吸血鬼信仰为主题的诗人也曾出现（当然，搜集魔女传说的《忧郁症的解剖》〈The Anatomy of Melancholy〉作者罗伯特·巴顿（Robert Burton）、在《月亮与太阳诸国的滑稽故事》中谈论月亮世界居民的吸血嗜好的西哈诺·德·贝杰拉克等散文家并非我们现在要讨论的对象）。1748 年，在一个名叫米利乌斯（ミーリウス）的人刊发的杂志《自然科学家》中，海因里希·奥古斯特·奥森菲尔达的吸血鬼诗与自然科学论文并列在一起刊登着。它与唐·卡尔梅那有名的吸血鬼资料《精灵显灵，以及匈牙利、摩拉瓦[1]等地吸血鬼或复苏死者相关的考证》（1749年）一起，成为最早期的近代吸血鬼资料之一。

近代文学中的正统吸血鬼诗，是在1816年左右，用马里奥·普拉兹的话说就是"在恶魔勋爵与神圣侯爵的阴影下"——也就是萨德侯爵与拜伦勋爵的语言性著作的影响之下，开始展现出其全貌；而与这浪漫派吸血鬼文学的出现并行甚至先于它，与歌德一同占据光辉支流位置的是《拉·古茨拉》的作者普罗斯珀·梅里美。

1827年，以"伊利里亚抒情诗选"为副标题刊行的这本小诗集，实际上是一幅极其精巧的错觉画。标题（*La Guzla*）是塞尔维亚地区一种民俗弦乐器的名称。同时也如歌德所揭露的那样，这与梅里美的第一次文学性伪装（Camouflage）——"Gazul"的字谜游戏相同（梅里美的处女作是《克拉拉·歌吉尔的戏剧》〈*Théâtre de Clara Gazul*〉，这也被事先宣传为同名西班牙女演员的戏曲集翻译著作。事实上，所谓的克拉拉·歌吉尔不过是梅里美自身的文学性变装）。自称翻译自伊利里亚语的整部作品，其实是梅里美的精巧伪作。结果，文学界公众轻而易举地上当受骗，歌德的友人威尔赫姆·哥尔哈特（Wilhelm Gerhard）尝试对其进行德译时也将它介绍为塞尔维亚民

1.摩拉瓦（Morava），指捷克东部多瑙河支流的摩拉瓦河流域地区。

俗诗，普希金也翻译了数篇《拉·古茨拉》中的诗作并将之收录进他编译的《西斯拉夫诗集》中。甚至连梅里美的研究者们，也在很长一段时期内将这首小叙事诗视为"翻译"而惮于将其录入梅里美全集中。在《与埃克曼的对话》中，歌德指出"（梅里美）与他的浪漫派同伴们性质不同"并非毫无理由。这位极尽巧致的错觉画作者，简直就像歌德所说，是位明确保持着"与对象的距离"的讽刺家。

黑色浪漫派的吸血鬼崇拜最名副其实的先驱，是前面也曾提到的恶魔勋爵拜伦的诗《异教徒》。原本作为诱惑者、掠夺者的吸血鬼形象，趋向因大革命而获得解放的贪得无厌的人类本能，成为这种资产阶级式的恐怖诗性同类物，吞并了从前的浮士德、唐·璜等诱惑者形象，在此结晶为一种暗黑男性的姿态。在拜伦为浪漫派吸血鬼文学留下的遗产中，反而是另一篇吸血鬼文学《断片》的特征更加显著。玛丽·雪莱的《弗兰肯斯坦》、威廉·波里多利的《吸血鬼》等恋爱剧通俗剧式的小说，有不少地方都受到拜伦这部未完成的吸血鬼小说的影响。不过，《异教徒》那令人伤感的激情也让人难以割舍。

　　当吸血鬼被遣送到人世间来，
　　他首先会把你的尸体从坟墓里朝外硬拽，

接着就在你的乡土上阴惨惨地频繁出现，

吮吸人血，你的同胞会无一幸免，

夜半时分，他也会在你的乡土，

吸干你妻女姐妹身上的生命要素……

　　初期浪漫派以后，吸血鬼热潮至该世纪后半期再次出现，正如马里奥·普拉兹所言，"到了该世纪后半期，吸血鬼与歌德的叙事诗中所述，变成了女性"（《爱与死与恶魔》）。散文则以戈蒂耶的《死灵之恋》、雪利登·拉·芬努的《卡蜜拉》为该倾向的代表作，诗歌作品自不必说，当然要列举波德莱尔关于吸血鬼的几首诗篇。珍妮·迪瓦尔（Jeanne Duval）的诗篇《吸血鬼》（犹如短刀猛然刺出那样／朝我呻吟的心脏／刺出的／你）、禁断诗篇《吸血鬼变身》（那一刻／女人／宛如火中之蛇／扭动着身体）中，作为血的掠夺者而登场的都是女性。然而赋予吸血鬼形象最正确的描述的，恐怕要数《恶之花》的《自惩者》。

我是我心的吸血鬼，

——伟大的被弃者之一，

已被判处大笑不止，

却再不能微笑一回。

（此处中译参照郭宏安译本，下同）

　　波德莱尔的作品中最具特色的是，无止境地置身于
"被吸血者"一方迎接着女吸血鬼这一点。如果在散文作
品中寻找等同的例子，那么就要以雪利登·拉·芬努的
《卡蜜拉》为例，其中，女主人公受虐性的不安也伴随有
吸血鬼出现。克劳斯·菲尔卡认为，"吸血鬼被内面化了"，
并非外部实际存在的事物，而是以主体的存在论式的不安
为基础，作为不安所孕育的虚幻的实际存在，从内面被
召唤出来。它距离拜伦那作为男性式掠夺／诱惑者的吸血
鬼已经很遥远了。毫无根据且逐渐稀薄的近代人的存在意
识，将朝着无的方向猛烈下坠的这种丧失感的原因，寄托
在所谓想象力中作为虚构创造物而存在的吸血鬼身上。并
不是因为吸血鬼的存在，人才会一夜夜变得愈加憔悴，而
是因为主体已然如此愉快美好地衰弱了，吸血鬼才因此而
不得不存在。"难道我是不谐和音／在这神圣交响乐中／
由于那贪婪的反讽／摇晃又噬咬我的心？／它喊在我的声音
里／我全部的血，黑的毒。／我是镜子，阴森可怖，／悍妇
从中看见自己。"（波德莱尔）

　　此外的场合，连将各种昆虫式攻击器官进行总动员的
《马尔多罗之歌》的诗人也认为，只有吸血行为并非该世
纪后半期的人们才有的偶发例外，大蜘蛛为了吸他的血而
逼近。正如巴什拉[1]所分析的那样——"《马尔多罗之歌》

1. 巴什拉（Gaston Bachelard，1884—1962），法国科学家、哲学家，代表
作为《否定的哲学》。

中存在被动的吸血症场景。苦于精力过剩的洛特雷阿蒙在几种镇静、睡眠、休息与死亡之心中品尝到慰藉，也是因为这种被动的吸血症吧。"

至少在波德莱尔的场合，吸血鬼显然是讽刺的产物。主体的空虚处处照见出自我惩罚的死刑执行官。即便是现实中极其普遍的娼妇，通过讽刺也能实现成为女吸血鬼的恍惚变身。

马里奥·普拉兹将如此发现的"命中注定的女人"命名为"残忍的美女"，就福楼拜、戈蒂耶，尤其是史文朋作品里的女吸血鬼形象进行了论述。史文朋的吸血鬼确实在世纪后半期达到了一种巅峰状态。

> ……
>
> 你慵懒地用红唇
>
> 吮吸她那鲜红濡湿的伤口。
>
> 她的血因吸血而干涸，
>
> 将肉体埋入地底时，你便燃烧，
>
> 贪婪的眼睛放出光芒，
>
> 贪婪的嘴干渴着。
>
> ——《萨媞亚·特·桑纪努》(*Satia te Sanguine*)

大革命后的停滞期，作为诱惑者的男性吸血鬼（他时常也与义贼的形象重复）在浪漫派的激情土壤里开花，到了象征主义的诗歌风土中一度完成了变身，改变了性别，实现了内面化，并成了相继授予人苦痛与快乐的命中注定的女人。广义上的"命中注定的女人"并不一定是字面上的女吸血鬼。话虽如此，历经史文朋的《多洛蕾丝》，最终向纳博科夫的《洛丽塔》、达雷尔的《巴塔扎尔》、布托尔的《小猴子般的艺术家的肖像》展开的吸血鬼文学系谱，至今为止，可以说都是通过对由波德莱尔创下至高点的这位"命中注定的女人"进行各种变异乃至戏仿而得以成立的。我在本章的小选集里编入的一系列吸血鬼诗歌也是如此，将格奥尔格以后的作品放入上述文脉中进行理解，想必不会有什么大问题。

活着的吸血鬼

如果试着用病理学来定义史上闻名的吸血鬼们，可以说，唯有他们才是从流动的鲜血里获得性快感的血之恋物者（Feteshist），亦即嗜血症患者。

一切恋物主义（Fetishism）都是如此，在血之恋物主义的情况中，也存在部分和整体之间的颠倒关系。对血的热衷本身未必是一种异常感情，却病变为过剩的产物。"次要变为主要，某种特定的属性以覆盖其他一切特性的力量吸引着他，让他欲罢不能。"（赫希菲尔德）

从马格努斯·赫希菲尔德[1]的作品中流传下来的一名现代嗜血症患者的记录，想必说的就是这种病症的典型。患病者是经性学家施特格尔（Stekel）的助手克拉文（Craven）博士诊断的一位三十多岁的葡萄牙妇女。虽未犯下实际的流血犯罪，这位妇女却时常在空想之中如活着的吸血鬼那般行动，将全身浸没在空想的血海里。她的梦

---

1. 马格努斯·赫希菲尔德（Magnus Hirschfeld，1868—1935），又译马格斯·西谢腓，德国的犹太裔内科医生，性科学家，拥护同性爱者的权利。

想全都与血有关，因为血对她而言是爱与憎恶、愤怒与热情的象征（Symbol）。

例如下雨的时候，她认为是在下血雨。她喜欢的水果是血色橙子，喝葡萄酒也只喝红葡萄酒。在空想中，以胎儿或尚在喝奶的婴儿的尸体为玩具能带给她无限的兴奋，甚至连自己七岁的孩子也不放过。原本就因为儿子不像丈夫而产生憎恶的她无止境地想象着要杀死这个男孩，并且还不是用菜刀刺，而是想体验亲手拧断那细瘦脖子的感觉。

丈夫也无法逃脱成为她杀意对象的命运。她想掐死丈夫，并将他的尸体藏在屋中。其父母也成为奇怪的尸体爱的对象。她无比渴望父亲的尸体，并且只要想象自己手捧母亲的头盖骨，便会感到无比幸福并陷入恍惚。假如她能如愿获得近亲者的尸体，她已经偷偷想好了数个恐怖的凌辱计划……

普通的性交当然无法令她满足。可以的话，她想从丈夫的耳朵眼儿里吸血。达到高潮时，她常常希望自己已经死去，事实上也经常像尸体那样全身僵直。她对毫不相识的陌生人也会产生杀人的冲动，特别是看到少女，这股冲动便会更加无法抑制。

血之恋物主义如果只是封闭在想象之中，那么对电影戏剧中的流血场面感到兴奋的我们未必不能与之产生共鸣。与上述葡萄牙妇女相比，我们或许只是五十步笑百步。但是，喜欢见血与不见血就无法产生性兴奋之间有着明显的差别。换句话说，前者不过是嗜血症，而后者是无法通过普通的性交（Coitus）达到快感，却会仅仅因为见到血、闻到或尝到血的味道、听到血沫四溅的声音等便产生性兴奋，是一种非常棘手的"淫血症"。

自古以来的流血性犯罪者，亦即活着的吸血鬼，准确说来属于淫血症患者的范畴。因为无论如何都想见到血，他们便无法克制地在现实中做出招致流血之事。就这样，色情的血之饥渴最终必然地导向了犯罪。听听著名杀人犯温琴佐·维尔津尼（Vincenzo Verzeni）的告白，便会知道不止性交，任何种类的性接触对他而言都没有意义。

……从出生到现在，我还不知道女人的肉体究竟是怎样的构造。掐住对方脖子的时候或是杀死她们之后，我也没空将自己的身体紧贴在女人身上或是逐一打量她们身体的细节。

1824 年被送上断头台的杀人犯雷杰（Léger），也在强奸少女并将其杀害之后，切开她的心脏吃掉并喝干其血液。针对法官的讯问，他给出了"我当时很想吃掉那个女孩""无法抑制地想喝血"之类极其可怕的食人冲动告白。因科林·威尔森的《杀人百科》而广为人知的"伦敦吸血鬼"约翰·海因、"杜塞尔多夫的吸血鬼"彼得·库尔腾等也对血有着异常敏感的反应。其中绝世罕见的杀人魔库尔腾，具有能清楚听到血液咕嘟咕嘟流动声的奇妙能力。同样，在大多数情况下，只是掐对方的脖子并不会使他射精，而他一旦见到血就会感到强烈的冲击。

吸血鬼研究者迪特尔·施图尔姆认为，通常的性爱行为与吸血鬼的凶行之间无疑具有类似性，常人的接吻对血之恋物者而言或许就相当于用牙齿咬、用刀子切割这类行为。玛丽·波拿巴也曾指出，在流血施虐狂看来，刀子即是阴茎的象征。恰如海因里希·冯·克莱斯特[1]那庄重华丽的残酷戏剧《彭忒西勒亚》的台词所言："接吻与啃咬音声相合（Küssen und Bissen, das reimt sich）。"用迪特尔·施图尔姆的话来说，"牙齿自古以来就是男根的象征，加害者将受害者切开时所用的刀子则带有阴茎的机能"。

嗜血症患者通常不会对尸体本身表现出太大的兴趣。像约翰·海因，他在享受了流血的快乐之后便将受害者的尸体毫不在乎地丢进地下研究室（他对那个屠宰场的称呼）那个装满硫酸的浴池里，让对方消失得无影无踪。话虽如此，嗜血症与尸体爱、虐尸癖（Necrosadism）相结合的例子也不少。这让人想起罗兰·维尔纳夫将尸体爱定义为"反过来的吸血症"。

罕见的尸体爱人士维克托·阿尔迪松（缪伊的吸血鬼

---

1. 海因里希·冯·克莱斯特（Heinrich von Kleist，1777—1811），德国剧作家、小说家、记者，其作品在进入 20 世纪后获得很高评价，现在已被视为德国具有代表性的剧作家之一。《彭忒西勒亚》（Penthesilea）是其戏剧作品之一。

〈Victor Ardisson, Vampire of Muy〉）自不在话下，而汉诺威的吸血鬼弗里茨·哈尔曼[1]也是嗜血癖与尸体爱相结合的绝佳案例。第一次世界大战后，他在苦于通货膨胀与饥馑的汉诺威以请客吃饭为诱饵，接连与十三岁到二十岁的美少年发生同性爱关系，并在爱的飨宴结束后咬断对方的喉管吸血，事后将尸体剁碎并通过走私肉的黑市交易处理掉。这位正如字面意义的人肉商人在1924年被逮捕，据他自己所说，他已经谋害了总计二十八人，而实际推定约有不少于五十位少年命断其手。

1952年至翌年犯下连续杀人罪的英国杀人魔雷金纳德·克里斯蒂在公寓的厨房餐具柜里藏了三具女性的尸体。另一个英国杀人魔艾德·盖恩[2]更是个彻头彻尾的尸体爱好者，他把加工成鞣革的人皮贴在卧室的墙壁上，还把从墓地里挖出的头盖骨收集起来，制作了好几个标本。盖恩在这一点上与将强制收容所中犯人的皮肤用作台灯灯罩的玛格达·戈培尔[3]如出一辙。

从戈培尔夫人的例子也可得知，尸体爱并非只是男性的专利。虽然是以小说中的登场人物为例，在萨德的《新

1.弗里茨·哈尔曼（Friedrich Heinrich Karl "Fritz" Haarmann，1879—1925），出身于德国汉诺威的著名连续杀人犯。

2.此处疑为作者之误，从后面的内容看，应是指美国的猎奇杀人犯艾德·盖恩（Edward Theodore Gein，1906—1984）。

3.玛格达·戈培尔（Johanna Maria Magdalena Goebbels，1901—1945），纳粹德国的宣传者约瑟夫·戈培尔的妻子，杀害六个亲生子女后自杀。

贾丝汀》[1]里登场的柯蕾雅维尔小姐，在将情人的心脏塞进自己阴道的同时，甚至还要亲吻死者的嘴唇。

　　无论凌辱或是爱抚，恐怕对尸体所怀有的脱离常轨的兴趣中，也潜藏着人类自通过他者尸体意识到死亡的存在以来所产生的苍古情感吧。事实上，某位批评家将这位柯蕾雅维尔小姐的疯狂举止与爱斯基摩[2]民间传说中的一则逸闻进行了对比，并论述如下。

　　尸体爱，在其多样的现象形式中昭示出爱与死之观念的紧密联系。无疑正是在这里，深层的神话性关联与宗教性仪式及性倒错犯罪所结合而成的一个圆环就此闭合了。许多民俗志式的故事中也存在着爱与死的这种密切相关性。爱斯基摩人中也流传着这样一个传说：一个女人将心爱的男人从阴道吞没，吸干他体内的水分（血），最后只吐出骸骨。故事中的女人与《新贾丝汀》中的柯蕾雅维尔的所为相差无几……

　　　　　　　　　　　　　　　　　　——D·施图尔姆

1.《新贾丝汀》（*Nouvelle Justine*），是萨德于 1787 年所著小说《美德的不幸》（*Les Infortunes de la Vertu*）经大幅修改后最终出版的版本，与其另一部作品《恶德的光荣》（*l'Histoire de Juliette ou les Prospérités du vice*）互为对照。因为这部小说，萨德被拿破仑下令逮捕，被关进精神病院长达 13 年，最后死于此地。

2. 爱斯基摩（Eskimo），在印第安语中是指"吃生肉的人"，又自称为因纽特人、尤比图克人，意为"人"。他们是居住在从亚洲大陆白令海峡沿岸到北美洲、格陵兰半岛东岸北极地区的蒙古系人种，以数个家庭为一个单位，主要以狩猎、捕捞为生。

　　不过如上所言，如果要关注广义上的爱与死的象征性关联，萨德作品里的登场人物正是这种激烈极限的一种形态。尸体爱的故事以及女人作为吸血鬼出现的文学作品，例如以歌德的《科林斯的新娘》为首，描写这种"命中注定的女人"们诱惑并笼络男人们，榨干吸净其所有欲望和热情并将其仅剩的骨与皮毫无慈悲地丢弃，这样的作品直至世纪末文学仍然十分流行。可以说，这些作品应当归入上述神话性关联与宗教性仪式及性倒错犯罪所形成的巨大圆环中。

　　不过在这里，且让我们先抛开文学作品里的吸血鬼，暂时再一次回到"活着的吸血鬼"这个话题吧。话说回来，从近代的流血犯罪者，尤其是进入 20 世纪以后的血之恋物主义者们身上，可以看出有种区别于前时代同类者的显著特征。科林·威尔森的观点如下。

　　20 世纪最引人瞩目的是为性杀人以及施虐性杀人的增加。为何会出现这种变化呢？这个问题值得研究。19 世纪中期的（典型性的）杀人是家庭内部的毒杀，抑或各种激情犯罪。而在此半世纪以前，强盗和暴力杀人很多。然而若要与 20 世纪的犯罪进行对比，我们必须回溯至较之更加遥远的时代的魔术，抑或深信自己是吸血鬼或狼人的男女们的犯罪。

　　　　　　　　　　　　　　　——《杀人百科》

至于其原因，威尔森通过"无聊的犯罪"和"贫穷的犯罪"的对比来进行解说。"贫穷的犯罪"是由必要与欠缺之中诞生的，而"无聊的犯罪"与有闲阶级的增加密切相关。无论是史上最有名的心理变态者吉尔斯·德·莱斯、伊凡雷帝[1]还是萨德侯爵，都是贵族阶级出身且有大把闲暇时间的人。

贫穷的犯罪虽然尚不明朗，但无聊的犯罪与人类的自由意志密切相关。

自古扬名的吸血鬼小说主人公们几乎都是贵族或教士出身的有闲阶级，这种理所当然的设定也与上述消息不无关系。此外，"富足的社会"中的新有闲阶级即嬉皮士干出莎朗·蒂事件[2]这样毫无动机的杀人行为，其社会学根据或许也是出于相同的缘由。话虽如此，反抗尼采主义式的自由意志或者是普遍处于支配地位的合理主义——科林·威尔森试图将从这反抗中得来的超越，视为闲暇犯罪的根本原因。不得不说，这种见解使问题稍微变得有些平板化

---

1. 伊凡雷帝（Иван IV Васильевич，1530—1584），俄罗斯历史上第一位沙皇，史称伊凡四世，又被称为"恐怖的伊凡"（Ivan the Terrible）。
2. 莎朗·蒂（Sharon Marie Tate，1943—1969），美国演员，出身于得克萨斯州，是著名导演罗曼·波兰斯基的妻子，在怀孕时遭到狂热的宗教信徒刺杀，母子皆亡，死时仅 26 岁。莎朗·蒂事件即是指她被刺杀一事。

了。社会学式的考察暂且不论，我们不如先回到之前已在《吸血鬼的色情性》一章中论述过的幼时体验式的"原游戏"这个问题上来。不过在此之前，先随着让·布莱（Jean Boullet）来定义一下"原游戏"。

　　原游戏——在进行性行为的双亲所沉溺的"游戏"中，作为目击者的孩子仅仅只会在记忆里留下那种攻击性的性格，且将其永久地烙印在心中。精神分析学认为，某种斜视（偏差）来源于对目击禁忌光景的有罪方的眼睛所判处的自我惩罚。这种学说也是对小丑的某种舞台化妆的象征性内容的说明。

　　在小丑的舞台化妆中，目睹了原游戏之禁断光景的那只眼睛用试图消除却无法消除的"×"号来表示并标记。这种"惩罚性"的小丑舞台化妆，进一步由一系列象征性的自我惩罚（各种打耳光、脚踹等）予以补完。

　　　　　　　　　　　　　　　　　　——《性的象征主义》

　　将小丑一只眼睛上的"×"号与斜视，视为目击双亲性交的幼时记忆导致的自我惩罚之象征，让·布莱的这种看法乍看与刚才提到的玛丽·波拿巴所指出的，流血犯罪者内心隐藏的动机是试图与原游戏中的攻击者＝可怕的父亲同一化的愿望这种观点完全相反。然而，如果联想到自我惩罚的极限即自杀愿望，往往会转化为杀人的情况，由目击原游戏所触发的这种两极性分裂感情的矛盾，便也无足为奇了。

　　根据弗洛伊德的观点，一切有生命的有机体，都会被"死亡本能"驱动着，试图还原到它们出生前、未被从中分离的无机物的原始状态。"一切发育完全之物，成熟之物，都渴望着死亡。"因此，生在到达其绝顶并获得无比充实的瞬间，便会受到极为激烈的死亡本能的诱惑。这正是所谓的涅槃愿望，是在无为寂灭中自我消亡、消解个体性，并融入名为死亡的整体内部的本能。死亡本能向我们展示疾病与衰老，也是带我们缓慢步入死亡的引线。

　　"爱"（Eros）原本是"死"（Thanatos）的姐妹，却是与她彼此对立的神格。生的本能即爱，自然以维持生命、进步、确保空间为目的，与死那令万物破坏、消灭、退化的力量相对立。不过二者往往结合起来，爱利用死的本能，将自我破坏（自我惩罚）的力量变形为朝向外部的攻击力量。玛丽·波拿巴针对"外伤性侵入"与"性爱性侵入"的混同、一方向另一方的变形作用进行的论述，同样与爱和死的力学（Dynamisme）有关。自杀会突变为杀人。成为死者，无止境地渴望自我破坏（腐败）却始终无法被完全消灭，不断将自己无法达成的死之瘴气投回到生的一侧，这样的吸血鬼正是这种流血杀人的力学象征。目击原游戏的原罪需要抵偿，于是他才以悖论的形式一次又一次地犯下令人毛骨悚然的残酷罪行。

　　奥尔内拉·沃尔塔对性犯罪中生与死之本能的同时性实现的微妙之处进行了如下说明。

　　性犯罪是一种极限状况，因为这意味着其在支配宇宙的两种最高本能，即"生之欲望（Libido）本能"与"死之攻击性本能"之间的绝无仅有的欲望痉挛中实现了同时性满足。

　　快乐杀人犯因这突如其来的感觉错乱，而感受到了至高的、几乎可谓是崇高的陶醉。他是"因无意识的嗅觉性混乱，而将血的味道认成了爱的味道"（玛丽安娜·范·希尔图姆〈Marianne Van Hirtum〉）。因为对他而言，性爱行为只不过是一种纯粹的暴力行为。可怕的父亲抓住母亲，扒光她，用牙齿攻击她的皮肤，并用毛茸茸的刀子一样的肉体凶器刺穿她，令她因痛苦而扭动身体，最终从喉咙处挤出求救的悲鸣与呻吟。对他而言，这种暴力性的原游戏本身才是植根于他童年记忆中性爱行为的唯一含义。"扒光一个人，时常只是杀死他（她）的伪装。"（乔治·巴塔耶）

　　由此可见，流血性犯罪者显然是从安定、进步的文明社会一举倒退回数十世纪前破坏、杀伤、作恶、为所欲为、唯我独尊的远古原始社会的邻居。他无视文明社会的

一切压制，也从不反省。那力量强大的原始本能，即便社
会为之冠以疾病的恶名试图遮掩也无法令其消失，反而在
他体内不断积蓄，陶醉于割裂假象的文明表皮后从中流出
的鲜血。若要说这些极恶之徒犯下了什么错误，恐怕只能
怪他们弄错了出生的时代吧。

　　不过，这些极恶之徒进行无差别袭击的目标——那
些美丽而迷人的女体即文明一方，又是如何看待他们的
呢？当然，是要责备其"无辜的杀伤"，并通过对媒体的
总动员来控诉自己并未经历的被害。然而奇妙的是，社会
也通过这些极恶之徒意识到，注入自身体内那恐怖的死亡
精气里暗中蒙受了愉快而美好的恩惠。玛丽·波拿巴对近
代社会中的施虐性杀人对公众产生的影响进行了十分恰当
且引人注目的分析，内容如下。

　　我们这些不幸被文明化、本能受到束缚的人，对这些
利欲熏心、不顾一切的重大犯罪者们是充满感谢的，他们
实现了我们那极其原始而又罪孽深重的欲望，并将其光景
生动呈现在我们眼前。

　　社会只有在其如痉挛状渴望着的罪人的死刑中，才能
以一种人身供品的形式，补偿其潜在的罪恶。

　　若没有压制，文明社会就无法保全自己。可是，究竟
要压制什么呢？是那些与饿狼毫无二致、袭击他人的犯罪

者吗？那些被押上断头台或绞刑台的大罪人，是否只是有幸得以肆意生长的我们自身欲望的化身呢？遭到处刑的是我们的隐秘自身，是文明这种法则为了使其成为例外而被制定出的不幸的起源。若这不是社会的"潜在罪恶"，还能是什么呢？在大罪人被施以死刑的日子聚集到广场上的狂热人群，他们之所以到来，是为了见证自身欲望的处刑，并在倒错的自我惩罚之恐怖所带来的快感中战栗不止。因为不懂任何禁忌的纯粹无垢本身，对文明而言常常是最大的罪恶。

当然，这种色情性的怪物们在吸血鬼最频繁出现的18世纪之前和之后都存在着，仅仅是名称不时会有变化。它们有时被称为暴君，有时又是狼人或吸血鬼。而在近代以后，"伦敦的吸血鬼""缪伊的吸血鬼"等不同称呼虽然仍保有昔日的面影，总体上看来，却不过是被冠以痴呆症似的流血性犯罪者这种恶俗又残忍的称呼。而日暮路远，我们差不多是时候来粗略描述几个实际存在的血之恋物者了。

吉尔斯·德·莱斯
（Gilles de Rais）

像吉尔斯·德·莱斯这样整个生涯不满三十六年，一生都充满戏剧性的明暗对比与错综复杂的急剧转变的人，

大概很少吧。吉尔斯出生于布列塔尼[1]。15世纪初期即百年
战争[2]的白热化阶段，作为法国少数拥有巨大财富的封建
领主，他在1404年到1432年间，用自己前半生的时间成
为能与法国王室匹敌且拥有财力与权势的领主。特别是
在奥尔良解放战争中，他作为圣女贞德[3]的左膀右臂威名
远扬并立下赫赫战功，成为法兰西王国年轻的陆军元帅。
他还因热爱无止境的挥霍、光怪陆离的贵族式炫耀且将
此作为中世纪骑士道的精华，而达到一切荣耀的顶峰。
此后，在从1432年到1440年死亡的这段过早到来的晚
年时期，如同中世纪最后的落日，他被迅速地打上诸如
孤立无援的破产落魄贵族、悔悟的幼儿虐杀者、梦想获
得大量财富而沉溺于可疑魔术与炼金术的无能者、王室正
规军眼中落后于时代的废弃武者、在现实政治之网中瞬
间被压制的粗暴愚人等各种令人唾弃的烙印，消失在火刑
台的火焰之中。

---

1. 布列塔尼（Bretagne），法国西北部地处布列塔尼半岛的地域。
2. 百年战争（Hundred Years' War），指1337年到1453年的一百多年间，英
法之间围绕法国王位继承问题以及羊毛产地佛兰德斯的主权等问题而展开
的断断续续的战争。1430年前后英国占优势，后来由于贞德的奋起，法
国转为攻势，几乎收复了全部领土。战争使封建贵族势力衰退，王权得以
加强。
3. 圣女贞德（Jeanne d'Arc，1412—1431），法国民族女英雄。她出身农
家，在百年战争末期自称受到上帝启示而投身于解放祖国的斗争中，受法
国国王之命率军解放奥尔良等城市，挽救了法国的危机。后被英军俘虏，
遭到教会法庭的诬陷，被视为"异端女巫"而死于火刑。1920年被授予
"圣女"的称号。

　　剧情虽然发生在吉尔斯·德·莱斯个人的身上，其境遇却与以百年战争结束为标志、从身份封建制转向民族统一国家的时代转变相符合。吉尔斯作为典型的中世纪大贵族度过了他的前半生，而当时代舍弃封建制度的时候，他便成为没落阶级的代表被淘汰和处刑，以儆效尤。

　　不幸生在中世纪衰落时期的吉尔斯，如果是作为像巴尔干地区这种落后地区的领主出生的话，至少是能避免遭到国法处刑。在几乎同一时期的瓦拉几亚，正如我在《吸血鬼小说考》一章里提到的，与吉尔斯不相上下的残虐领主波耶博德·弗拉德[1]也是一样随随便便地想杀人就杀人，却未触犯任何法律，得以善终。此后大约一个世纪的匈牙利女领主巴托丽·伊丽莎白也是同样，偶然因为精力过剩而对下级贵族的女儿出手，最后才引火烧身。如果对方是与猫狗无异的普通民众子女，对他们干什么都无所谓，可是对贵族做出有损名誉的凌辱行为是触犯禁忌的。巴托丽受到了审判，虽然讽刺，但也确是得益于封建主义之根仍然顽固存在的东欧的落后性。

　　吉尔斯·德·莱斯因其勇猛果断的战功协助贞德击溃英国军队，拯救了危机中的法兰西。不过，当王国脱离危机并开始走上统一国家的道路时，以吉尔斯那勇猛的战斗精神为基础的封建制本身已不再被需要。不止如此，它还

1.波耶博德·弗拉德，即前面提到的"穿刺人"。

成了国家统一的障碍。只要老老实实地归顺国家就好，否则便会像吉尔斯那样，成为反面教材而被抹杀。

奥尔良的解放，与其说是法国与百年战争的宿敌英国相争的胜利，真实情况不如说是象征着法国皇家与封建诸侯相争而取得的胜利。其后贞德被处以火刑，再往后，年轻的元帅吉尔斯·德·莱斯在失意中逐渐远离战场。作为生来便与劳动无缘之人，吉尔斯此前将重骑兵队的浴血之战视为一种适合贵族身份的绝佳游戏；此后，他也因为极端的挥霍、贵族式的裸露兴趣、对戏剧性事物的喜好以及不断以豪言壮语夸耀中世纪精神而未曾停止彰显自己那天真的自我主张。

乍看虽然没有伴随战争本身带来的全面破坏，但挥霍本身同样是种"过度的游戏"。吉尔斯没有停止游戏，只是更改了游戏的领域，是个"永远在做游戏"的孩子。乔治·巴塔耶以未开化社会那具有破坏性的赠予礼仪"potlatch"（那是种极端的浪费）为例，从吉尔斯身上清楚发现了这种极端的炫耀、虚张声势、为所欲为的强烈原始本能。而且仅在两三百年前，在西欧中世纪的骑士道中，它甚至是种作为美德榜样而获得称颂的特性。

不过，吉尔斯·德·莱斯这样的男人仍然还停留在未开化社会的各种反应中。事情如果发生在 12 世纪的贵族

身上尚且能够完全理解。利穆桑[1]的宫廷建成使用时，12
世纪的一位骑士用锄头挖开土地，并在里面埋下银币。另
一位骑士对这种挑衅的回礼是用（数量庞大的）蜡烛来生
火做饭。此外，某一位骑士出于"虚张声势"的目的而命
人将自己的马活生生烧死。这样我们就能明白无误地知
晓，与德·莱斯那令人费解的浪费相对应的这些炫耀行为
意味着什么了。

　　　　　　　　　　　　　——巴塔耶《吉尔斯·德·莱斯》

　　无论形式怎么变化，在战争抑或和平时期的浪费中，
吉尔斯那孩子般的——用赫伊津哈[2]的话说就是优秀的
中世纪式的——游戏精神是贯穿始终、未曾改变的。虽
然听起来如同悖论，但这个虐杀幼子之人一生中的所有
瞬间都是一个真正的中世纪人，也始终是个"游戏之人"
（Homo Ludens[3]）。是时代背叛了他。当大贵族、高位圣职
者、大资产阶级三位一体形成的王权行政机构在全国三
级会议[4]中固定下来时，像他这样的贵族迟早都会被消灭。

---

1. 利穆桑（Limousin），位于法国中部，中央高原西北部的地区。
2. 赫伊津哈（Johan Huizinga，1872—1945），荷兰历史学家，重视研究历
史上的非合理性因素，在文化史、精神史方面皆有所成就。
3. Homo Ludens，荷兰文化史学者赫伊津哈在其著作《游戏的人》中提出
的概念。
4. 全国三级会议，指由教士、贵族、平民议员组成的法国的身份制议会。
于 1302 年成立，1614 年因专制王权的确立而中断。1789 年为研究解决财
政危机的办法，召开了以第三等级平民为中心的国民议会，点燃了大革命
的导火线。

现代的诗人批评家亚历山大·霍切毕茨在其独特的吸血鬼理论之中得出结论，认为吸血鬼正是被资产阶级征服的封建大贵族，事实也确实如此。法庭传唤吉尔斯，以沉溺异端魔术为主要理由宣布了对他处以火刑的国家判决，该行为出乎意料地成为在吸血鬼胸口插入木桩这种时代思潮的先驱。

　　瓦拉几亚的领主弗拉德伯爵死后，与巴尔干地区传统信仰中的恶魔形象融为一体。出生于布列塔尼的吉尔斯也渐渐被人们视为了当地独特的吸血鬼传说中的主人公——"蓝胡子"。时至今日，布列塔尼的民众们仍然心怀恐惧地相信并畏惧着他的存在，而这恐怖情绪之中，也让人怀疑，或许还有一丝期待之意。这个神秘人物不知为何总让我产生一种念头：他是否只是戴着蓄有茂密蓝胡子的恐怖大贵族这个精致面具，而其真实面目则是日本的少彦名神[1]或一寸法师[2]那样的少年神？至少蓝胡子＝吉尔斯·德·莱斯的观点与吸血鬼一样，毫无疑问是在基督教式倒错那面扭曲的镜子中映出的怪物。

　　巴塔耶认为，基督教对继承古代日耳曼狂战士（Berserker）衣钵的日耳曼骑士制度的影响终于在13世纪

1. 少彦名神，日本神话里的神，身材矮小，带有强烈的谷灵性质，与大国主神共掌国土经营，作为医疗、温泉、酿酒之神受到信仰。
2. 一寸法师，日本室町时期的民间故事中的人物，身长只有一寸，却巧妙地带走自己爱慕的主人之女并降服了鬼怪，并以从鬼怪处夺来的槌子令自己的身体变大，后入仕途，官至中纳言。

左右开始显现，而此时与吉尔斯·德·莱斯的时代相隔不足两个世纪，这个事实值得重视。确实，吉尔斯持续保有古代日耳曼人的拟古主义[1]精神与孩子气，而受到基督教教化的社会中的道德者从他身上看到了怪物属性，这样说也未尝不可。但这种怪物属性是孩童的怪物属性。因此，"神圣的怪物属性"（巴塔耶）的矛盾状态就此形成。

那么最重要的是，吉尔斯的性癖异常与嗜血癖是怎么回事呢？巨细无遗的记录可参考巴塔耶的著作，在这里我们就列举的男仆普瓦图（Poitou）的证词来看看吧，他在那场前所未闻的疯狂宴会上担任助手。根据普瓦图的证言，吉尔斯因杀害幼儿和实施降魔术而被逮捕（1440年9月15日），以同样的罪名，魔术师普勒拉蒂、厄斯塔什·布兰榭、管家亨利埃，以及普瓦图自己也被作为共犯，一同逮捕。接受教会法庭与世俗法庭的调查之时，以下内容就是普瓦图在接受后者讯问时招供的内容。普瓦图回答说以下的惨剧场面中有三十六到四十六个幼儿的头颅滚落，接着说道：

在凌辱我刚才所说的孩子时，无论男孩女孩，（吉尔斯）都要以违反常理的方式玷污他们。……他燥热淫猥地兴奋起来，最后把精液射在孩子们的小腹上。

1. 拟古主义（Archaïsme），形容在文学、美术中为了加强其效果，有意识地采用已经过时的古代表现方式或风格。

　　有时候，那位大人为了让孩子们死得慢一点，会在他们脑袋后留下割伤，这样做会让他异常兴奋。也有时，在他们死后，他会问大家：哪个孩子的头最漂亮呀？

　　证词最后部分的陈述描写尤其令审判当局感到激愤。用如此冷血的残虐来刻意贯彻其时代错误般的孩子气的自我，对生命、对事物的保存积蓄大抵都不屑一顾，只是一味强夺，并且对强夺来的事物不进行分秒地占有而是立刻破坏，令其归于无，为此，他不间断地持续强夺。这种热情之谜，最终只是个难以窥破的深渊。不过奇妙的是，这个极恶之徒的处刑之日，据说行进至刑场的大量民众为这位——将他们视为蝼蚁的——大贵族付出了怜悯之情，一面祈祷，一面吟唱着圣歌，肃然跟随着队列前进。他们究竟在这个死刑犯迈向死亡的形象中看到了什么呢？

巴托丽·伊丽莎白
(Ecsedi Báthory Erzsébet)

　　1440 年，吉尔斯·德·莱斯在被处决之前曾表示："我自身所做的一切，是世人从未犯过、今后也不可能犯下的，我便是诞生在这种命运的星辰之下。"然而没想到这戏剧性的发言在不过一百多年后，就以一位浴血之人为反

证而被推翻了。无论从数量上看还是从残虐的性质上看，
都远远超出吉尔斯的杀人魔在 16 世纪末的喀尔巴阡山脉
（不可思议的是这里也是吸血鬼的名产地）一隅出现了。
她的名字叫巴托丽·伊丽莎白，是出生于匈牙利名门贵族
之家的美丽伯爵夫人。

巴托丽夫人的恶行在某种意义上与吉尔斯极度相似，
却又在某种意义上与其完全相反。爱好男色的吉尔斯主要
偏好以少年为受害者，与之相对，同样属于同性爱倒错者
的夫人因为是女性，其手刃的活祭品也几乎都是年轻的处
女。正如吉尔斯有以表兄希耶（Sillé）、普勒拉蒂为首的
助手作为帮凶，伯爵夫人也有乳母伊洛纳、女管家多萝缇
雅、倭人[1]菲茨克等老太婆或畸形人当助手。他们想出各
式各样的恶行来讨女主人欢心。顺便一提，涩泽龙彦氏曾
为巴托丽夫人写下极为有趣的传记性随笔，对比了二者的
形象，并对其中的差别进行了简洁的归纳，在此且借用他
的观点。

这位女性的鲁莽大胆，让人想起弑杀婴儿的吉尔
斯·德·莱斯对炼金术的疯狂探索。不过，必须强调的
是，吉尔斯与她之间有一个决定性的差别。吉尔斯总是将
目光投向恶魔乃至神，是个具有梦想家气质的男人，每当

---

1. 倭人是古代中国人对日本人的称呼。联系后面的"老太婆或畸形人"来
看，此处的"倭人"（わじん）极有可能是"矮人"（わいじん）之误。

犯下罪行都会受尽悔恨之念的折磨。而与之相对，伯爵夫人的心中却仿佛丝毫没有对彼岸的恐怖或憧憬，悔恨的念头也从未萌芽。

　　人类真正恐惧的并非死亡本身，而应是被称为混沌（Khaos、Chaos）的虚无之兆。在生命的最后阶段进行悔悟，愉快地步上火刑台的吉尔斯在这一点上是十分具有人性的。然而伯爵夫人直到最后都置身于恐怖虚无的黑暗中，被名为自我的唯一奢华包围着，在孤独中死去了。像她这样极端的自恋者（Narcist）、极端的自我中心主义者，世界上大概找不出第二个了。

——《世界恶女物语》

　　被她血祭的受害者数量远远超过了吉尔斯。确切的数字虽无法确定，有人说是六百一十人，但至少可以肯定是超过了六百人。

　　巴托丽·伊丽莎白的一生，几乎从她一来到这个世界开始，就给人以阴森异样的病态印象。16世纪的匈牙利虽然是带有浓厚中世纪色彩的封建国家，但其中的巴托丽家族着实是与哈布斯堡王族（Haus Habsburgs）因缘甚深的古老名门望族。巴托丽家族的起源可追溯到13世纪，其祖先是被冠以"bátor"（勇者，强者）之名的布里奇乌斯（Briccius）。从那以后，以勇猛骑士为祖先的一族为了保护广阔的领地与无尽的财产不受分割，每代人都重复进行近亲结婚。就这样，巴托丽家族虽得以顺利保有高贵的血统与庞大的资产，同时却也继承了不祥的癫痫家族遗传病。伊丽莎白作为这极端自闭的苍白之血的末裔，是由母亲安娜（Somlyói Báthory Anna）与其表兄乔治（Ecsedi Báthory György）于 1560 年所生。

她的幼年环境仿佛已经预示了后来的噩梦那般病态。少女唯一的玩伴是哥哥伊斯特旺（István）。他是一个变态者、性偏执狂、染上虐待动物恶习的施虐狂。而与她更亲近的乳母则是农民出身，每晚在她床畔为她讲述故事，内容尽是些狼人、吸血鬼、魔女夜宴、满月之夜等巴尔干内陆深处的恐怖民间故事。这个阴郁孤独的少女从那些黑暗的民俗故事中生长出了什么样的妄想之翼，似乎不难想象。

在城堡中的生活所见也大都是异常的光景。如同象征着巴尔干那阴郁风土与粗暴多血质之人的气质一般，巴托丽家族的纹章图案是狼的牙齿，一切事物都凶暴而粗鲁。少女偶尔跟着大人们参加狩猎，会在那里看到用尖锐牙齿撕碎猎物、露出其内脏的凶狠猎犬们。散步途中，也可能遇上家族成员拷问下层民众的场面。既有用木桩实施的死刑，也有将马的前胸切开，把活着的罪人整个儿塞进去缝合起来，只露出头，令其缓慢死去——这样凄惨的处刑方法她也目睹了。很快，不用她自己询问，便听闻了家族世代的女人之中有多少人患有淫乱症或是又有多少人毒害自己丈夫这类可怖的家族实情。

当年满 11 岁时，在近亲中找不到适当婚配候补者的伊丽莎白与少年贵族纳达斯迪·费伦茨（Nádasdy Ferencz）订下婚约，并根据惯例，由费伦茨的母亲纳达斯迪·欧尔绍尧（Orsolya）负责教导她。未来的丈夫费伦茨也出身于世家贵族，比她年龄大五岁，但那时的他已经站在了与土耳其交战的前线，无论是当时还是此后都时常不在家。结婚典礼于四年后的 1575 年，在瓦兰诺（Varannó）的城堡举行。伊丽莎白当时 15 岁。然而，据说新郎并未在新房的床上教给她任何与性生活有关的事。传闻在前一年，也就是伊丽莎白 14 岁的时候，她就已经和附近某个村民发生了不正当的肉体关系并产下了不伦之子。

婆婆欧尔绍尧是个严格的妇人。她对婚约中的少女进行了严厉的管教，教导她拉丁文的读写与家事的操持方法等内容。然而这颗眼中钉在她结婚的第二年便去世了，从此，她获得了无限的自由，可随心所欲地支配莫大的财产，享受无上的权势。同年，她的伯父艾奇恩努（Etienne）坐上了波兰的王座，以地位愈发上升的巴托丽家族之荣耀为靠山，伯爵夫人的权势也越来越大了。

虽然坐拥着富足的财产与荣誉，伯爵夫人的生活却孤独得无以复加。结婚后，她将新居选在了纳达斯迪家族名下的一座位于小喀尔巴阡山脉内地、远离人烟的孤城——挈伊缇（Čachtice 或 Čachtický hrad）。虽说是她自己将这座连热衷社交之人都不愿靠近的孤城选为住址的，但除了经常不在家的丈夫，身边只有服侍她的下层贵族之女与农民出身的侍女陪她度过单调无趣的枯燥生活，这对原本尊贵的年轻贵妇而言想必是难以忍受的。

伊丽莎白领着仆人们整日在镜前度过。她长得很美。纤细通透的苍白脸颊，漆黑瞳孔中投射出的眼神不时奇妙地固定在人或事物之上。她额头很高，头发是栗色，下巴有些微反翘，嘴唇抿得很紧。她很喜欢自己的身姿，十分享受在镜子前搔首弄姿的过程。

她对化妆和穿着都极其用心。几乎整个白天她都坐在镜子前盘头发、打理衣饰，将首饰拿上拿下地进行配搭。伊丽莎白对自身装扮的执着，不禁让人想起梅达尔德·博斯[1]的话："男人的恋物主义是指向别的对象，而女人的恋物主义总是指向她自己的身体。"的确，就像儿童房里的孤独少女不厌其烦地为人偶梳头、替换衣裳就能度过一整天，伊丽莎白则是以自己这个美丽的人偶为对象，终日沉湎于孤独的人偶游戏。挈伊缇城堡那与人世隔绝的荒凉孤独，似乎出人意料地成了她这种停滞不前、极端自闭的自恋主义绝无仅有的象征。

被囚禁于镜子中的自恋主义者、有生命的美丽人偶伊丽莎白虽然热切渴望着他人的目光能集中在自己身上（事

---

1. 梅达尔德·博斯（Medard Boss，1903—1990），瑞士精神医学学者、精神分析学家。

实上是集中在作为自己作品的自己身上），渴望被赞美、被疼爱，但她大概从未想过要去爱别人。当然了，人偶不可能具有爱人的能力，只有被爱、被玩弄而已。她当然也会顺便诱惑各种男人，无论对象是贵族还是平民，她将匈牙利那漫长严冬的夜晚耗费在与之滥交上，但那只是为了以这种方式确认男人们对自己这个美丽人偶的关注，是自恋主义的产物，与异性爱想必有着很大的差异。

恐怕在她与男人交欢之时，自己这个精心制作的色情作品被男人的手触摸、在他们的爱抚下颤抖并令对方的情欲愈加高扬，她也冷冷地注视着这个完美的鉴赏过程吧。有着明显同性恋倾向的她甚至可能是个性冷淡的人，与男人交合的过程不可能让她获得趣味和欢愉。不过很快，就连这些充当人偶鉴赏家的不伦之人也开始避开她了。当装扮完美的伊丽莎白出现在舞会中时，即便她大胆展露出同样完美无缺的媚态，男人们也不知为何，像遇到爬行动物一样畏畏缩缩。此时，这个被困于冰冷的自我陶醉中的贵妇越是表现得完美迷人，男人们也就越是感到害怕。

这个时期，她的嗜血癖尚未表现得十分明显。不过在镜子前度过的时间里，倘若有侍女不小心做错事的话，她就会像个被别人弄脏、弄伤、弄坏了人偶的少女一样转瞬发狂。如果衣物的准备出了差错，就用裁缝针刺女缝工的胳膊；如果出错的是准备贴身衣物的女缝纫工，就用烙铁烫她的皮肤；如果出错的是刺绣女，就用剪子割她的肉，在她身上涂上蜂蜜，吸引蚂蚁。

她第一次杀人是在什么时候呢？令人惊讶的是，在恶事被揭露、助手们被逮捕讯问之时，竟然没有一个人清楚地记得确切时间，实际上也根本没人在意。总之那是一个阴郁的午后，连日来苦于祖传癫痫病的头痛而卧床休息的伊丽莎白，脑海突然被一种强迫观念占据，认为这激烈的疼痛必须要靠杀人、靠用指甲掐扭并撕裂谁的肉身才能平息下来。她立刻唤来身边伺候的几个可爱年轻的侍女。

接着，恐怖的情景接连出现。她突然像狼一样扑向女孩儿们的咽喉，一个接一个地咬断，并用指甲抓她们的脸。雪白的床单沾满令人难以置信的大量血迹，积成一个个血洼向外扩散。"就在这个瞬间"，伊丽莎白的传记作者克劳德·瓦林（Claude Vallin）写道，"在比深沉的睡眠更先到来的痉挛中，伊丽莎白在满是鲜血的漩涡中兴奋起来，她发现了自己在这个世上最爱也最憎恶的对象，即她自身，有着对另一个女人进行破坏和损伤的无穷欲望"。

接下来只需要增加受害者，使施虐更加精炼，并钻研一个又一个崭新的杀伤方式就行了。以丑老太伊洛纳为首的三位助手，以及大量沉默的共犯们都对此进行了协助。奇妙的是，村里的人明明知道伯爵夫人的恶行，却严守秘密、缄口不言，简直是"在城堡周围的各个地方都筑起了不可思议的沉默之墙"（C·瓦林）。想必也有仆人在走过厅堂时看到自己妹妹或恋人的尸体被挂在那儿，也有为了一点点钱而出卖女儿的母亲。但他们不知是因畏惧巴托丽家族的权势，或是受到一如字面意义的集团性施虐·受虐（Sadic·Masochisim）的残虐束缚，没有一个人向外部泄露秘密。相较于两个世纪后，仅仅因为给街娼吃了注入春药的酒心巧克力（Bonbon）并鞭打对方便成为丑闻当事人的萨德侯爵，自然是有着天壤之别。对附近的居民而言，浴血的伯爵夫人不再是一个人，她大概已经成了如人偶般面无表情、因盲目渴求着血之献祭而活动的无机质杀人机器，几乎存在于超越宗教的恐怖之中，并受到人们的畏惧。

为了满足她的嗜血癖，人们还发明了各种机械。例如血沐浴和有名的血浴缸。

血浴缸被构思出来的时候，她的丈夫费伦茨已经辞世了（1604 年，当时伊丽莎白 44 岁）。在中年也开始走下坡路的这个时期，她似乎开始相信血液具有魔术般的美容效果。无论如何都必须破坏别人的美来保持自己的美，因此才有了血的沐浴。也因此，以挈伊缇为中心，在她所拥有的萨尔瓦（Sárvár）、别科（ベッコ）、克雷次托尔（Kerestur）等地的城堡地下室里，必有十多位处女被蓄养起来作为血浴缸的供应源。

夫人出门旅行的时候也会带上数名女子同乘马车。她为了与哈布斯堡家族进行交际而时常访问维也纳，住地则是在王宫近旁租借的宏伟别墅。每到夜里，从黑暗里传出的恐怖尖叫使隔壁的修道院的居住者们都陷入不安。在依拉瓦（イラーヴァ）的严冬之日，她让人用水从头到脚浇灌全身赤裸的姑娘们，看着她们一点点变成冰雕，以此取乐。

伯爵夫人的恶行之所以被公开，是因为她杀死了一个下层贵族的女儿。让平民流多少血都不为过，可若是毫无根据地浪费高贵之血，便会被处以极刑。偏巧那个时代对她不利。在对巴托丽一族多方照料的马克西米利安一世之后继承王位的是皇帝鲁道夫二世，他作为艺术、占星术及炼金术的爱好者广为人知。在他的统治时期，哈布斯堡家族对巴托丽一族尚算客气。然而，爱好神秘主义的鲁道夫却因误中奸计而被逼退位，并被关押进布拉格的城堡塔中。其弟马蒂亚斯继承王位之后，状况便骤然发生变化。巴托丽家族一直作为新教徒的核心睥睨着巴尔干地区，而疯狂的天主教徒马蒂亚斯早就对他们十分嫌恶，一直在等待令其失势的机会。

以伊洛纳为首的助手们被逮捕并被判处了死刑。因当局忌惮在凡俗大众面前公开处死贵族，伯爵夫人免去一死，终身被囚禁于挈伊缇城堡中的一个房间里。

房间相当大，门窗上到处涂满了灰浆，仅仅留出一个提供食物的小口子。在那里，巴托丽·伊丽莎白如字面所示地以生者之姿被埋葬。监禁实施之前，她让人把自己平日常用的特制大镜子从维也纳送来。如今在没有鲜血，唯有屎尿与残羹剩饭之恶臭的坟墓中，夫人在烛台的昏暗灯光下正好能昼夜不分地沉醉在镜中浮现的自己的身影中，继续活了一段时日。在接受审判三年后的某一天，于愈发深邃的黑暗中，她一定看到了镜子里自己身影消失的画面。这个活着的人偶，同时也是作为作品的人偶与人偶师这两个人物的镜像与实体的分裂，在那一瞬间，终于暧昧不清地在漆黑中彼此溶解，化作一体。

时为1614年8月，浴血的伯爵夫人享年54岁。

约翰·海因
（John Haigh，伦敦的吸血鬼）

1949年8月10日，英国旺兹沃斯（Wandsworth）监狱对一个刚满四十岁的男人实施了绞刑。他是一个世所罕见的杀人魔，从1944年到1948年的四年间，他先后将九名男女受害者依次诱入自家地下室进行殴杀，割断他们的喉咙饮血，并将遗骸丢进装满硫酸的浴缸中溶解得无影无踪。他的名字是约翰·海因，事件被揭露以来，媒体似乎更喜欢用"伦敦的吸血鬼"这个别名来称呼他。确实，约翰·海因属实算是现代最可怕的吸血鬼了。

既非中世纪的封建领主也非大贵族，约翰·海因只是一介普通的销售人员，可他为什么杀死了这么多人呢？海因并不是开膛手杰克或彼得·库尔腾那样的道路杀手[1]，也从未在黑夜里或森林中袭击过素未谋面的男女。他的受害者，毫无例外都是凭借自己的意志自愿走进那个地下工作室的。即便算不上朋友，海因也常常在事前便与受害者建立了比较亲密的人际关系，这一点非常惊人。这个杀人犯恐怕具有一种奇妙的魅力，哪怕是第一次见面的人也会立即被他俘获。

行刑前夕，他写下了一系列回忆录。虽未受过大学教育，他却拥有相当好的教养与智慧。回忆录虽然略显稚拙却文体清晰，对事件也进行了巨细无遗的记述。比起事件本身的恐怖和残虐，读完之后更让我们感到惊讶的是记录这些过程的精神里所蕴含的无法评述的神秘性。说句可能会招致误解的话：如果命运的车轮稍微出现一点点偏差，这个杀人魔或许能成为布莱克[2]那样的幻视性艺术家，抑或高级圣职者——回忆录之所以让人产生如此联想，是因为它带有壮大的、几乎是宗教性格的强力光辉。

最令人感兴趣的是，回忆录中除了明确的自我分析，还一同记述了海因心理内面那彻底的二重性。天才欺诈师与毫无所求的热情杀人犯、唱诗班少年与吸血鬼、怜

---

1. 道路杀手（通り魔），指毫无理由地加害路人的凶徒。
2. 布莱克（William Black，1757—1827），英国的诗人、画家、铜版画制作者，代表作有诗集《天真与经验之歌》（*Songs of Innocence and of Experience*）、复合艺术品《Jerusalem》。

爱动物与弱者的温柔灵魂与跟随至高无上者之命而从高处俯视蝼蚁般人类并对其进行蹂躏的超人幻想，在这个男人体内互不相干却又不证自明地并行不悖。海因直到生命最后一刻也未曾悔悟。假设第九位牺牲者杜兰·狄克恩（Olive Durand-Deacon）女士的事件未被发觉的话，想必即使有更多受害者被送上祭台，事态也不会有任何变化。海因与吉尔斯·德·莱斯那样富有戏剧性的经历无缘。他拥有的与其说是人性，倒不如说是疯狂的宗教性。他效命于某种至高无上的存在，充分利用了自己纤细的手指与巧妙的口舌。

海因最初犯下的罪行是杀害图厅（Tooting，伦敦郊外）的娱乐场所经营者威廉·唐纳德·马克·斯旺（William Donald Mark Swan）。奇怪的是，成为这次犯罪动机的，是后来也在他睡眠中反复出现的一个怪梦。正如他自己所说的那样，要理解这个带有预言性质的梦的意义，必须追溯到他的幼年时期。这个成为血案前奏的奇特之梦的故事暂且放到一边，首先让我们从海因幼年时代说起吧。

海因的母亲曾是梦境占卜的名人。她相信从梦中可以预见未来的一切际遇，收集了很多判梦的书籍并热心地投入研究之中。事实上，预言确实成真了。她正确预言了自己双亲的患病与死期。海因深受她的熏陶，当然自小便习得了她那些预感能力和梦境占卜的技术。在此后海因犯下的案件中，梦与现实所占的比重也几乎是等同的。

在他少年时代的梦境中，成为后来固定观念的梦有两个。一个梦是关于十字架上受尽百般折磨的耶稣基督。当时的海因是维克菲尔德（Wakefield）一所大教堂的唱诗班少年。每到夜里，当他躺在床上闭上眼睛，白天在教堂祭坛上看到的饱受磔刑[1]的基督之姿便会在他脑中清晰浮现。那是一具头戴荆棘王冠，伤口正在流血的赤裸肉体。"我陷入了恐惧之中"，海因如此回忆道。

另一个梦里，海因自己组装了一架能无限伸缩的梯子，并用它爬到了月亮上。在月亮上面，他俯视脚下的地球，好像个圆球似的球体。海因的自我分析是对的："这个梦意味着什么呢？我认为，它表示我想趁活着的时候干些大事，完成一些远超世间寻常之事的大事。"

12岁的时候，海因偶然发现了自己的嗜血癖。他因为不小心用金属制的梳子弄伤了手掌，于是就用舌头去舔舐伤口。那黏糊糊还有点咸的温热液体突然令他陷入一种难以名状的恍惚状态。那次体验是"整个生活的革命"，也是启示。血对他而言是生命，是生命这种存在本身。

就这样，一次偶然跨越了几世纪的文明，将我带回到那个生命须从人类血液中汲取力量的神话时代。我意识

1.磔刑，指将耶稣绑在十字架上刺死。

到，我属于吸血鬼一族。为什么？为什么是我？我无处知
晓其理由。

　　和其他少年一样，海因也经历了常人会经历的性事。
不过，在与少女接吻的时候，海因突然无法抑制地咬破对
方的嘴唇，舔舐起那里流出的鲜血。他认识到必须想办法
压制这种冲动。但很快，决定性的事件发生了，一切试图
预防的努力都成了徒劳。

　　1944 年的复活节那天，在开车旅行经过萨塞克斯
（Sussex）的时候，他的车在斯里布里奇斯与一辆货车发
生了撞击。车子翻倒，海因的头部受了重伤。当他终于从
车里爬到外面时，伤口的血已经流到了他嘴边，于是他把
这些血喝掉。当天晚上，他做了个恐怖的梦。

　　梦里他在一个林立着无数十字架的森林中。十字架不
知何时都变成了树。每棵树上都挂满了不知是露水还是雨
滴的液体，走近一看，竟然是血。下个瞬间，整片森林仿
佛挣扎扭曲着身体，树木流出大量血液。血水不断渗出树
干，从染得通红的枝干上滴落。海因感到一种遍及全身的
无力感。正在这时，他发现一个男人在树与树之间来回走
动，用酒杯收集着血液。当杯子变满时，男人朝他走来，
对他说："喝掉它！"海因如同被鬼压床了一般，喉咙干渴
得厉害却动弹不得。这个宛如超现实主义画家绘画作品的
梦幻（Onirique）之梦到这里就结束了。

海因杀死威廉·唐纳德·马克·斯旺的时间点，几乎就是在这场车祸以及随之而来的怪梦之后。

其实斯旺第一次和他见面是在 1936 年。当时海因刚从第一次欺诈罪的服刑中获释。他在报纸的广告上看到了斯旺刊登的那则招聘图厅娱乐场管理人的信息，于是便去面试了。他在斯旺手下工作了一年就辞职了，因为靠欺诈赚的钱比这多得多。不过他运气不好，很快又因为一连串欺诈行为被举报，接着便在监狱里待到了 1943 年 7 月。

出狱后的海因又碰上斯旺了。这时的斯旺已经存了一小笔钱，打算开个小公司。因为海因刚好干过同样的工作，斯旺便把他当成了协商对象。并且，年轻的斯旺极其害怕被征兵，几乎患上了神经症，他对海因透露说自己想藏起来。斯旺甚至还把海因介绍给自己年迈的父母。1944年秋，两人成了时常见面的朋友。很快，海因便找到了机会，招待他前往自己那间位于格洛斯特街 76 区的"工作室"。

关于杀人的那个瞬间，海因几乎不记得了。似乎是先用坏掉的桌腿或煤气管道的管子打死了斯旺，接着便用刀子切开他的喉咙。海因想要饮血，但该怎么喝他还不知道。于是他先把尸体拖到洗手池上，用玻璃杯去接流出的血，但这个方法并不太顺利。他便直接把嘴唇凑到对方的伤口上，慢悠悠地吮吸起来。血顺利地流进口中，海因感到了深深的满足。"那个夜晚，"他写道，"我又梦到了那个森林里的酒杯。不过这次，酒杯攥在我的手里，我像现实中一样尽情喝饱了血。我一醒来，就对刚才发生过的事情充满憧憬。我问自己，究竟怎样才能到达那里？"

也就是说，梦与现实完全逆转了。他在预言之梦里明明那般渴望吸血却无法实现。而这次，在犯下罪行之后，现实中的吸血行为又变成了梦。梦在现实中泛滥，终于，令人惊讶的事发生了——现实成了梦的对象。

尸体如何处理是个问题。海因在第二次服刑时从事过马口铁加工的劳务，因此懂得硫酸的使用方法。有时候他会同在室外劳作的犯人们达成协议，拿走他们抓到的野老鼠丢入硫酸槽里，看着它们一点点消失无踪，来以此解闷。出狱后，他也为了加工汽车的零件而在地下工作室储备了相当数量的硫酸。但只有硫酸也不行。他在墓地找到一个金属制的大桶运了回来，为了搬运还不得不借了辆自行车。将尸体放进硫酸时冒出了大量的白烟，为了呼吸新鲜空气，他不得不走出房间。

回来的时候，尸体已经完全溶解了。海因便打开下水道的盖子，把溶液倒进去。斯旺先生的残骸很快就从伦敦市的河口流向了外海。

先不提海因的第二个受害者，第三、第四桩犯罪与杀害斯旺有着密切的关系，因为这两位受害者是斯旺的双亲。

杀死斯旺的第二天，海因拜访了斯旺的父母，告诉他们斯旺因为想要躲避征兵而藏了起来。接着他模仿斯旺的笔迹，伪造埃塞克斯（Essex）邮局的邮戳，给斯旺的父母寄去了好几封冒名斯旺的信件。他的笔记伪造技术后来被伦敦警察厅的鉴定专家们称为"欺诈犯罪史上的杰作"，以这种技术想要骗过一对老年夫妇的眼睛简直是不费吹灰之力。

期间，海因像是顺便似的犯下了第二桩罪案。受害者是位女性，时间距离他第一次杀人大约有两个月。他在汉默史密斯街的桥上邂逅了一名三十岁左右的女性，栗色头发，中等身材。海因对她发出邀请，她立刻就同意了。到家后，他便殴杀了女子并喝光了她的血。尸体的处理方式与第一次相同。

马克·斯旺老夫妇是在同一天被杀的。这时候，海因为了硫酸的防烟措施而开始使用防毒面具，也带上了橡胶手套，穿上了长筒靴。为了保护天才伪造家的这双细白双手，他显得相当神经质。警察对斯旺一家的凭空消失并未产生特别的怀疑。虽说是在战争时期，又或者说正因为是战争时期，在对居民管制尤其严格彻底的当时，这属于异常的疏漏。不止如此，海因还使用他得意的书信伪造技术，将马克·斯旺家的遗产4000里弗尔全部弄到手了（因为最初的失误，实际到手大约是在两年后）。

第五位被害者与第二位一样，是个素不相识的过路人。这位名叫马克思（Max）的年轻男子，照样被海因诱入地下室并杀害。在他制造的连续杀人事件中，最突出的应该是第六、第七件杀人案，即亨德森夫妇事件。

在海因的回忆录中，亨德森夫妇事件如同一则短篇小说，以阿拉伯式纹样般华丽而又凄苦的人生为背景，开端结构严密，剧情展开后又突然发生转折，迎来最终结局。由此可见，从各个方面来说，海因都是个杀人艺术家。

阿奇博尔德·亨德森（Archibald Henderson）是为伦敦上流社会服务的有钱医生。妻子萝丝（Rose）是曼彻斯特的医生之女，二十多岁时曾参加选美比赛，肖像照片还曾登上报纸版面，造成轰动。亨德森夫妇二人都是再婚。阿奇博尔德的第一任太太年纪轻轻就去世了。萝丝的前夫是第一次世界大战中那位戈林[1]担任队长的里希特霍芬[2]飞行队的飞行员之一，大战结束后在英国定居，与萝丝离婚后又回到了德国。与这对夫妇相识以后，海因对他们的生活进行了细致入微的调查。尤其是萝丝与其曾是飞行员的前夫艾伦（Allen）曾在肯辛顿（Kensington）一家名为昂斯娄·科特（オンスロウ·コート）的酒店入住这一点，对他而言是个奇特的巧合，因为海因也曾在肯辛顿居住过。

---

1. 戈林（Hermann Wilhelm Göring，1893—1946），德国人，作为希特勒的纳粹党领导人，负责重建空军、策划扩充军备和经济自给自足化。二战后被列为战犯，行刑前自杀。
2. 里希特霍芬（Richthofen，1892—1918），一战期间德国的飞行员，绰号"红色男爵"，曾任第一空军联队指挥官。

海因与这对夫妇是通过报纸上的房屋广告相识的。亨德森想售卖拉德布鲁克（Ladbroke）街区的一座房屋，夫妇俩要价 8750 里弗尔，海因却提出要以比他们的要价还高出 2000 多里弗尔，即以 15000 里弗尔的高价购买。夫妻俩惊呆了。萝丝当时和她的兄长阿诺德·博林谈及这个奇怪的买家时，几乎是欣喜若狂地将这个天才欺诈师当成了白痴。阿诺德却和她不同，是个思虑颇深的男人。当萝丝告诉他"我刚才见到了世界第一的白痴"时，阿诺德劝诫道："说这种话的男人才更需要警惕。"最终，阿诺德的预感应验了。

不必说，海因提出的交易请求不过是为了接近这对夫妇而捏造的借口（"这是接近他人的好办法。我时常使用它"）。卖房一事虽然以海因这边没能凑够资金为由而作罢，但他与亨德森夫妻俩的关系此后也继续深化着。三人不时会在夫妻俩位于阿尔哈姆的家中聚会。海因用客厅里的钢琴弹奏勃拉姆斯[1]的乐曲，夫妻俩则陶醉地聆听。富裕的医生夫妇与拥有白皙细长手指的不动产中介欢聚一堂的这幅光景，实则却是漂浮在恐怖海面的豪华游轮中一场极其短暂的宴会。

在他人眼里，海因只是这个欢乐之夜的客人，而对海

---

1. 勃拉姆斯（Johannes Brahms，1822—1897），德国浪漫派作曲家，尊重古典主义的传统，与瓦格纳、李斯特等形成对照。其作品除了交响曲、小提琴、钢琴协奏曲，还有安魂曲、舞曲等。

因而言，主人一家只是血袋，暴露在猎人那正瞄准猎物的冷静无情的视线之下。海因的言行举止虽未露出异常，但若仔细观察，应该会留意到他那过度的若无其事是十分不寻常的。

　　夫妇俩养了一只名为帕特的爱尔兰雪达犬，海因对它的关爱可谓异常。据他所说，帕特让他想起小时候父亲送给他的一只杂种小狗。海因原本就十分喜爱动物，他曾说过："如果被迫选择轧人还是轧狗的话，我大概会毫不犹豫地选择人吧。"视人命如草芥的冷血与对狗的喜爱形成对比，这种对比至死都未曾改变。杀害亨德森夫妇之后，海因唯一感到心痛的就是要把帕特处理掉。他先把狗带回家养了一阵子，接着便把它带到农村的狗屋中丢掉，因为帕特已经成了一只盲犬。即便如此，在死刑执行前，他还无比担心帕特后来的遭遇。而他对人类却自始至终都未显示出如此的怜悯。

　　在此之前，海因对亨德森夫妇的杀意并不明确。恐怕连他自己也并未清晰意识到杀意的存在吧。就像人忽然意识到自己的影子那样，杀意也是突如其来。成为启示的契机仍然还是那个血之森林的不祥之梦。不过在这次的梦里，与之前不同的是，海因吸了一个自己认识的少女的血。他意识到，自己内心隐藏着吮吸熟人鲜血的欲望。他感到有些恐慌，同时也发现自己与亨德森夫妇的交往如同覆上了一层冰冷的纱幕。梦境对于海因而言，是某种至高存在传递的信号。由于命令已经降临，信徒海因便不得不臣服于这血之福音的传道。

虽说亨德森夫妇是以上流社会的顾客为对象的有名医生，拥有华丽的表象，但他们的厨房却十分窘迫。原因之一就是亨德森夫人不加节制地购买高价珠宝与配饰，滥用钱财。转眼间，他们已是债台高筑。阿奇博尔德与萝丝也时常因金钱问题发生争执。海因决定利用这个弱点。

1948年，亨德森夫妇为了休养而旅居在布赖顿（Brighton）的大都会酒店（Hotel Metropole）。而海因这边，每夜那不祥之梦的信号越发紧迫了。因为至高无上的撒旦的催促之箭，海因日渐衰弱。讽刺的是，作为医生的亨德森却很担心海因的健康问题。对海因而言，只要饮下这位亨德森的血，自己的病就会立刻消失，除此之外不可能有别的有效治疗方法。海因制造借口将亨德森从布赖顿引到了自己的地下室，并用事先从亨德森书房里偷出的手枪将他射杀。接着又马不停蹄地回到布赖顿，诱出萝丝。

"阿奇在我家突然觉得身体不舒服，虽然不是什么大病，但他说想见你。于是我就代他来接你了。"

萝丝立刻跟他走了，海因在地下室殴杀了她。那个夜里的血宴奢华至极。海因从两具尸体上吸饱了血，陶醉在无上的满足中。事后的处理也和之前一样是用硫酸。将尸体丢进硫酸槽的时间是星期五，到了星期六中午，美丽的萝丝·亨德森已经变成了一块蜡像大小的砂糖块儿。

　　接着，海因又赶去布赖顿的大都会酒店，支付了夫妻俩的住宿费，并将行李和帕特带回家。当晚，他发挥了自己得意的笔记伪造技术，给萝丝那位住在曼彻斯特的兄长阿诺德·博林写了封精巧的假信。信上说，他们因为资产上的麻烦，要到北非躲一阵子，后续的财产管理暂交友人约翰·海因代为实行。

　　杀害这对夫妇的时间是 2 月 13 日。四天后的 17 日，海因接到了阿诺德·博林从曼彻斯特打来的长途电话，对夫妻俩失踪的原委进行了详细询问。海因回答说，在两人失踪前，他曾借给二人 2500 里弗尔，目前保管着他们的车与全部财产作为抵押。博林并不相信，几天后和妻子一同来到了伦敦。这次访问已在海因预料之中。他以如簧的巧舌应付了局面，但在归程中却发生了一件意料之外的事：博林夫人在亨德森夫妇的车子坐垫下发现了萝丝的记事本。海因立刻解释说，那是自己开车从布赖顿运送行李回来时落下的，但博林夫妇的疑惑并未消除。他们表示，如果到周日，萝丝还不出现，就把事情告诉警察。就在这个瞬间，海因决定了：下一批牺牲品必须是博林一家。

　　海因立刻用萝丝的笔迹给阿诺德·博林写了封信。伪造的信上，萝丝告诉了兄长以下内容：因为金钱上的问题，他们不得不离开伦敦；她虽然很想早点回来，但阿奇（即丈夫）发现了她的想法，威胁她说一旦她离开，他就自杀；不幸之中的万幸是，约翰·海因先生借给他们一笔逃亡资金；她打算想办法甩掉阿奇，在下周末前回到伦敦，在此之前请哥哥不要找她……

信上的邮戳是北非的德班（Durban）。后来被伦敦警察局当局称为"笔迹伪造的杰作"的便是这封信。博林一家立刻就相信了。不过，如果阿诺德能更加慎重一点的话，或许能发现一些奇怪的细节。书信末尾写着代她向阿诺德的妻子安木吉问好，如果是萝丝，通常会写"Mammy"这个爱称。说起来，海因虽然在模仿笔迹方面十分完美，但时常出现拼写错误或是写错地名的问题。他自己也很坦率地承认了这个弱点，即便如此也仍耽溺于一种夸张的妄想之中，这一点可谓非常符合海因的特征。

我也不得不承认自己时常会写错地名。拿破仑也经常犯同样的错误。这种误笔也曾经成为我犯下诈骗后被警察逮捕的契机，因为我在拼写"Guildford"这个地名的时候落下了一个"d"。

总之因为这封信，阿诺德推迟了向警察报告妹妹失踪的日期，并再次联络了海因。不止失踪一事，正好那时他与萝丝的母亲也陷入了病危状态，面临双重灾厄的阿诺德失魂落魄。

他对海因说："无论如何，下周我就去伦敦向伦敦警署报案。"

"明白了。不过在那之前，能否先见一面呢？"

"可以。方便的话，请把萝丝的文件物品一起带来。"

海因无声地窃笑着。

"我明白了。对了，能否把博林夫人和您家的孩子也一起带来呢？如果能见到他们，会是我的荣幸。"

"好。"

"那么，诚挚期盼着您一家的到来。"

"您太客气了。"

这段对话具有奇异的二重性，而对此有所察觉的只有掌握大局的海因一人。听着这些无可厚非的社交辞令，博林能想到的大约只是寻常的家庭小聚会吧。然而海因脑中所想象的，却只有迅速将博林及其夫人、孩子三人一同带往地下室的硫酸槽里，让他们进入死亡阵列这种超乎寻常的奢豪光景。

博林一家因为一个偶然事件获救了。在博林与海因通话的三天后，他的老母亲病逝了。因为要急着准备守灵等事宜，一家人只好将伦敦之行延期了。就在第二天早上，阿诺德·博林在报纸第三版读到了关于富裕的老妇人杜兰·狄克恩女士神秘失踪的报道。在末尾几行，他看到了令他十分意外的消息并当场昏倒。

"失踪当日，杜兰·狄克恩女士在百货商店遇到了一个名为约翰·海因的人。约翰·海因被警察传唤，就此事被讯问了很长时间，并表示将协助调查。"

杜兰·狄克恩女士是约翰·海因的第九名，也是最后一名受害人。因为在亨德森夫妇与狄克恩女士之间还有第八位受害者惨遭他的毒手。那是一位名叫玛丽的法国女性，是在伊斯特本度假地休长假时被盯上的。海因甚至不记得她的姓氏。两人认识没多久，便在黑斯廷斯临海的咖啡厅一起用餐。那是夏末的一个晴朗午后。当落日开始沉入海平面时，海面铺满了红色的光，仿佛被血染红。

"哇，太美了。简直像明信片一样啊！"

海因颇为厌烦地听着这个带法国口音的小姐玛丽发表普通的感想，心中冷不防地"涌起一股神圣的欲望"。眼前的风景也迅速带上了双重性质，中年男人与法国女孩的寻常海边幽会瞬间化作献给神圣之物的燔祭[1]前夜。而在这明信片似的背景下即将实行的仪式真相，也只有作为圣司祭的海因一人知晓。他邀请玛丽到自己的工作室，玛丽很快便同意了。

连最后的供品杜兰·狄克恩女士也从未料到，这个话术高超、礼仪周到的中年男人体内潜伏着"圣性"。她跟海因同为住在肯辛顿某栋公寓的住户，写过名为《主如此说道》的冥想录，是个有教养的虔诚老太太。海因时常和她围绕文学、音乐或哲学的话题聊天。对她而言，海因是个"无可挑剔的青年"。将杜兰·狄克恩女士诱来海因工

1.燔祭，古犹太教将动物作为祭品在祭坛上烧死以献给神的仪式。

作室的理由相当滑稽。老太太因为上了年纪，手指甲已经脱落了。海因提议带她到工作室，说用塑料或别的什么加工一下就可以做出指甲。

海因虽说不上拥有高深的科学知识，但也算是个水平不错的科学通。他的工作室并非只是用于人体溶解实验。被警察逮捕的时候，他似乎正在钻研一种可以预防煤气泄漏的装置。"我正在想办法拯救许多人的性命。而我杀害了仅仅三四个无趣之人的事应该予以保密。人们妨碍了一件拯救大众性命的装置的诞生。"

不只是预防煤气泄漏的装置，海因那奇特而倒错的救世主妄想症，在少年时代那个升天至月的梦以后便一直持续着。这位具有疯狂宗教性的原唱诗班少年之所以响应至高者撒旦的低语，是因为——如果相信他那所谓的告白的话——对那位视无依无靠的可悲生命为蝼蚁并将其踩碎的神之法则抱有怀疑。他对动物无与伦比的喜爱大概也和这种超人主义[1]式的救世主妄想不无关系。

海因开始怀疑神，是以战争中的一件事为契机。第二次服役结束后，海因曾在英国防空队工作过一段时期，要与红十字的护士们一起完成防卫任务。一次偶然的空袭警报响起时，他和一名护士逃晚了。当时头顶已是一片枪林

---

1. 超人主义，是尼采提出的一种思想。他宣称的"超人"是在所谓"上帝死后，该对一切道德文化进行重估"的基础上，用新的世界观、人生观构建的新的价值体系的人。

弹雨，海因立刻跳进门柱的阴影处躲藏。炸弹在近处爆炸。当他回过神来时，发现脚边滚落着方才还和他一起工作的年轻护士的头颅。

那位同事是个非常开朗可爱的人。神为什么会降下如此残虐之事？如今我信奉的已不再是神，而是驱使着我们、在神秘之中操控我们命运的无关善恶的至高力量。

世界突然丧失了意义，脱下基督教式的伪善外衣，进入某种盲目运转、无法预测的力量支配之中。海因一面与这种至高力量同化，一面过着普通市民生活，如字面所示，是栖息在存在论层面上的欺诈师。他屡次在回忆录中述怀，称自己"一次也没有因为利益而杀人"。无论亨德森事件，还是斯旺事件，他诈取对方死后钱财与其说是为了利益，不如说是为了将其作为完全抹除犯罪痕迹的手段。

自认是撒旦使徒的海因，同时也怀有一种怪诞程度远超自恋狂的自我偶像化愿望。他在狱中的时候，便已开始预想自己会作为世所罕有的杀人魔，被做成蜡像放在杜莎夫人蜡像馆[1]中。不，不是预想，而是几近渴望。在那数不清的英雄、天才与杀人魔之列中，这个神圣之物的忠实

---

1. 杜莎夫人蜡像馆（Madame Tussauds），是位于英国伦敦的蜡像馆。如今在世界各地都拥有分馆，中国的香港、北京、上海、武汉也设有分馆。

使徒也必须作成蜡人像永世长存。事实上，海因甚至还为
此写了封极其细致的遗书。若是读一读，便会从字里行间
感受到与他犯下的血腥杀人案不相上下的异样诡异与冰冷
骇人之感。

　　这是一点微不足道的虚荣，但请满足这个临死之人
的心愿吧。我希望能将我在公审期间穿的衣服赠送给我在
杜莎夫人蜡像馆的蜡像。同样，也请为他穿上我的绿色短
袜，系上我绿色格子条纹的红底领带。我热心盼望着蜡像
馆的管理人能时常注意折好我那具蜡像的裤线。在狱中时
它经常被弄得满是褶皱，这很令人不快。给蜡像使用的时
候，希望能保有更贴合的线条。

吸血鬼的画廊

死亡化身为具有诱惑性的怪物袭击人类，这个母题在西欧美术史上是在什么时候被明确描绘的呢？正如我在《吸血鬼的色情性》一章中曾提到的，在牧羊神与裸女们嬉戏玩耍的希腊式古代，大概还没有出现官能性诱惑这种基督教式的罪恶意识。而贯穿整个中世纪的罗马式[1]教堂雕刻中出现的恶魔形象，只要处在位于中心的全能基督的支配下，其形象越恐怖，就越接近与神之国度截然不同的地狱居民。对神之国度的誓约越坚固，恶魔就会更长久地被困于地底深渊，不会出现在地面之上。

　　不过，到了中世纪末期，神之国度的绝对性终于开始动摇，地狱缓缓上升到地上。换句话说，"地狱被世俗化了"（泽多麦雅〈Sedlmayr〉）。

　　用奥尔内拉·沃尔塔的话说，"在整个中世纪德国，死

---

1. 罗马式（Romanesque），11—12 世纪西欧各地盛行的基督教美术风格，含有日耳曼、古罗马、古代东方国家的要素，早于哥特式。厚重的石造建筑与绘画中的小画像富有特色。在基督教成为罗马帝国的国教之后，罗马式教堂成为一些大教堂普遍采用的建筑式样。

亡与生者之间的战斗是英雄骑士的绝望之战"，与之相对，16世纪初期，在北方矫饰主义的汉斯·巴尔东·格里恩（Hans Baldung Grien）的作品中，"女性化的翻译（版本）"登场了。换言之，处于正统信仰制约下的中世纪时期，对死亡（抑或是死神）进行挑衅的都是被选中的男性，即英雄、骑士、圣人等，他们凭借自身的勇武与禁欲精神跟邪恶死亡的诱惑相抗争，并对其进行征讨。圣乔治与龙[1]、圣安东尼与怪物们的战斗[2]便是例子。

　　很快，到了16世纪的矫饰主义绘画中，这种英雄与怪物（诱惑的官能性）之间的战斗变身为女性化的翻译版本，世俗性的裸女取代英雄，与死亡的魔力进行对决。巴尔东科·格林的《虚荣》（《爱与死》，1510年）、《女人与死神》（1515年）、《在开启的坟墓前拥抱裸女的死神》等作品里，面临这种诱惑之死而进入被动防御战的女人们色情的肉体，可谓对中世纪以来英雄骑士形象的戏仿。在尼克劳斯·曼努埃尔·多伊奇[3]的《死与少女》与克拉纳赫[4]的《最后的审判》中，也生动地描绘出在面临死亡的施虐性诱惑

---

1. 圣乔治与龙，指圣乔治（Georgios）屠龙的传说。圣乔治是基督教的圣人，也是古罗马末期的殉教者。圣乔治屠龙的图案也曾出现在英国及英属领地的早期钱币中。

2. 圣安东尼与怪物们的战斗，应该是指荷兰画家博斯在1500—1510年间创作的木版油画《圣安东尼的诱惑》。

3. 尼克劳斯·曼努埃尔·多伊奇（Niklaus Manuel Deutsch，1484—1530），瑞士艺术家、作家、雇佣军与改革派政治家。

4. 克拉纳赫（Lucas Cranach der Ältere，1472—1553），文艺复兴时期的画家。

时，女人们展示出危险的风情并露出受虐狂般的恍惚表情。

死亡在这里只是一种严苛而黑暗的暴力，令女体所象征的完美无缺之美腐坏、解体、衰弱老化，并最终冷酷剥夺它那华丽无常的假面，使其露出虚无荒谬的素颜。"不得忘却死亡"之死亡警告（memento mori）那阴郁的呢喃令作为对照物的虚荣更加夸张与绚烂地闪耀。面对死亡诱惑及凌辱的袭击，美（＝女人）试图耍诡计逃跑，将镜子、首饰及故作媚态（Coquetry）这类凝聚了其虚幻象征（Vanitas[1] Symbol）的人工性之极致用作防御对策，与死亡的解体能力进行对抗与竞争。

死亡那淫荡的诱惑力，早已在15世纪十分流行的以"死亡之舞[2]"为主题的朴素大众风俗版画里出现端倪。然而到了矫饰主义时期，掠夺者＝死亡愈发冷酷地发挥其施虐性并袭击女性，那无常易逝的美被掠夺得体无完肤。但反过来，随着死亡毫不仁慈地释放暴力，美那无常的光彩也愈发妖冶地燃烧起来。从另一个视角看，被灌注了死亡气息的美＝女体开始磨炼并提高了这种倒错的洗练度。美成为虚无的至高权力那浓艳的外表，成为死亡的装饰，仿

---

1. "Vanitas"本来是指17世纪荷兰静物画的一个流派——虚幻画派，也寓意人生的虚无。它与"Carpe Diem"（活在当下）、"Memento Mori"（死亡警告）相似，都是表现巴洛克时期精神的一种概念。
2. 死亡之舞（Dance of Death），指中世纪末期的14世纪到15世纪散布于欧洲的寓言，以及以此为基础形成的一系列绘画、雕刻形式。其诞生背景据说是源于一首14世纪的法国诗：在死亡的恐怖面前，人们变得癫狂并开始持续不断地舞蹈。

佛开始获得了自身存在的理由（raison d'être）。

　　"地狱世俗化"的加速度随着时间的流逝不断加大。中世纪的教会艺术中，英雄和骑士们要到与世俗截然不同的遥远边境的深林或荒野才能与怪兽们厮杀。而在"地狱世俗化"之后，例如克拉纳赫的木版画《被狼人吃掉的婴儿》中，怪物般的死亡如同饿狼一般，从山林（地狱）来到乡村里袭击人类。话虽如此，在 16、17 世纪时，怪物袭击尚且还是以野外为主，背景大都在自然之中，而进入 18 世纪以后，舞台却摇身一变成了室内。戈雅[1] 那幅描绘无数蝙蝠袭击一个男人的《理性的沉睡孕育怪物》（*El sueño de la razón produce monstruos*），虽然模糊地暗示了一种梦幻的环境，但至少趴在桌上的男人并非身在大自然中的野外。而菲斯利的《梦魇》（*Nightmare*）则表现得十分明显了，梦魇已然潜入了女性的闺房。

　　到此为止，一个可称之为"吸血鬼绘画"的门类应该说已经形成了。19 世纪中叶的色情主义画家安东尼·威尔茨（Antoine Wiertz）的作品中，不时有窥看裸女睡姿的淫梦魔、与年轻女性如对镜自照般相对的骷髅[2] 出现。死亡

---

1. 戈雅（Francisco José de Goya y Lucientes，1746—1828），西班牙宫廷画家，与委拉斯开兹（Velázquez）一同被称为西班牙最伟大的画家。其画风多变，早期以巴洛克式为主，后期则偏向表现主义；对后世的现实主义画派、浪漫主义画派、印象派等有很大的影响。
2. 可在《两位少女或迷人的玫瑰色》（*Two Young Girls or the Beautiful Rosine*）中找到所描述画面。

的魔力苏醒并诱惑女人这个主题，很快经由蒙克[1]（《少女
与死》）、雷东[2]等人，对20世纪的超现实主义画家们也产
生了无比的魅力。

　　19世纪是属于小说的时代。随着小说的蓬勃发展，
对能将故事进行图像化的插画家的需求开始激增。与吸血
鬼相关的周边一带，爱伦坡、波德莱尔、巴尔扎克、莫泊
桑、斯托克、王尔德等人所写的幻想文学领域涌现出各自
的御用插画家。尤其是爱伦坡作品的插画家，到20世纪
为止，能举出名字的就包括哈利·克拉克（Harry Clarke）、
雷东、费里希昂·罗普斯（Félicien Rops）、路易·路格朗
（ルイ·ルグラン）、阿尔弗雷德·库宾（Alfred Kubin）、
艾伯特·马缇尼（Alberto Martini）等人。以上画家都曾以
超人式流血犯罪者（《玛丽·罗杰疑案》[3]）或是旨在弥补过
早埋葬的过失而进行的掘墓为创作主题。

　　虽然描绘尸体爱的绘画古已有之，但在戈雅的系列作
品《奇想集》（*Los caprichos*）中的《坦塔洛斯》（*Tántalo*）
与《爱与死》（*El amor y la muerte*）[4]之后，历经拉斐尔前

---

1. 蒙克（Edvard Munch，1863—1944），挪威画家、版画家，爱好描写
生、死、爱、恐怖、孤独等主题，是表现主义的先驱之一，代表作有《呐
喊》等。
2. 雷东（Odilon Redon，1840—1916），法国画家，与象征派诗人们往来
密切。早期从事黑白版画创作，晚年改作油画和粉笔画。作品富有象征色
彩，意境神秘。代表作有石版画集《在梦中》等。
3.《玛丽·罗杰疑案》（*The Mystery of Marie Rogêt*），爱伦坡的短篇小说。
4.《坦塔洛斯》和《爱与死》分别为《奇想集》中的第九和第十幅作品。

派[1]的世纪末美术最为集中地描绘了这个主题。当时的著名女演员萨拉·贝恩哈特（Sarah Bernhardt）爱好死者妆容，生前经常趟进棺材里的事迹也十分有名。那个时代偏爱没落与死亡的氛围。20世纪的画家中，再次以尸体爱为主题的有格瑞文博物馆（Musée Grévin）蜡像师出身的超现实主义画家克洛维斯·特鲁伊[2]。这位画家喜好"我的坟墓""我之埋葬"等主题并以此为画题，其笔下那些裸女们披着如尸体般冷酷的色情主义，有时肌肤上会被刻上蝙蝠纹样。

顺便一提，如果将克洛维斯·特鲁伊的《我的坟墓》（1915年）与马克斯·恩斯特[3]的《慈善周》（第二部《水》、1934年）及《M·克劳德回忆录》（M·クロード回想録）中的铜版插画《吸血鬼》（1857年）三者进行比较的话，主题展开的过程便显而易见了。恩斯特的拼贴画以无名铜版画家的插画为基础，作为前景的大地消失，变为逆卷的水流，墓穴开启的门侧伫立着一位盛装打扮的无脸女人，她正目不转睛注视着一个依偎在亡女身旁的男人。特鲁伊

---

1. 拉斐尔前派（Pre-Raphaelite Brotherhood），也译作前拉斐尔派，是由19世纪中期活跃在英国的美术家、评论家们组成的团体。在19世纪后半期的西洋美术中，它与印象派一同被视为象征主义美术运动的先驱。
2. 克洛维斯·特鲁伊（Clovis Trouille），法国画家，代表作有《追忆》（*Remembrance*）。
3. 马克斯·恩斯特（Max Ernst, 1891—1976），20世纪的德国画家、雕刻家，出生在德国，后来入籍法国，经历达达主义后成为超现实主义画家的代表之一，其画风多变。

抹去了这对充满戏剧性的恋人，画面中充斥着淫猥的嘉布遣会修士与色情的裸女，还有无数蝙蝠四处乱飞。如同蜡像般皮肤光滑而冷冽的女人们，也让人想起美国通俗杂志的凹版印刷图里那些低俗大胆的应召女郎。19世纪中叶的铜版画中尚且还是生者悼念着死者，生者脚下的大地虽已出现裂痕却依然存在着，恩斯特却反其道而行之，让生之基盘被逆卷而来的大浪吞没，生者成为被威胁的一方。最后，特鲁伊的画中虽然充斥着无数人与动物，却无一不被死亡的甘美气息所冻结，虽然活着，却看不出一丝一毫活人的姿态。

　　让我们将话题顺序颠倒一下，回到19世纪后半期。马里奥·普拉兹的那句"吸血鬼再次成为女性"，用来归纳美术领域也很合适。蒙克、库宾等人描绘的"吸血鬼"在上述意义上便是"命中注定的女人"转化为吸血鬼绘画的变奏。居斯塔夫·莫罗[1]的《俄狄浦斯与斯芬克斯》、费里希昂·罗普斯的插画《恶魔般的女人们》、弗兰茨·冯·斯托克[2]的《斯芬克斯》等，都是假借"命中注定的女人"传说形象的表现。夏娃与魔女（奥托·迪克

---

1. 居斯塔夫·莫罗（Gustave Moreau，1826—1898），法国象征主义画家，作品多取材于《圣经》和神话，风格带有幻想色彩。
2. 弗兰茨·冯·斯托克（Franz von Stuck，1863—1928），德国画家、版画家、雕刻家、建筑家。

斯[（《魔女》）、莎乐美[2]、娼妇、诱惑圣安东尼的女人、美杜莎[3]等，都是女吸血鬼式的诱惑主体，也是死亡的色情性象征。

　　死亡的官能性化身为诱惑人解答其谜题的斯芬克斯。很快，《娜嘉》的作者安德烈·布勒东发现了谜题的答案（参考《吸血鬼小说考》）。话虽如此，超现实主义者们的作品中也接连出现了女吸血鬼的主题。在马克斯·恩斯特的拼贴画系列作《慈善周》第三部《火》之章里，几乎全篇都充斥着长着蝙蝠翅膀的女人。

　　尸体爱对超现实主义者而言也是绝佳的素材。典型的尸体爱小说——威尔赫姆·扬森的 Gradiva 经安德烈·马松[4]、达利[5]之手化为绘画。达利那幅题为"Gradiva"的作品中，女性的肉体被切割得七零八落，内脏和肢体也以奇妙的形式被换位配置。据说实际存在的伦敦性犯罪者开膛

---

1. 奥托·迪克斯（Otto Dix，1891—1969），德国新即物主义（亦称新客观主义）画家。

2. 莎乐美（Salome），1世纪左右生活在古代巴勒斯坦的女性，也是该地分封王希律·安提帕之后妃希罗底的女儿。据《新约圣经》记载，她在其父面前跳舞，并希望得到受洗的圣徒约翰的首级作为酬劳。前面提到的斯托克绘有名为《莎乐美》的作品。

3. 美杜莎，希腊神话中登场的怪物，戈尔贡三姐妹中最小的一位，拥有宝石般灿烂的眼睛，能将看到的事物变成石头。其名美杜莎有"女王"之意。鲁本斯、达芬奇、达利等人都曾创作以此为主题的作品。

4. 安德烈·马松（Andre Aime René Masson，1896—1987），法国画家，超现实主义运动初期成员，二战后脱离超现实主义，创立了独特的具有幻想色彩的抽象主义。

5. 达利（Salvador Dali，1904—1989），西班牙画家，超现实主义的代表画家之一，作品充满奇特的幻想与细腻的描绘。

手杰克也曾将杀掉的娼妇的尸体以同样的凌辱方法进行了变形（Déformer）。直至雷奥诺尔·菲妮[1]，诱惑女人的骷髅（死神）这个中世纪以来的主题再次得到了醒目的表达，恐怕也是因为画家是位女性吧。保罗·德尔沃[2]的近作里也有大量的骷髅成群出现，而与之并列的裸女们却奇妙地对其存在毫不关心。

最后必须在这个画廊的一角设置一间吸血鬼电影馆。首先要列举的自然是穆尔塔的《吸血鬼诺斯费拉图》。这部以布莱姆·斯托克的《吸血鬼德古拉》为原作进行改编的作品不仅仅是吸血鬼电影的古典，也是至今仍不能忽视的杰作。而在特鲁伊的《吸血鬼之梦》（1906年）中，饰演诺斯费拉图的马科斯·夏瑞克（Max Schreck）的肖像画已被当成吸血鬼的肖像来使用。《诺斯费拉图》之后的吸血鬼电影人，可举出托德·布朗宁（Tod Browning）、泰伦斯·费雪（Terence Fisher）、罗杰·瓦迪姆（Roger Vadim）、波兰斯基（Roman Polanski）等人的名字。各种令人怀念的吸血鬼电影则会在卷末附录中唤醒你记忆里的恐怖并为其增添新的意义。

近些年的吸血鬼绘画出现了尤为显著的视觉化倾向。美国的哈普娜（ハプナー）、查尔斯·亚当斯（Charles Addams）那诡异的合成照片（Photomontage）系列《美

1.雷奥诺尔·菲妮（Leonor Fini，1907—1996），意大利裔阿根廷女画家。
2.保罗·德尔沃（Paul Delvaux，1897—1994），比利时女画家。

丽的死亡之日》（*Dear Dead Days*），以及西德的插画家
乌维·布列梅（Uwe Bremer）的一系列吸血鬼素描可以
为例。

吸血鬼之眼·吸血鬼的语言

吸血鬼的身体特征，大都是从嘴巴两侧突兀生出的两根锐利的尖牙，和几乎能把人骨头捏碎、让受害者双手反剪并卡住其颈项的臂力与握力这些方面来描述的，除此之外便没有相关的叙述了。例如眼睛，因为它们的眼睛能眨也不眨地逼视受害者，且使对方如同被猛兽惊吓或被鬼压身的小动物般进入被催眠状态，想必是拥有强劲的磁力而闪闪发亮吧。话虽如此，由克里斯托弗·李（Christopher Lee）所扮演的电影中的吸血鬼[1]则是眼中血丝异样偾张，并且，他如同世外之人那样充满悲剧性色彩。吸血鬼的眼睛究竟是野性的，还是像身染无法痊愈的衰弱之症那样沉入颓废的深渊呢？

　　长期以来，我对吸血鬼之眼的构造如何一直抱有疑问，而我终于在近期发现了似乎能成为线索的文章。这篇文章是 15 世纪意大利的人文学者、菲耶索莱（Fiesole）

---

1. 指 1958 年上映的电影《恐怖德古拉》（*Horror of Dracula*），克里斯托弗·李在其中饰演德古拉。

的领主安戈洛·珀利兹阿诺[1]（1454—1494）为亚里士多德的《工具论》（*Organon*）作注释时所写讲义中的一节。

　　你们是否听过吸血鬼这个词呢？那是我年幼之时，祖母总是讲给我听的故事。荒野里住着吸血鬼，会把那些哭泣的孩子吃掉……时至今日，在菲耶索莱——有着"发光的泉水"之意——这块我的小领地附近仍然有吸血鬼潜伏在神秘的阴影中……据普鲁塔克（Ploutarchos）所言，吸血鬼有着能自由取出的眼睛。也就是说，吸血鬼能随心所欲地取出它的眼睛，也能轻松地放回原处。那副模样恰似老人因高龄而需配戴眼镜以弥补衰弱的视力一般……吸血鬼就这样于离家前装好眼睛，在市中心的广场、小镇的十字路口徘徊，穿过小巷，走过教会、浴场和酒馆儿，目不转睛地凝视一切事物，为寻找可乘之机四处打探。你好像对什么有所隐瞒啊，但老子可是把一切都看穿了——吸血鬼说着类似的话……然而吸血鬼一旦回到家中，就立刻取下眼睛，藏入抽屉中。像这样，吸血鬼在家的时候虽说总是什么也看不见，但外出时却会装上眼睛。你或许会想知道，吸血鬼在家时究竟会做些什么呢？其实他就蹲在那儿一边纺毛线一边哼歌……在他们（吸血鬼们）一伙之中，

---

1. 安戈洛·珀利兹阿诺（Angelo Poliziano），意大利文艺复兴时期的人文主义者、诗人，是美第奇家族的柏拉图学院派（Accademica Platonica）的中心人物之一。

有人看到了碰巧路过的我，便会叫住我盘问一通，仿佛不这样就不放我走似的；他们像在市场买东西的人那样袒露好奇心认真打量，或是拉近我，摩挲我的前额，也有同伙窃窃私语道："这家伙是珀利兹阿诺，没错，这家伙就是那个突然摆出一副哲学家面孔、恬不知耻地在那儿吹牛的混蛋嘛。"而当有人说出这句话时，这群家伙便会像蜜蜂蛰了人似的立刻逃开。

引用稍长，后半部分是珀利兹阿诺将自己的哲学观点进行种种穿凿后针对当时的学院派论敌所作的辩论文。将学院派哲学家比作吸血鬼似乎多少叫人感到龃龉浪费，但因其时常作为自我之反对形象从影子世界中出现，还每次都会采取不同的姿态，以此为喻也是无可奈何。

此外令人感到愉快的是前半部分，描述吸血鬼之眼像义眼或假牙那样"能够取出"。吸血鬼就像 E.T.A. 霍夫曼[1]的《砂男》里那位晴雨表小贩科波拉贩卖的眼镜和望远镜一样，拥有可以随时装上或取下的眼睛，这也意味着他们没有正常生物般真正的眼睛，至少在普鲁塔克一脉的珀利兹阿诺的吸血鬼学说里是没有的。

比之更令人感到痛快的却是，这位人文主义知识分

---

1. E.T.A. 霍夫曼（Ernst Theodor Amadeus Hoffmann，1776—1822），德国小说家、作曲家、法官，除了创作幻想小说外，还活跃于歌剧、绘画等领域，代表作有童话《黄金壶》、小说《魔鬼的万灵药》等。《砂男》（*Der Sandman*）是他创作的短篇怪奇小说。

子并未把小时候听到的传说故事当成简单的传说故事来处理，而是将其置于深远的哲学论证中心，使之成为一种生动的比喻。而属于19世纪讲坛哲学末流的现代哲学家及哲学研究者们，究竟有谁会把这种天真的观点带入"学问"的领域呢？但用珀利兹阿诺的话来说，（当时已是普遍趋势的）那种看似异常正经的言论本身就是哲学的颓废。上述引用的文章前面还有如下内容。

讲点儿传说故事是有趣的。弗拉卡斯（Flaccus）也曾说过，必须从问题的重点出发。意思也是说，传说故事虽然常被视为杜撰，但有时也是哲学中的原因，甚至可以是哲学的工具（原注：亚里士多德的工具论这个意义上的"工具"）。

我如今参考的珀利兹阿诺的章节，是出自恩内斯托·格拉西（Ernesto Grassi，慕尼黑大学客座教授）的近作《形象之力，理性语言的无力》[1]（为了拯救修辞）的序文。格拉西在这本近代哲学的语言学研究之中，详细论述了自笛卡尔的理性语言优势原则确立以来，理性乃至科学性语言与情感诉诸（Pathos）乃至比喻性语言遭到断然分离，比喻性语言的话术从哲学中被驱逐的过程。出身于意

1.《形象之力，理性语言的无力》，原名 *Macht Des Bildes,Ohnmacht der Rationalen Sprache*。

大利的哲学家格拉西认为，近代的形象语言驱使者除去专业的哲学家，毋宁说只有提出"效果的理论"的爱伦坡、提出"无聊的理论"的波德莱尔、驱使作为革命性思考瞬间的情感诉诸等物的阿托尔以及采用作为革命性艺术瞬间的情感诉诸等物的"社会主义现实主义"的鼓吹诗人（！）那样的少数诗人。然而，无论在古代还是文艺复兴时期，思想（内容）之中伴随修辞表现的手法毋宁说是理所当然。事物与词汇之间也尚且不是彼此分割、相互排除的关系，而是作为一个整体对听者施加作用。

古典时期，有人对修辞学与雄辩术的可疑之处发出了警告，并将其逐出哲学之园。例如驳斥诡辩派的柏拉图，他认为修辞很容易堕落为表面的话术技巧，因而视其为危险之物。而与珀利兹阿诺同时代的乔万尼·皮克·德拉·米兰多拉（Giovanni Pico della Mirandola）也早就说过：

雄辩家的使命除了谎言、欺瞒、骗术之外还有什么？想来汝等的工作就像汝等趾高气扬的自矜那般，全凭自身喜好将黑说成白、白说成黑来蒙骗众人，不是吗？

修辞的魔术特性意味着只要没有确切的事物根据，就能像无根之草一样，正说反说不断变幻且没有破绽，成为一种能将白变成黑、黑变成白的哄骗幻术。万一处于上方的意识形态开始介入并操纵起雄辩家的舌头，那这种大众催眠术的威胁就很可怕了。从柏拉图时期，到孕育出希特勒、墨索里尼那样以巧妙催眠术作为伪装的雄辩家的现代，能唤起神话原型的雄辩家那可悲的举止带来了危险至极的集团性陶醉。不过，话虽如此，我们难道就该舍弃能唤起生动形象的腔调，躲进干净无害、无味干燥的理性语言的胶囊中，将自我冷酷地封闭起来吗？

　　珀利兹阿诺说那个吸血鬼传说是从祖母口中听到的，这一点意味深长。柳田国男也在《传说》中提到，传说能让没落之家的古老荣光成为重兴家族的教育手段，且大都是在围炉边由祖母讲给孙辈们听的。祖母在惨淡的烛光中讲着故事，牙齿脱落的嘴里溅出含混的泡沫，患有风湿的手脚困难地挥舞，有时候还咀嚼着饭团，一边啜茶一边讲，不时揩一下鼻涕，随着剧情发展做出惊愕、恐怖或是快乐的表情，发出动物般的声音。她们就像曲艺场的艺人那样热心地表演。祖母不像擅长写文章的官僚历史家那样能用文字将事情写下来，却会动员她那年迈躯体的各个部分将整件事传达给大家。就这样，长大后的孙儿们在哲学叙述中大概也会用遗传自老祖母的精妙修辞去巧妙地说服读者吧，但他们未必是无根之草，也不一定就是某种意识形态的奴隶。有没落家宅那微暗中的祖母作为应援，他的语言虽未扎根于地面上的制度，却永远扎根于女性事物所掌管的令人怀念的地下世界的奈落中，并沐浴着舞台上的灯光，因此也带有魔术般的"趣味"吧。正是这样，所以

"讲点儿传说故事是有趣的"。将趣味性作为哲学（或是文学）的根据也丝毫不显得矛盾。魔术从趣味性转向严肃性，是在魔术与地面上的制度性意识形态相结合的瞬间之后。而既然魔术原本的地盘连接着隐秘地下世界的阴暗，那它便就是有趣得无以复加，不是吗？

哎呀，这么说来，我似乎也把雄辩术用过头了。就我而言，因为并没有像珀利兹阿诺那样事先被一群驳斥他哲学思想中可疑之处的"抽象性哲学家"们所包围，吸血鬼这个论题（Topos）也不是为了用于击败眼前的论敌，我只是想和吸血鬼一起玩耍。即便如此，我也跟珀利兹阿诺相反，在写完这本书之后，主动去拜访了那些装上能自由取出的吸血鬼之眼，目不转睛地打量别人，在说完"这家伙就是《吸血鬼幻想》的作者吧，这家伙就是那个，尽写些胡话吹牛的混蛋嘛"后，像用针扎了人似的立刻逃跑的家伙。果然在我们的国家也有吸血鬼存在着，只不过因为平时他们都躲在荒野的阴影里，取下眼睛哼着歌，无聊地纺线，所以叫人很难发现。于是我也和珀利兹阿诺一样，短时间内并非没有考虑如何击退吸血鬼，但想来想去，一旦将他们击退，我以后就没办法和吸血鬼一起玩耍了。我的志向应该是和吸血鬼玩耍，可不是要击退他们呐。

而且要击退吸血鬼本来也是不可能的。在古希腊、中世纪、文艺复兴时期乃至 18 世纪都曾有人尝试过驱除吸血鬼，但那些都成了基督教固有的倒错，抑或成了理性

（语言）信仰固有的倒错，反而令对方愈加壮大且内面化，最终变得错综复杂、难以下手。另一方面，自从波里多利的《吸血鬼》、布莱姆·斯托克《吸血鬼德古拉》诞生以来，内面化的吸血鬼形象再次投影至小说、舞台与银幕之中。与吸血鬼嬉戏的大众是健全的，至今也仍未发生改变。并且，能够"与吸血鬼玩耍嬉戏"并且通情达理的大众数量似乎在渐渐增多。其证据便是，1970 年摆在廉价书刊店的本书，在十年后的今日获得了重见天日、进入大众视线的愉悦机遇。当然，在碰到阳光的瞬间，它大概会化作一捧灰，再次消失吧。即便如此，从漫长的吸血鬼兴亡史法则来看，这也只是反复出现的消亡与回归的一个循环而已。

　　若要驱除便会使其变得内向难缠，如果与其一同玩耍便会感到"有趣"。这个道理，正如刚才便在委婉暗示的那般，对语言来说也是同样。在我因驱魔而差一点就要被同一化的紧要关头，义眼吸血鬼的各位抽象哲学家们啊，请不要弄错了，我拒绝利用语言或被语言利用，我只是想和语言玩耍。作为实践，便有了这本粗糙的小书。

吸血鬼文献资料

吸血鬼文献

参考文献清单大致分为选集·作品和研究·资料这两个部分。就算只参考克劳斯·菲尔卡和迪特尔·施图尔姆主编的《论吸血鬼或食人族》一书末尾的书目，也能轻松列出超过三百篇的作品与研究。在此，就只列出常见和易获取的作品和研究。进一步的细节可以在该书，以及奥尔内拉·沃尔塔的《吸血鬼》、载于艾德·利维斯编辑的《科学怪人如何杀人如何笑》结尾处的参考文献和注释中找到。日本恐怖文学的文献资料表，包括翻译作品表，请见《恐惧的探究》（「恐怖の探究」，新人物往来社，《怪奇幻想文学》第四卷）卷末由荒俣弘编著的《世界怪奇幻想文学关系年表》，本书初版后面市的须永朝彦的《血的阿拉贝斯克》（「血のアラベスク」）、麦克纳利和弗洛雷斯库的《德古拉传说》(*In Search of Dracula*) 所载的参考文献表等内容也很有用。

选集

「真紅の法悦」(「怪奇幻想の文学Ⅰ」) 新人物往来社　1969

「怪奇小説傑作集1～5」創元推理文庫　1969

「ドラキュラ・ドラキュラ」種村季弘編　薔薇十字社　1973　再版　大和書房　1980

「怪奇と幻想·吸血鬼と魔女」矢野浩三郎編　角川文庫　1975

Dieter Sturm & Klaus Völker: Von denen Vampiren oder Menschensaugern, Dichtungen & Documente. Karl Hanser Verlag, München 1968

Ed Reavis: Frankenstein wie er mordet und lacht. Bärmeier & Nichkel,

Frankfurt am Main 1968

《Vampire, Die besten Vampirgeschichten der wertliteratur.》Wilhelm Heyne
　　Verlag, München 1967

Roger Vadim: Roger Vadim présente Histoire de vampire. ed. Robert Raffont,
　　Paris 1961

(英译 The Vampire by Roger Vadim. London 1963)

　　本书所引用的唐·卡尔梅、伏尔泰等的原话全面收录在以上的作品中。除上述之外，以下是经常被引用的全集作品，请随时参考，以获取更多信息。

「ポードレール全集」福永武彦編　阿部良雄他訳　人文書院　1964

「ポオ全集」福永武彦・吉田健一・佐伯彰一訳　東京創元新社　1967

「新サド選集」澁澤龍彦訳　桃源社　1965

「ジョルジュ・バタイエ著作集」二見書房　1969

作品

アルドマン、H・C「サセックスのフランケンシュタイン」種村季弘訳
　　河出書房新社　1972

アポリネール、ギョーム「ラデン系のユダヤ人」窪田般彌訳　角川文庫
　　「ヒルデスハイムの薔薇」所収　1960

バタイユ、ジョルジュ「青空」天沢退二郎訳　晶文社　1968

ベルジュラック、シラノ、ド「月と太陽諸国の滑稽譚」伊東守男訳　早
　　川SF文庫　1968

ブルトン、アンドレ「ナシャ」厳谷國士訳　人文書院「アンドレ・ブル
　　トン集成I」所収　1970

ブラッドベリ、レイ「二階の下宿人」宇野利泰訳　創元推理文庫「10
　　月はたそかれの国」所収　1965

ビュトール、ミジェル「仔猿のような芸術者の肖像」清水徹・松崎芳隆
　　訳　築摩書房　1969

チェスタートン、G・K「村の吸血鬼」福田恒存・中村保男訳　創元推
　　理文庫「ブラウン神父の醜聞」所収　1961

かー、J・D「囁く影」西田政治訳　早川ポケット・ミステリ　1956

ダレル、ローレンス「バルタザール」高松雄一訳　河出書房新社　1970

ドイル、コナン「吸血鬼」延原謙訳　新潮文庫「シャーロック・ホームズの事件簿」所収　1953

江戸川乱歩「吸血鬼」講談社「江戸川乱歩全集5」所収　1970

エーヴェルス、H・H「吸血鬼」前川道介訳　創土社　1976

ゴーディエ、テオフィル「死女の恋」澁澤龍彦訳　創元推理文庫「怪奇小説傑作集4」所収　1969

ゲーテ、W「コリントの花嫁」生野幸吉訳　人文書院「ゲーテ全集1」所収　1960　「コリントの許嫁」竹山道雄訳　岩波文庫「ゲーテ詩集Ⅱ」所収　1952

ゴーゴリ、ニコライ「妖女」原卓也訳 創元推理文庫「怪奇小説傑作集5」所収　1969

日影丈吉「吸血鬼」教養文庫「かむなぎうた」所収　1978

ホメーロス「オデュッセイア」呉茂一訳 筑摩書房「世界文学大系・ホメーロス」所収　1961

ユイスマンス、J・K「彼方」田辺貞之助訳 創元推理文庫 1975

イェンゼン、ウィルヘルム「グラディーヴァ」安田徳太郎・洋治訳 角川文庫　1971

唐十郎「吸血姫」中央公論社　1971

クライスト、ハインリッヒ・フォン「ペンテジレーア」吹田順助訳　岩波文庫　1941

幸田露伴「魔法修行者」　岩波書店「露伴全集15」所収　1978

ロートレアモン「マルドロールの歌」栗田勇訳 現代思潮社　1960

レ・ファニュ、シェリダン「吸血鬼カーミラ」平井呈一訳 創元推理文庫　1970

マン、トーマス「魔の山」関泰祐・望月市恵訳 岩波文庫　1940

モーパッサン、ギイ・ド「オルラ」青柳瑞穂訳 新潮文庫「モーパッサン短篇集4」所収　1956

メリメ、プロスペル「ラ・グジラ」根津憲三訳 河出書房新社「メリメ全集1」　1977

ムージル、ローベルト「特性のない男」高橋義孝他訳　新潮社　1964　「若いテルレスの惑い」吉田正己訳 中央公論社「世界の文学48」所収　1965

ナポコア、ウラジミール「ロリータ」大久保泰訳 河出書房新社　1959

ポリドリ、ジョン「吸血鬼」平井呈一訳 新人物往来社「真紅の法悦」所収　1969

サド、マルキ・ド『新ジュスチーヌ』澁澤龍彦訳 桃源社「新サド選集1」所収　1965

サキ「狼少年」中村能三訳 新潮文庫「サキ短篇集」所収　1958

シェリー、M「フランケンシュタイン」山本政喜訳　角川文庫　1953

シュオッブ、マルセル「吸血鬼」矢野目源一訳　コーベブックス「黄金仮面の王」所収　1975

ストーカー、ブラム「吸血鬼ドラキュラ」平井呈一訳 創元推理文庫　1963

　　　　　　　　「ドラキュラの客」桂千穂訳 国書刊行会　1976

トポール、ローラン「吸血鬼の歯」榊原晃三訳 早川書房「リシェンヌに薔薇を』所収　1972

上田秋成「雨月物語」角川書店　「日本古典評釈全生釈叢書・雨月物語評訳」所収　1969

ヴェルヌ、ジュール「カルパチアの城」安東次男訳 集英社　1968

ウィルソン、コリン「ガラスの艦」中村保男訳 新潮社　1957

研究・資料

バタイユ、ジョルジュ「ジル・ド・レ論」伊東守男訳　二見書房「ジョルジュ・バタイユ著作集2」所収　1969

ボナパルト、マリー「クロノス・エロス・タナトス」せりか書房　1968

ボス、メダルト「性的倒錯」村上仁・吉田和夫訳　みすず書房　1957

ブラウン、ノーマン「エロスとタナトス」秋山さと子訳　竹内書店　1970

フロイト、S「性に関する三つの論文」懸田克躬訳 日本教文社「フロイト全集5」所収　1953

ヘーロドトス「歴史」青木厳訳 新潮社　1968

日夏耿之介「吸血妖魅考」牧神社　1976

石上三登志「吸血鬼だらけの宇宙船」奇想天外社　1977

キェルケゴール、S『あれかこれか」白水社「キェルケゴール全集1～4』所収　1963

マクナリー、R・T フロレスク、R「ドラキュラ伝説」矢野浩三郎訳 角
　川選書　1978
ミシュレ「魔女」篠田浩一郎訳 現代思潮社　1970
セリグマン、クルト「魔法」平田寛訳　平凡社　1967
シャタック、ロジャー「ナジャ・ファイル」厳谷國士訳 人文書院「ア
　ンドレ・ブルトン集成 1」附録所収　1970
澁澤龍彦「世界悪女物語」桃源社「澁澤龍彦集成Ⅳ」所収　1970
澁澤龍彦「黒魔術の手帖」(所収のジル・ド・レェに関するエッセイ)
　桃源社「澁澤龍彦集成 1」所収　1970
須永朝彦「血のアラベスク」新書館　1978
ウイルソン、コリン「殺人百科」大庭忠男訳 弥生書房　1979

Dictionaire de Sexologie: J. J. Pauvert, Paris 1962
Dracula: dans "Midi-Minuit fantastique" sommaire du numero 4-5 janvier 1963
Fiedler, Leslie: Liebe, Sexualität und Tod. Berlin 1964
Praz, Mario: Liebe, Tod und Teufel (Die schwarze Romantik). Karl Hanser Vlg,
　München 1963
Robbins, Rossell Hope: The Encyclopaedia of Witchcraft and Demonology.
　New York 1959
Summers, Montague: The Vampire, his kith and kin. New York 1960
Summers, Montague: The Vampire in Europe. New York 1961
Villeneuve, Rolland: Histoire du Cannibalisme. Paris 1965
Waldemar, Charles: Dämonie der Erotik. Reichelt Verlag, Wiesbaden 1907

吸血鬼电影一览

　　以下影片的制作年份、原名、片名（＊表示在日本上映时的片名，△
表示电视放送时的片名）按照制作公司的顺序排列。★表示导演，☆表示
主演。

1896. Le Manoir du Diable 悪魔の館（仏）★ジョルジュ・メリエス☆ジョ

ルジュ・メリエス

1913. The Vampire 吸血鬼 ★ロベール・ヴィグノーラ☆ハリイ・ミラード

1922. Nosferatu: Eine Symphonie des Grauens ノスフェラトゥ＊（独・プラナ）★F・W・ムルナウ ☆マックス・シュレック 原作ブラム・ストーカー「吸血鬼ドラキュラ」

1927. London after Midnight 真夜中過ぎのロンドン（米.MGM）★トッド・ブロウニン☆ロン・チェニイ

1931. Dracula 魔人ドラキュラ＊（米・ユニヴァーサル）★トッド・ブロウニング☆ベラ・ルゴシ原作ブラム・ストーカー「吸血鬼ドラキュラ」

1931. Dracula（スペイン語版）ドラキュラ（米、ユニヴァーサル）★ジョージ・メルフャー☆ カルロス・ヴィラリアス 原作ブラム・ストーカー「吸血鬼ドラキュラ」

1932. Vampyr 吸血鬼＊（デンマーク）★カール・T・ドライエル☆ジュリアン・ウェスト 原作シェリダン・レ・ファニュ「吸血鬼カーミラ」

1932. The Vampire Bat 吸血蝙蝠（米・マジェスティック）★フランク，R・ストレイヤー☆ラムオネル・マトウィルフェイ・レイ

1935. The Mark of the Vampire 古城の妖鬼＊（米.MGM）★トッド・ブロウニング☆ラ・ルゴシ ライオネル・バリモア

1936. Dracula's Daughter 女ドラキュラ＊（米・ユニザアーサル）★ラソバート・ヒリヤー☆グロリア・ホー・デンオットー・クルーガー

1940. The Devil Bat 悪魔蝙蝠（米・PRC）★ジーン・ヤープロー☆ベラ・ルゴシスザンヌ・カレン

1943. Son of Dracula 夜の悪魔＊（米・ユーヴァーサル）★ロバート・ツオドマーク☆ロン・チェニイ・ジュニア 原作カート・シオドマーク

1943. The Return of the Vampire 吸血鬼の帰還（米・コロンピア）★リュウ・ランダース☆ベラ・ルゴシ

1944. House of Frankenstein　フランケンシュタインの屋敷（米.ユニグアーサル）★アール・C・ケントン ☆ボリス・カーロフ 原作カート・シオドマーク

1945. House of Dracula ドラキュラとせむし女・（米・ユニヴァーサル）★アール・C・ケントン☆ジョン・キャラダイ ロン・チェニイ・ジュニア 原作カート・シオドマーク

1945. The Vampire's Ghost 吸血鬼の幽霊（米・リバブリック）★レスリ

イ・セランダー☆ジョン・アボットペギイ・スチュアート

1945. Isle of Dead 吸血鬼ボボラカ＊△（米・RKO ラジォ）★マーク・ロ
ブスン ☆ボリス・カーロフ　エレン・ドリュウ

1946. Devil Bat's Daughter 悪魔蝙蝠の娘（米・PRC）★フランク・ウィス
バー ☆ローズマリ・ラ・プランシュ

1952. Mother Riley meets the Vampire　マザー・ライリー、吸血鬼に遭う
（英・レナウン）★ジョン・ギリング☆ベラ・ルゴシ マリア・マーセ
デス

1953. Drakula Istanbulda イスタンブールのドラキュラ（-----）★メーメッ
ト・ムタール☆アテフ・カプタン

1957. EI Vampire 吸血鬼（メキシュ・ABSA）★フェルナンド・メンデス
☆ジェルマン・ロブレス

1957. The Vampire 生血を吸う男＊△（米・ユナイト）★ポール・ランド
ルス☆ジョン・ビール

1957. Blood of Dracula 怪人女ドラキュラ＊△（米・AIP）★ハーバー
ト・L・ストロック☆サンドラ・ハリスン

1957. I Vampiri 吸血鬼（伊・チタナス）★ポール・ランドルス☆フラン
ス・レデラー

1958. The Return of Dracula ドラキュラの呪い＊△（米・ユナイト）★リ
カルド・フレーダ☆ジャンナ・マリア・カナーレ

1958. Dracula 吸血鬼ドラキュラ＊（英・ハマー）★テレンス・フィッシ
ャー ☆クリストファー・リー　ピーター・カッシング　原作ブラム・ス
トーカー「吸血鬼ドラキュラ」

1958. Blood of the Vampire 生きていた吸血鬼＊（英・エロス）★レンリ
イ・カス ☆ドナルド・ウォルフィットヴィクター・マダーン

1958. El Atàud del Vampiro 吸血鬼の柩（メキシコ .ABSA）★フェルナン
ド・メンデス☆ジェルマン・ロブレス

1959. Curse of the Undead 不死者の呪い（米・ユニヴァーサル）★エドワ
ード・ディン☆マイクル・ペイト　エリック・フレミング

1960. The Blood of Nostradamus ノストラダムスの血（メキシコ・アズテ
カ）★ ---- ☆ジェルマン・ロブレス

1960. L'Ultima Preda del Vampiro グラマーと吸血鬼＊（伊・ノルド）★ピ
エロ. レニョリ☆ワルター・ブランディリラ・ロッョ

1960. The Brides of Dracula 吸血鬼ドラキュラの花嫁＊（英・ハマー）★テレンス・フィッシャー ☆ピーター・カッシング ディヴィッド・ピール

1960. Et Mourir de Plaisir 血とバラ＊（仏・EGE--ドキュメント）★ロジェ・ヴァディム☆アネット・ヴァディム メル・ファラー 原作シェリダン．レ．ファニュ「吸血鬼カーミラ」

1960. La Traite du Vampire 吸血鬼の旅（仏）★ピエール・ブルソン☆ジャン・ブーレ ミシェル・ヴィアン

1961. Il Vampiro dell' Opera オペラの吸血鬼（伊．NIF）★レナート・ポルセリ ☆グィットリア・プレダ

1961. L' Amante del Vampiro 吸血鬼と踊り子＊△（伊）★レナート・ポルセリ ☆マリア・ルイザ・ロランド ワルター・ブランディ

1961. Maciste comtro il Vampiro マチステ対吸血鬼（伊）★ジャコモ・ジェンティロモ ☆ゴードン・スコット ジャック・セルナス

1961. El Vampiro Sangriento 血まみれの吸血鬼（メキシコ）★ミゲル・モライタ☆カルロス・アゴスティ

1962. La Strage dei Vampiri 吸血鬼の大虐殺（伊）★ロベルト・マウリ☆ワルター・ブランディ

1962. Kiss of the Vampire 吸血鬼の接吻＊（英・ハマー）★ドン・シャープ☆ノエル・ウィルマン クリフォード・エヴァンス

1962. Tempi Duri per i Vampiri 吸血鬼たちがつらい時（伊）★ピオ・アンジェレッティ☆クリストファー・リー シルヴァ・コシナ

1962. Santo contra los Mujeres Vampiros 聖者対女吸血鬼たち（メキシコ・TCRM）★アルフォンソ・コロナ・ブレーク★サント ロレーナ・ベラスケスル

1962 The Curse of Nostradamus ノストラダムスの呪い（メキショ）★ ---- ☆ブランカ・デル・プレード

1962. El Mundo de los Vampiros 吸血鬼の世界（メキシコ）★ ---- ☆プランカ・デル・プレード

1964 Dr. Teror's House of Horrors テラー博士の恐怖＊（英・アミカス・プロ）★フレディ・フランシス☆ドナルド・サザランド クリストファー．リー

1964. Devils of Darkness 暗闇の悪魔（英・プラネット）★ランス・コン

フォート☆ヒューバート・ノエル　ウィリアム・シルヴェスター

1964. The Last Man on Earth 地上最後の男（米・AIP）★シドニイ・サルコウ☆ヴィンセント・プライス 原作リチャード・マシスン「吸血鬼」

1965. Dracula, Prince of Darkness 凶人ドラキュラ＊（英・ハマー）★テレンス・フィッシャー☆クリストファー．リー

1965. Terrore nello Spazio 空間の恐怖（伊・カスティラ）★マリオ・バウア☆バリイ・サリヴァン

1965. Bring me the Vampire 吸血鬼を連れてきて（メキショ）★ ---- ☆チャールズ・リクエルム

1965. The Bloodless Vampire 血のない吸血鬼（米・ジャーニイ）★マイケル・デュポン☆チャールズ・マコーレヤ

1965. Billy the Kid vs. Dracula ビリー・ザ・キッド対ドラキュラ（米・エンバシイ）★ウィリアム・ボーディン☆ジョン・キャラダイン　チャック・コートニイ

1966. Theater of Death 死の劇場（英）★サミュエル・ガルー☆クリストファー．リー

1966. Monster, Go Home！ 怪物帰れ!（米・ユニザァーサル）★アール・ベラミイ☆フレッド・グインイヴォンヌ・デ・カーロ

1966. The Blood Drinker 血を飲む人（----）★ジェラルド・デ・レオン☆アメリア・フェンテス　ロナルド・レミイ

1966. Blood Bath 血の沿槽（米・AIP）★ジャック・ヒル　ステフアニー・ロスマン☆ウーリアム・キャンベル

1966. The Hand of Night 夜の手（英・パテ）★フレデリック・グード☆ウィリアム・シルブェスター

1967. The Fearless Vampire Killers 吸血鬼（米）★ロマン・ポラソスキー☆シャロン・テート　ロマン・ポランスキー

1968. Dracula has risen from his Grave 帰って来たドラキュラ（英・ハマー）★フレディ．フランシス ☆クリストファー・リー ヴェロニカ・カールスン

1970. Taste the Blood of Dracula ドラキュラ・血の味（英・ハマー）★ピーター・サスディ☆クリストファー．リー　リンダ・ヘイドン

1970. The House that Dripped Blood ドラキュラ，血のしたたり（英・ハマー）★ジョンウ・ポウ☆ピーター・カッシング デース・プライス

1970. Scream of Dracula ドラキュラ復活!　血のエタソシズム＊（英・ハマー）★ロイ・ワード・ペーカー☆クリストファー．リー

1970. The Vampire Lovers ヴァンバイアー・ラグアー（英・ハマー）★ロイ・ワード・ペーカー☆イングリッド．ビット

1970. Scream and Scream Again 吸血鬼・恐怖のメス＊▲（米）★ゴードン・ヘスラー☆ウィンセント・プライス

1971. House of Dark Shadows 血の唇（米・ダン・カーチス・プロ）★ダン・カ! かーチス☆ジョソ・ベネット　ジョナサン・フリッド

1971. Lust for a Vampire 吸血鬼への欲望（英・ハマー）★ジミー・サングスダー☆ユッテ・ステンスガード

1971. Twins of Evil ドラキュの双子＊（英・ハマー）★ジョン・ハフ☆カティア・キース　ピーター・カッシンダ

1971. The Omega Man オメガアン・（米・ウォルターセルッアー・プロ）★ポリス・ゼーガル☆チャールトン・ヘストン　ロザリンド・キャッジュ

1971. Let's Scare Jessica to Death 呪われたジェシカ＊（米・パラマウント）★ジョン・ハンコック☆ゾーラ・ランパート　バートン・ヘイマン

1972. Dracula A. D. 1972 ドラキュラ' 72 ＊（英・ハマー）★アラン・ギブソン ☆クリストファー・リー　ピーター・カッシング

1972. Blacula 1972 吸血鬼プラキュラ＊（米・アメリカ・インターナショナル・プロ）★ウィリアン・クレイン ☆ウィリアム・マーシャル ボネッタ・マギー

1973. The Satanic Rites of Dracula 新ドラキュラ・悪魔の儀式＊（英・ハマー）★アラン・ギブソン☆クリストファー・リー　ピーター・カッシング

1973. The Legend of the 7 Golden Vampires ドラゴン VS. 7 人の吸血鬼＊（英・ハマー、香港・ショー・ブラザース）★ロイ・W・ベーカー☆ジョン・F・ロバートソン ピーター・カッシング

1974. Blood for Dracula 処女の生血＊（米・ブライアン・ストーン・ピクチャー・プロ）★ポール・モリセイ☆ジョー・ダレッサンドロ ウド・キア 監修アンディ・ウォーホル

（初次出版时，吸血鬼电影一览的制作受到石上三登先生的指导）

后记

本书开头的《吸血鬼幻想》一章，原本作为独立随笔登载于昭和43年11月¹发行的《血与蔷薇》创刊号。《血与蔷薇》是由天声出版社的责任编辑涩泽龙彦刊行的季刊杂志，包括创刊号在内做了三期便停刊了。当时，偶然见到现已故的三岛由纪夫先生，听他评价拙文有趣，并提出了细致的批评。那些话至今仍在我耳畔回响。然而时间已经过去了近15年。本书的原型曾在昭和45年，于《血与蔷薇》的原编辑内藤三津子新办的蔷薇十字社出版过单行本。如上所述，对我而言，这是本意义重大的书。

吸血鬼研究在这15年间于各方面都有所发展，甚至成为语言学者、文化人类学者的学术研究主题，不禁让人恍生隔世之感。而且最近，像栗本慎一郎的《血与蔷薇的民俗学》那样，到东欧各地进行现场勘查的内容甚至都有幸能获得国货供给了。由此，初版当时的文献一览和附录

---

1. 即 1968 年 11 月。

大概已经无法完全覆盖如今的水准了。于是，底本就换成
了旧作的文库版，即昭和 54 年出版的《种村季弘的迷宫》
（種村季弘のラビリントス）第三卷《吸血鬼幻想》（本书
原书名）。不过，为了让文意更明白晓畅，本文在原先的
基础上进行了若干润色修改。此外，终章的《吸血鬼之
眼·吸血鬼的语言》是在《种村季弘的迷宫》第三卷刊行
时作为"代后记"添附在初版文本中的内容。

　　最后还要借此机会，向初版发行时十分关照我的内藤
三津子、已故井上望、涩泽龙彦等朋友再次致谢。负责装
帧插画的野中由里（野中ユリ）也是从当时结交至今的友
人。文库化之际曾蒙河出书房新社的内藤宪吾、高木有等
朋友关照。记之谨表感谢。

种村季弘

1982 年 12 月末

初次刊登杂志一览

吸血鬼幻想「血と薔薇」創刊号（昭和 43 年 11 月）

吸血鬼小説考「真紅の法悦」解説（新人物往来社）昭和 44 年 11 月

吸血鬼詩アンソロジー「現代詩手帖」昭和 44 年 11 月号

其余文章为单行本出版所写

「吸血鬼幻想」初版单行本于昭和 45 年 7 月由蔷薇十字社刊行。

图书在版编目（CIP）数据

德古拉事典 /（日）种村季弘著 ; 熊韵译. -- 北京：
九州出版社，2020.11（2021.3重印）

ISBN 978-7-5108-9554-8

Ⅰ.①德… Ⅱ.①种… ②熊… Ⅲ.①随笔—作品集
—日本—现代 Ⅳ.①I313.65

中国版本图书馆CIP数据核字(2020)第176453号

KYUKETSUKI GENSOU by SUEHIRO TANEMURA
© SHINAMA TANEMURA 1983
Originally published in Japan in 1983 by KAWADE SHOBO SHINSHA Ltd. Publishers
Chinese (Simplified Character only) translation rights arranged with
KAWADE SHOBO SHINSHA Ltd. Publishers, TOKYO.
through TOHAN CORPORATION, TOKYO.

著作权合同登记号：01-2020-6674

德古拉事典

作　　者	［日］种村季弘　著　熊　韵　译
责任编辑	周　春
封面设计	尬　木
出版发行	九州出版社
地　　址	北京市西城区阜外大街甲35号（100037）
发行电话	（010）68992190/3/5/6
网　　址	www.jiuzhoupress.com
电子信箱	jiuzhou@jiuzhoupress.com
印　　刷	北京盛通印刷股份有限公司
开　　本	130 毫米 × 185 毫米　　32 开
印　　张	10
字　　数	140 千字
版　　次	2020 年 11 月第 1 版
印　　次	2021 年 3 月第 2 次印刷
书　　号	ISBN 978-7-5108-9554-8
定　　价	45.00元